Lilly Grünberg
MEIN
Erotischer Roman

W0196895

www.Elysion-Books.com

Lilly Grünberg

Unter verschiedenen Namen hat sich die Autorin Lilly Grünberg in die Herzen der Erotik- und SM-Leser, aber auch in die der Fantasy-Liebhaber geschrieben. Sinnliche Liebe und heiße Leidenschaft führen ihre Protagonisten in ein Auf und Ab zwischen Himmel und Hölle. HappyEnd garantiert.

Bei Elysion-Books sind bisher folgende Romane erschienen:

Verführung der Unschuld (ISBN 978-3-942602358)
Verführung der Unschuld 2 (ISBN 978-3942602365)
Begierde (ISBN 978-3942602426)
DEIN (ISBN 978-3942602211)
SEIN (ISBN 978-3942602327)

sowie Kurzgeschichten in

Hartgekocht: Geschichten um Liebe, Lust und Leidenschaft (ISBN 978-3942602532)
Nuancen der Lust (ISBN 978-3942602440)
Alles Liebe – zum Fest der Hiebe (ISBN 978-3942602570)
Aktuelle Infos unter www.lilly-romane.de

Lilly Grünberg

Mein

Erotischer Roman

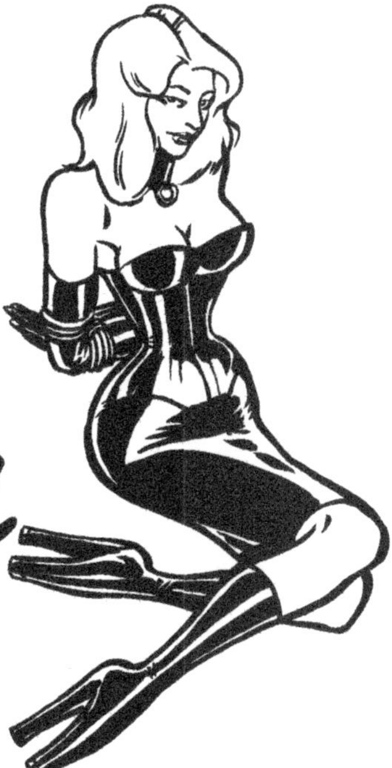

ELYSION

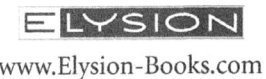

www.Elysion-Books.com

ELYSION-BOOKS TASCHENBUCH
BAND 4072
1. Auflage: Januar 2015
VOLLSTÄNDIGE TASCHENBUCHAUSGABE

ORIGINALAUSGABE
© 2015 BY ELYSION BOOKS, LEIPZIG
ALL RIGHTS RESERVED

UMSCHLAGGESTALTUNG: Ulrike Kleinert
www.dreamaddiction.de
FOTOS: © Fotolia/konradbak
LAYOUT & WERKSATZ: Hanspeter Ludwig
www.imaginary-world.de

PRINTED IN POLAND
ISBN 978-3-942602-51-8

Mehr himmlisch heißen Lesespaß finden Sie auf:
www.Elysion-Books.com

Inhalt

Inhalt

1

Die Abendsonne stand tief und reflektierte sich in allen ihr zuge-
wandten Scheiben und Spiegeln. Nach einem warmen Frühlingstag
versprach ihr tiefes Rot auch für den nächsten Tag schönes Wetter.
Jetzt allerdings sank die Temperatur rapide und an den Ufern von
Bächen und Flüssen zogen erste Nebelschwaden auf.

Der Feierabendverkehr auf der A9 zwischen München und Ingolstadt steigerte sich in beiden Richtungen von Minute zu Minute.
Dementsprechend zuckelte die Kolonne immer gemächlicher an
ihnen vorbei, die Gesichter der Fahrer von Ungeduld geprägt. Jeder
strebte verständlicherweise nach getaner Arbeit nach Hause und
jede Sekunde, die man später als üblich aus der Arbeit gekommen
war, rächte sich nun. Schon jetzt war schwer einzuschätzen, wie
lange man an diesem Abend bis München brauchen würde.

Zufrieden über das erfolgreiche Ergebnis klappte Linus Gruber
den Kofferraumdeckel zu und reichte seinem Gegenüber das Brett
mit dem darauf eingeklemmten Formular, auf dem er die erfolgte
Reparatur dokumentiert hatte. Nur noch eine Unterschrift, dann
war alles erledigt.

Vor einer halben Stunde hatte der Fahrzeughalter genervt beim
Autoclub angerufen und um Hilfe gebeten. Zu dessen Glück hatte
Linus nicht allzu weit entfernt gerade einen Einsatz zu Ende gebracht, so dass er trotz des dichten Verkehrs in kurzer Zeit den
ausgerechnet auf der Abbiegespur liegengebliebenen Wagen erreicht hatte.

»So, alles in Ordnung, Ihr Auto läuft wieder.«

Erleichtert setzte der korpulente Geschäftsmann seine Signatur unter die Daten, die Linus mittels der Mitgliedskarte eingetragen hatte, und schnaufte schwer atmend: »Bin ich froh, dass es euch gibt. Ich hätte nicht gewusst, was ich sonst machen sollte.«

Die meisten Menschen, denen die Orangen Engel der Straße halfen, reagierten ähnlich. Manche steckten ihnen sogar ein Trinkgeld zu, obwohl die Straßenretter dieses laut ihrem Arbeitsvertrag eigentlich nicht entgegen nehmen durften. Aber wer sollte das kontrollieren?

Mit einer grüßenden Geste verabschiedete sich Linus, kehrte zu seinem Auto zurück und rief in der Zentrale an. »Hi Jenni. Auftrag erledigt. Ich mach mich jetzt vom Acker.«

»Okay, Linus. Wünsch dir einen schönen Abend.«

Den werde ich bestimmt haben.

Linus' Adrenalinspiegel stieg sprunghaft an, als er daran dachte, welches Abenteuer ihm heute noch bevorstand. Sein Horoskop klang vielversprechend. Heute würde es endlich geschehen, ganz bestimmt, denn heute würde er seine Traumfrau kennenlernen. Ein Kribbeln wie von laufenden Ameisen oder Käfern kitzelte auf seiner Haut. Er konnte es kaum noch erwarten.

Irgendwann musste es ja schließlich klappen. Er war jetzt fast dreißig und wollte endlich eine dauerhafte Beziehung, und wer weiß, bald eine richtige Familie gründen. Wenn SIE dazu auch bereit war.

Es lag gewiss nicht an seinem Äußeren, dass er bislang noch nicht erfolgreich gewesen war. Die mitunter körperlich anstrengende Arbeit und sein regelmäßiges Fitnessprogramm sorgten dafür, dass er muskulös und drahtig aussah, ohne deswegen das Bild eines überproportionierten Bodybuilders abzugeben. Aber seine Muskeln zeichneten sich durch T-Shirt und Jeans deutlich ab.

Bei seinem Gardemaß von einsneunzig gab es genügend Frauen, die ihr Anlehnungsbedürfnis an der starken Schulter entdeckten. Leider war bislang nicht die Richtige dabei gewesen. Linus seinerseits mochte keine Frauen, die sich hauptsächlich für ihr

Aussehen, für Shopping, Kino und Party interessierten, und sich daran stießen, dass er auch mal schmutzig nach Hause kam und dabei nach Öl und Benzin roch. Das gehörte nun mal zu seinem Job, und er liebte diesen Job über alles!

Als ausgebildeter Kraftfahrzeugmechaniker hatte er sich beim Autoclub beworben und war nun seit gut fünf Jahren als Oranger Engel unterwegs. Kein Fall glich dem anderen, schon allein aufgrund der unterschiedlichen Automodelle. Natürlich gab es auch Routineeinsätze, wenn es sich um alltägliche Vorkommnisse wie einen platten Reifen oder eine leere Batterie handelte. Nebenbei erfuhr er meistens wie von selbst, welche Probleme die Leute plagten, sei es privat oder in der Arbeit. Linus arbeitete gerne mit Menschen und fühlte sich manchmal eher wie ein Seelsorger der Straße denn wie ein Mechaniker. Die meisten Kunden waren geduldig und freuten sich, wenn er ihnen zu Hilfe kam. Das Verständnis für die Wartezeit stieg logarithmisch zur Verkehrsdichte. Denn man musste schon strohdumm sein, wenn man trotz stehendem Verkehr erwartete, dass der Retter in Kürze erscheinen würde, als wäre er samt Auto herbei gebeamt worden.

Für heute allerdings war diese Arbeit beendet. Für die Fahrt nach Hause hatte Linus einen ausreichend großen Zeitpuffer eingeplant, um zu duschen, sich den Schmutz von den Händen zu schrubben und sich auf sein Date vorzubereiten. Deshalb hatte er auch nicht Nein gesagt, als die Kollegin aus der Zentrale anrief und ihn noch zu einer letzten Panne schickte, die sowieso auf seiner Strecke lag.

Dies war ohnehin kein Job, bei dem man minutengenau aufhören konnte, und das spielte für Linus auch keine Rolle. Normalerweise. Heute allerdings hatte ihn die Arbeit kaum von seinem Vorhaben ablenken können. Immer wieder überlegte er, ob er alles richtig geplant, an alles gedacht, sich die geeigneten Worte zur Begrüßung zurecht gelegt hatte. Fürs Erste beschäftigte ihn immer noch die Frage, ob er lieber ein Hemd anziehen sollte und den einzigen Anzug, den er besaß, oder doch lieber leger in Shirt und Jeans erscheinen sollte?

9

Schon am frühen Morgen hatten die weiß gezuckerten Alpen direkt hinter München gestanden, zum Greifen nahe, und die Häufigkeit der Unfälle hatte bestätigt, dass sich die Autofahrer bei Fönwetter besonders unkonzentriert und aggressiv verhielten. *Leute, macht keinen Blödsinn, nicht ausgerechnet heute. Ich muss wirklich, wirklich pünktlich nach Hause.* Jetzt machten die von der Abendsonne in rotes Licht getauchten Berggipfel einen unwirklichen Eindruck.

Mit Blick auf die Uhr im Display hinter dem Lenkrad überschlug Linus die Zeit. Von seinem aktuellen Standort nach Hause, duschen, rasieren, anziehen – dafür benötigte er mindestens eine Stunde, und es waren nur noch knapp zwei Stunden bis zu seinem Date. Sein Puls beschleunigte sich. Noch war alles im grünen Bereich.

Während der Verkehr vor sich hin rollte, hing Linus seinen Gedanken nach. Es hatte ihn große Überwindung gekostet, sein immer drängenderes Bedürfnis nach einer festen Partnerschaft in die Hände einer Vermittlungsagentur zu legen. Wollten die den Kunden nicht einfach nur Geld aus der Tasche ziehen? Wie verhielt es sich mit dem Datenschutz? War alles seriös und sicher?

Wochenlang hatte er diverse Foren durchforstet, ehe er zu der Überzeugung gelangt war, dass es sich bei *MyHeart* um ein vertrauenswürdiges Unternehmen handelte. Nach Erhalt seiner Zugangsdaten hatte er über eine Stunde gebraucht, um ein Foto von sich hochzuladen, und alle vorbereiteten Fragen möglichst wahrheitsgemäß zu beantworten. Schließlich musste alles wohl überlegt sein.

Die Auswahl reichte von gewöhnlichen Daten zu Augen- und Haarfarbe bis hin zu sehr persönlichen Informationen über Schul- und Berufsabschluss, Familienwünsche und Lebensziele. Einige Themen wie die nach seinen sexuellen Neigungen und seinen finanziellen Verhältnissen füllte Linus sehr zurückhaltend aus. Erst nach Beantwortung aller Fragen stand sein Profil potentiellen Interessentinnen, die ebenfalls Kundinnen bei *MyHeart* waren, online zur Verfügung.

Eine Weile hatte Linus selbst in der Datenbank der Frauen gestöbert, die ihm aufgrund seiner Eingaben zugänglich gemacht worden waren. Eine mit fraulichen Formen sollte es sein, zum Anschauen und Anfassen, die sein Herz schneller schlagen ließ. Dabei natürlich gepflegt und attraktiv, modern und intelligent. *Angestupst*, wie sich das im Fachjargon der Website nannte, und damit sein Interesse bekundet, hatte er jedoch bei keiner. Ihm würde letztlich das Schicksal die Richtige zuspielen.

Zwei Jahre zuvor hatte Linus sich nämlich ein persönliches Horoskop erstellen lassen, und in diesem war von einer Zufallsbegegnung die Rede gewesen. Dieser Zufall bedeutete ganz bestimmt, dass er nicht *auf die Jagd gehen*, sich nicht aktiv auf die Suche machen, sondern eben alles auf sich zukommen lassen sollte. Daher war die Teilnahme an einem solchen Partnervermittlungsprogramm seiner Meinung nach das Äußerste, womit er sein Glück beschleunigen und *Freund Zufall* auf die Sprünge helfen durfte.

Laut seinen Eingaben wünschte er sich seine Traumfrau mit schwarzen Haaren – am liebsten natürlich echt schwarze – und blauen Augen, eine geradezu exotische Kombination. Zwischen fünfundzwanzig und dreißig Jahre alt sollte sie sein, und nicht zu klein. Staunend stellte Linus fest, wie viele Vertreterinnen seines Beuteschemas sich innerhalb der ersten zwei Tage bei ihm meldeten – okay, nicht alle entsprachen zu hundert Prozent seinen Vorgaben, vor allem hatten sie keine blauen Augen, und bestimmt hatten die meisten ihre Haare schwarz gefärbt. Aber Perfektion hatte er auch nicht ernsthaft erwartet.

Bei einer jedoch hatte sein Herz sofort gezuckt. Ihr Lächeln wirkte natürlich und in ihren tatsächlich blauen Iriden lag eine strahlende Offenheit, die ihn sofort einnahm. Auch die Daten aus der Onlinedatenbank der Partnervermittlungsagentur waren vielversprechend. Apothekerin war sie, einunddreißig Jahre alt (ein oder zwei Jahre her oder hin, was machte das schon).

Zwei Wochen lang hatten sie nur über das Webportal gechattet, und sich immer mehr aus ihrem Alltag und von ihren Hobbies erzählt. Besonders gut gefiel Linus, dass sie das Interesse an Fitness, Gesundheit und Natur teilten.

Heute würden sie sich zum ersten Mal treffen. Dieser Gedanke hatte ihn die vergangene Nacht kaum schlafen lassen, was sich auch nicht besserte, als er aufstand, um ein wenig fernzusehen, statt sich im Bett herumzuwälzen und zu grübeln. Es sollte wohl so sein, dass sein Blick auf das Wochenhoroskop der aufgeschlagenen Fernsehzeitschrift fiel. *Amor hat diese Woche seinen Pfeil auf dich angelegt.*

Danach war es mit Schlafen endgültig vorbei. Sein Herz hüpfte in freudiger Erwartung. Endlich, endlich würde sich sein Traum erfüllen. Sie war die Richtige, soviel stand jetzt schon unumstößlich für ihn fest. Sie würden zusammenziehen, möglichst bald. Nicht in seine Wohnung, die war gerade mal für einen anspruchslosen Junggesellen wie ihn groß genug. Zwar hatte Linus viel Sorgfalt auf die Wahl praktischer und dennoch schöner Möbel gelegt und fühlte sich in seinen vier Wänden sehr wohl. Trotzdem, für zwei Leute war diese Wohnung nicht geeignet. Vor allem das Schlafzimmer war zu klein. Frauen hatten doch so viele Klamotten, Handtaschen, Schuhe ... Nein, da machte er sich nichts vor. Aber da sie beide verdienten, dürfte es kein Problem sein, zusammen etwas Größeres zu mieten, falls ihre Wohnung auch nicht für sie beide ...

Verflucht!

Linus hatte sich auf der Mittelspur eingereiht, da hier der Verkehr in gleichmäßigem Tempo vorankam, eine Anhöhe hinauf, während auf der Überholspur einige aggressive Fahrer den alltäglichen Kampf um ein paar Meter Vorteil ausfochten. Nur um wenige Minuten später zum Stillstand genötigt zu werden und die Mittelspurkolonne wieder an sich vorbeiziehen zu sehen. Dabei war Linus so in Gedanken versunken, dass er dem Vordermann beinahe auf die Stoßstange aufgefahren wäre.

Zuckelnd überwanden sie die Anhöhe und die nächste Senke öffnete sich vor seinen Augen. *Verdammt, das fehlte ihm gerade noch!* Nichts ging mehr! Weit vorne blinkten an mehreren Autos die Warnlichtanlagen und auf allen Spuren war der Verkehr jetzt völlig zum Erliegen gekommen.

Linus brach der Schweiß in den Handflächen aus und er umklammerte das Lenkrad, als müsse er sein Leben daran festhalten. *Nein, bitte kein Unfall, keine Autobahnsperrung! Keine neue Negativstatistik! Nicht heute!*

Eine Zeit lang hatte er sich intensiv mit alten und neuen Streckenführungen beschäftigt, mit der Entwicklung von Verkehrsaufkommen und Straßenbau. Es war fast zu einem kleinen Hobby geworden. Die A9 war in den vergangenen Jahrzehnten gut auf den zunehmenden Autoverkehr ausgebaut worden. Inzwischen sechsspurig verbreitert schlängelte sich der Asphaltwurm durch die Holledau, Deutschlands primäres Hopfenanbaugebiet. Und dennoch entstand an manchen Tagen der Eindruck, dass die Kapazität dieser Autobahn immer noch zu schmalbrüstig war.

Ein wirres Hin und Her von Fragen entstand in Linus' Kopf. Unkontrollierbar, panikartig und aufwühlend sprangen seine Gedanken herum. *Was wenn … nein, ich muss es schaffen … aber wenn, was soll ich nur tun … verflucht, ich Idiot hätte einfach für heute Urlaub nehmen sollen!*

Nur wenige Minuten später raubte ihm der aktuelle Verkehrsfunk die letzte Illusion, das Ziel seiner Träume rechtzeitig zu erreichen. *Nach einem schweren Verkehrsunfall auf der A9 Richtung München, auf Höhe … zähfließender Verkehr.*

»Ihr seid nicht auf dem aktuellen Stand«, knurrte Linus. »Zähfließend ist ja wohl gelinde untertrieben.«

Nervös begannen seine Finger auf dem Lenkrad zu trommeln. Minuten vergingen, dann bemerkte er das Blaulicht im Rückspiegel. Mühsam bahnte sich der Polizeiwagen seinen Weg zwischen der zweiten und dritten Spur.

»Typisch«, fluchte Linus vor sich hin. »Nun macht endlich Platz, ihr Vollpfosten!«

Dann hörte er auch schon das vertraute Geräusch eines Hubschraubers der Kollegen von der Luftrettung, welcher der Autobahntrasse folgte und weit vorne auf einem Feld niederging.

Resigniert lehnte Linus sich zurück und fuhr mit beiden Händen durch die kurzen Haare. Hatte das Schicksal sich gegen ihn verschworen? Sein Zeitpolster schmolz rasend schnell dahin. Fieberhaft dachte er darüber nach, wie er die Situation retten könnte, falls er es nicht rechtzeitig schaffte.

Ihre Telefonnummer hatte Maureen ihm nicht geben wollen. Noch nicht. *Versteh mich bitte nicht falsch,* hatte sie geschrieben. *Aber ich möchte, dass wir uns erst sehen.* Er verstand auch ohne Worte, was sie meinte. Sollte weiteres Interesse nur von seiner Seite bestehen, verhinderte sie auf diese Weise, von ihm telefonisch gestalkt zu werden. Eigentlich fand er das ganz in Ordnung. Diese Frau war vorsichtig, vermied unnötiges Risiko. Das war ein positiver Charakterzug. Und wenn er sich auf seinem Laptop einloggte und ihr im Chat eine Nachricht hinterließ? Aber was sollte er ihr schreiben? *Tut mir leid, bin geschäftlich verhindert?* Welche Frau akzeptierte beim ersten Date versetzt werden, weil ein scheinbar wichtiger Termin die Verabredung sprengte? Keine. Wenn es schon beim allerersten Mal nicht klappte, dann würde sie sich bestimmt denken, dass er bereits mit seiner Arbeit verheiratet war und es in Zukunft ähnliche Probleme geben würde. Objektiv betrachtet würde er sich darauf auch nicht einlassen. Was also sollte er tun?

Mein Horoskop darf nicht lügen. Vielleicht schaffe ich es ja doch noch. Nein, falscher Ansatz. Ich MUSS es schaffen! Ich treffe heute meine Traumfrau, ganz bestimmt. Das hab ich im Urin, wie Opa zu sagen pflegte. Und der musste es wissen, hatte er es doch auch Stunden vorher gewusst, dass er Oma an genau diesem Tag kennenlernen würde. Das hatte der Alte wieder und wieder erzählt, wenn er ein wenig über den Durst getrunken hatte. Und Oma hatte dabei immer so einen verklärten Glanz in den Augen bekommen.

2

Summend streckte Maureen die Arme unter der Dusche empor und stützte sich an den Kacheln ab. Sie liebte es, wenn das Wasser über ihre langen Haare den Rücken hinab prasselte, über ihren Po und die Beine rann.

Der Tag war besonders anstrengend gewesen und ihre Füße schmerzten. Die Kunden hatten sich buchstäblich die Klinke in die Hand gegeben. Den ganzen Nachmittag über war der Strom an Patienten, die ihre Rezepte einlösen wollten, nicht abgerissen. Und das ausgerechnet jetzt. Eine der PTAs war in Urlaub, eine andere hatte sich krank gemeldet.

Eigentlich stand Maureen gerne hinter der Theke und ging auf Gespräche mit Stammkunden ein, von denen sie häufig die gesamte Kranken- und Lebensgeschichte kannte. Wie früher ihr Vater, von dem sie vor zwei Jahren die Apotheke übernommen hatte, ging sie mit Leib und Seele in ihrem Beruf auf. Heute jedoch hatte sie sich freundlich aber bestimmt bei jedem kurz fassen müssen, um den Ansturm zu bewältigen.

Sich in den Bademantel zu wickeln, der verlockend an einem Haken neben der Tür hing, und sich mit einer Tasse Tee gemütlich auf das Sofa im Wohnzimmer zu lümmeln, wäre jetzt toll. Allerdings sollte sie sich endlich Gedanken darüber machen, was sie anziehen wollte. Zeit wäre genügend gewesen, sich das rechtzeitig zu überlegen, aber noch weigerte sich ihr Verstand zu akzeptieren.

Zuerst hatte Maureen die Idee für einen Scherz ihrer Freundinnen Denise, Becky und Ilona gehalten, als diese verkündeten, sie hätten Maureen bei einem Partnervermittlungsbüro angemeldet. *Nette Anregung,* hatte sie lachend erwidert. *Aber nichts für mich. Ich komme auch ohne Mann klar.*

Das stimmte nicht ganz. Nach nichts sehnte Maureen sich mehr, als nach einem liebevollen und zuverlässigen Partner, mit dem sie ihre Abende und Wochenenden verbringen könnte. Leider war Peter weder das eine noch das andere gewesen. Warum Maureen fünf Jahre gebraucht hatte, diesen Irrtum zu erkennen, wusste sie bis heute nicht. Seither hatte sie Angst vor einer weiteren Enttäuschung und verstand nicht, wie locker ihre Freundinnen über Trennungen hinweg kamen und sich in einer neuen Liebe verloren.

Beim nächsten Mal muss es der Richtige sein.

Ihre Freundinnen betitelten sie als naiv und vom anderen Stern, was Männer betraf. Maureen aber hielt unerschütterlich an ihrem Vorsatz fest. Wenn er ihr gegenüber stand, würde sie ihn erkennen, ihren Traummann. Wie dieser aussehen sollte, hatte sie nicht festgelegt. Äußerlichkeiten waren nebensächlich, solange der Kerl nicht ungepflegt oder verpickelt aussah. Nett, humorvoll und intelligent sollte er sein. Allerdings kein Akademiker. Peter war angehender Arzt gewesen und hatte ihr häufig das Gefühl gegeben, sie wäre ihm an Bildung unterlegen, obwohl sie selbst studiert hatte. Vermutlich hatte er eben genau das nie akzeptiert, dass sie ihm ebenbürtig war. Ein Makel, der auf viele Männer zutraf.

Die Verantwortung für Apotheke und Angestellte trug sie gerne. Dennoch wäre ihr für zuhause eine Schulter zum Anlehnen ganz recht. Es sollte einfach jemand Liebenswertes sein, dem sie nichts beweisen musste und der auch kein Problem mit ihrer Selbstständigkeit hatte. Am liebsten so eine Art knuffiger Teddybär in Menschengestalt.

Ihre Freundinnen ahnten nichts von Maureens Prioritäten und hatten den Fragebogen zur Partnervermittlung akribisch, und wie sie glaubten, korrekt ausgefüllt. Als Maureen ihr LogIn erhielt und sich in Gesellschaft der drei zum ersten Mal auf die

Website von *MyHeart* einloggte, wurde ihr schlagartig klar, dass ihre Daten und ihr Foto tatsächlich von potentiellen Partnern gesichtet werden konnten.

»Ihr meint das also wirklich ernst?«, hatte sie schockiert hervor gestoßen. »Ich soll mir via Internet einen Mann suchen?«

»Ja, klar. Was glaubst du denn«, lachte Denise. »Wir können doch nicht zulassen, dass du ein Mauerblümchen wirst.«

»Für dich beginnt jetzt eine aufregende Zeit«, ergänzte Ilona mit leuchtenden Augen, als wäre sie selbst ganz wild darauf, in diese Welt einzutauchen.

Ganz im Gegensatz zu Maureen. Zugegeben, es war interessant, in den Datenblättern zu stöbern, und manche Männer sahen auf dem hinterlegten Foto attraktiv aus. Vergeblich versuchte Denise ihre Freundin zu überreden, dem einen oder anderen eine E-Mail zu schicken, um sich mit diesem zu verabreden. Fehlanzeige.

»Weißt du, bei einer seriösen Partnervermittlung treffen die eine Vorauswahl und schicken dir das per Post zu«, behauptete Maureen, die das mal irgendwann irgendwo gelesen hatte.

Becky verdrehte die Augen. »Hey, du lebst völlig hintern Mond. Wir haben absichtlich diese Plattform gewählt, damit du selbst die freie Wahl hast. Sei spontan und lass dein Herz entscheiden.«

Maureen sah das anders. Woher sollte sie wissen, dass Foto und Informationen der Wahrheit entsprachen? Nirgends wurde so viel gelogen wie in sozialen Netzwerken, oder etwa nicht? Nein, sie hatte keine Lust zum Ausprobieren, auch wenn es sie nichts kostete. Denn die Freundinnen hatten zusammengelegt und Maureen diese Mitgliedschaft zu ihrem dreißigsten Geburtstag geschenkt. Ein ganzes Jahr lang durfte sie in dem Partnerschaftsportal surfen und Kontakte knüpfen. Wenn das Schicksal es wollte, würde ihr dabei der Mann fürs Leben begegnen.

Und dann kam der Tag, an dem Maureen tatsächlich ein Foto entdeckte, das ihr Herz höher schlagen ließ. Das Foto eines sympathisch lächelnden Mannes erschien auf ihrem Bildschirm. Ein sommersprossiges, rundliches Gesicht mit Stupsnase, leichten

Bartstoppeln und moosgrünen Augen, die kurz geschnittenen naturblonden Haare verstrubbelt. Alles andere als ein typisches Bewerbungsfoto und genau betrachtet, der völlige Antityp. Aber hier beschönigte jemand endlich mal nicht, wie er wirklich war. Und das gefiel ihr.

Fast eine Stunde saß Maureen vor dem Bildschirm, las sich das Profil mehrmals durch und betrachtete jedes Detail seines Gesichts. War dieser Mann authentisch? Oder war das einfach nur eine andere Masche, sich so locker, so unverkrampft – so normal zu geben?

Mit zusammengekniffenen Lippen legte sie ihre Finger auf die Tasten. Sie würde es wagen und es herausfinden ...

3

Seine verzweifelte Hoffnung, dass die offensichtlich schwer verletzte Person bald mit dem Hubschrauber abtransportiert und die Autobahn wieder freigegeben würde, schwand nach einem Telefonat. Die aktuellsten Informationen hatten stets seine Kollegen in der Einsatzzentrale parat, die in engem Kontakt mit der Autobahnpolizei standen. Ein Schwerlaster war ins Schleudern geraten, hatte mehrere Autos gerammt, Ladung hatte sich auf der Fahrbahn verteilt, Öl und Benzin waren ausgelaufen. Das volle Programm. Im Augenblick war die Feuerwehr damit beschäftigt, den Fahrer, mehr tot als lebendig, aus dem Führerhaus zu schneiden. Die Arbeit wurde mit einsetzender Dämmerung nicht einfacher.

Wenn es nicht so verdammt kindisch und unmännlich wäre, hätte Linus vor Verzweiflung am liebsten geheult. Warum? Warum nur machte es ihm das Schicksal so schwer? Warum verhinderte es die Erfüllung seines Horoskops? Sein Kopf sank für einige Minuten nach vorne, seine Hände umklammerten das Lenkrad und er schloss die Augen, um sich zu beruhigen und besser nachdenken zu können.

Als der rettende Gedanke sich in seinem Kopf formulierte, brach ihm Schweiß in Handflächen und Rücken aus. Für einen kurzen Augenblick stand sein Körper in Flammen und sein Herz raste wie verrückt. Ruckartig setzte er sich wieder auf.

Es gab vielleicht einen Ausweg, die Situation zu retten! Zwar war dieser Plan ein wenig absurd, aber je mehr er darüber nachdachte, desto konkretere Formen nahm dieser an. Warum eigentlich nicht? Genaugenommen war das sogar eine überaus brillante Idee, bei der nichts schiefgehen konnte. Na ja, fast nichts, außer sich bis auf die Knochen zu blamieren, aber dieses Risiko musste er eingehen. Es war immer noch besser, als seine Herzdame völlig zu versetzen und dem vorzeitigen Aus tatenlos entgegen zu sehen.

Inzwischen stiegen die ersten Autofahrer aus, um sich ein wenig die Füße in der Kälte zu vertreten und mit anderen Fahrern zu sprechen, wohl in der Zuversicht, diese wüssten mehr. Einige rauchten, aber die meisten sprachen hektisch und mit verärgerter Miene in ihr Handy.

Schatz, ich sitz auf der Autobahn fest. Ich komme später ... ja ich weiß, ich hab versprochen ...

Das Ausatmen der Männer war im Scheinwerferlicht als diffuse Wölkchen zu erkennen. Keine einzige Frau hatte ihr Auto verlassen.

Noch einige Wochen, dann würde es um diese Uhrzeit wärmer und heller sein. Die ideale Zeit für eine neue zarte Liebe, die wachsen sollte, wie die Pflanzen im Frühling. Seufzend zückte Linus sein Handy und starrte es an, als müsste es automatisch reagieren.

Okay, jetzt oder nie!

Der nötige Anruf zur Umsetzung seines Planes bereitete ihm Unbehagen. Zuerst musste er noch einen Schluck aus der Mineralwasserflasche trinken, die einsatzbereit in einer Halterung am Armaturenbrett steckte.

Verdammt, auch das noch.

Der letzte Tropfen prickelte seine Kehle hinab, und augenblicklich fühlte er umso mehr Durst. Konnte es noch schlimmer werden?

Nein, unmöglich. Er würde kein einziges Wort herausbekommen. Besser er schrieb Maik.

Hey Alter.

Er hatte den Gedanken noch nicht zu Ende ausgeführt, die Worte noch nicht im Kopf formuliert, die er schreiben wollte, als sein Finger auf das grüne Symbol klickte, durch die Kontaktliste scrollte und wie ferngesteuert auf das gespeicherte Fotoicon seines besten Freundes klickte.

Das Pulsieren in seiner Halsschlagader war ihm noch nie so bewusst geworden wie in diesem Augenblick.

Obwohl Linus zuversichtlich war, dass Maik ihm jeden, absolut jeden Freundschaftsdienst erfüllen und ihn ganz bestimmt nicht im Stich lassen würde, wurde sein Mund bei dem Gedanken, um was er ihn bitten wollte, noch trockener. Ein letzter Blick auf die Uhr: noch eine gute halbe Stunde. War sein Zeitfenster wirklich schon so geschrumpft?

Er brauchte nicht lange zu warten.

Servus Linus, hast schon Feierabend?

Maik hatte sein Handy immer griffbereit, nahm es sogar mit auf die Toilette, und besaß ein zweites in Reserve. Vermutlich würde er Tausend Tode sterben, wenn er auch nur eine Minute von der Welt abgeschnitten wäre.

Fast. Hast du Zeit?

No way. Prog. Morgen?

Oh Shit.

Maiks Abkürzung für Programmieren war gleichzusetzen damit, dass er an der Tastatur klebte. Je herausfordernder die Aufgabe war, desto mehr liebte Maik diese und verbiss sich darin wie ein besessener Terrier. Gäbe es dazwischen nicht die *normalen* Phasen, wäre ihre Freundschaft wohl längst eingeschlafen.

To late. Please help!!!

Die Antwort ließ nur Sekunden auf sich warten.

Was los?

Na, wenigstens war Maik neugierig und verstand gleich, dass es nicht um ein spontanes Treffen auf ein Bier ging.

Brauch dringend deine Hilfe. Leben oder Tod, tippte Linus.

Die Sekunden bis zu Maiks Antwort schienen ewig zu dauern.

OK, wo und wann?

Also hatte Maik keinen Termindruck. Während seiner Ausbildung zum Mediengestalter hatte sein Freund die Leidenschaft fürs Programmieren entdeckt und war dabei im Laufe der Zeit richtig gut geworden. Vor einem Jahr hatte er seinen Traumjob in einer Webagentur gefunden, die sich auf aufwendige Shoperstellungen spezialisiert hatte, und war seither praktisch mit seinem Computerarbeitsplatz verheiratet. Ein Umstand, den Maiks letzte Beziehung trotz angeblich großer Liebe nicht lange überlebt hatte.

Linus leistete sich ein leichtes Aufatmen. Der erste Schritt war getan, der zweite würde viel schwerer werden. Jetzt musste er Maik nur noch erklären, was er tun sollte.

Aufgabe für Superman.

Auf das Display starrend zuckte Linus zusammen, als der spezifische Klingelton erklang, den er Maik zugeordnet hatte. Offensichtlich war diesem das Hin- und Hergesimse zu umständlich geworden.

»Hier Superman, der Retter der Welt«, meldete sich der Freund mit übertrieben tiefer Stimme.

»Hi, wie geht's dir, Kumpel?«, presste Linus hervor. »Klasse, dass du Zeit für mich hast.«

Seine Stimme klang nicht so fest wie sonst, sondern eher belegt und unsicher, und Linus hasste sich dafür.

»Was'n los mit dir? Klingst ja schlimm, Alter.«

»Scheiße noch mal, ich stehe im Stau.«

Ein Stück weiter vorne kam Unruhe in die stehenden Autos. Einer der Wagen scherte auf die Standspur aus.

Maik lachte sein lautes jungenhaftes Lachen, mit dem er überall auffiel. »Tolle Neuigkeit, ja und? Ich glaube nicht, dass ich dir da helfen kann. Bist du nicht der Straßenexperte? Oder erwartest du, dass ich dich unterhalte, bis sich der Stau aufgelöst hat. Ehrlich, das ...«

»Nein!«, wurde er von Linus rüde unterbrochen, dessen Herzschlag den Brustkorb zu sprengen drohte. »Ich, ich hab ein ernsthaftes Problem. Ich ...« Linus spürte, wie sein Kehlkopf beim Schlucken hüpfte. War die Idee, die ihm noch vor Minuten gefallen hatte, wirklich gut und nicht vielleicht ziemlich dämlich? Aber es gab keine Alternative. Es musste sein.

»Maik, ich habe heute ein Date. Aber ich schaff das nicht recht-zeitig.«

»Oh, verstehe. Dann brauchst du echt Hilfe von Superman. Ich schau mal, ob ich ihn irgendwie erreichen kann.«

»Scherze helfen mir gerade nicht weiter«, maulte Linus genervt.

»Mensch, was ist los mit dir? Dann ruf sie halt an, dass du später kommst. Ist doch kein Problem, das wird sie schon verstehen.«

Konnte es noch peinlicher werden?

»Ich – hab keine Telefonnummer von ihr.«

Am anderen Ende war für einen Augenblick nur Stille. Sogar das Klackern auf der Tastatur war eingestellt worden. Maik gehörte zu den wenigen Männern, die voll multitaskingfähig waren. Es war nichts Außergewöhnliches, dass er weitertippte, während er sich mit Linus unterhielt.

Dann ertönte lauteres Lachen. »Willst du mich verarschen? Was für'n Date ist das denn?«

Seine Hand zitterte. Jetzt musste er mit der Wahrheit ans Licht. *Tick-tack, die Zeit verrinnt!*

»Na ja, so 'ne Art Blind Date über 'ne Partneragentur. Also, wir haben schon ein bisschen gechattet, Persönliches ausgetauscht und so …«

Das Lachen schwoll zu einem Inferno an und dröhnte in Li-nus' Ohr.

»Soll das heißen, du …« Maik beruhigte sich ein wenig und prustete nun nur noch leise belustigt in den Hörer. »Du hast dich tatsächlich bei so 'nem Verein angemeldet? Mensch Linus, das hast du doch nicht nötig, die zocken dich doch nur ab.«

Linus traute sich nicht, irgendetwas darauf zu antworten. Er ahnte auch so, was Maik auf jeglichen seiner Gründe erwidern würde: *Du siehst gut aus und wenn du dich ein wenig mehr an-strengen würdest, wärst du längst verheiratet.*

Als ob das so einfach wäre. Linus unterdrückte ein Seufzen. Genau das war der Kern seines Problems. Ja, er sah gut aus und hatte damit einen Kennenlernbonus in der Frauenwelt.

Und nein, das war kein Garant fürs große Glück.

Denn er hatte bisher jedes Mal den Eindruck gewonnen, die Frauen wollten ihn nur eine Zeitlang als attraktiven Begleiter, vielleicht um ihre Freundinnen neidisch und ihren eigentlichen Wunschmann eifersüchtig zu machen. Gewiss, er war ein Mann zum Herzeigen, wenn er geduscht hatte und ordentlich angezogen war. Aber es war nun mal nicht völlig zu vermeiden, trotz Handschuhen, dass er schmutzig nach Hause kam, mitunter nach Öl und Benzin roch. Bisher hatte das jede abgetörnt. Verständnis für seinen Beruf, mit Arbeitszeiten auch mal an Sonn- oder Feiertagen, hatte nicht eine auf Dauer aufgebracht. Trotzdem liebte Linus seinen Job, diese Möglichkeit, anderen Menschen auf seine Weise zu helfen, und er hätte ihn niemals für eine Frau aufgegeben.

»Und du hast wirklich keine Nummer von ihr?«

Verständlich, dass Maik ihm das nicht abkaufte.

»Wie habt ihr euch denn dann verabredet?«, bohrte dieser weiter.

»Per Chat, über die Partnerwebsite.«

»Na also, schreib ihr halt.«

Linus seufzte. Manchmal war sein Freund ein echter Holzklotz. »Hör zu, unser Treffen ist in nicht mal einer halben Stunde. Wenn ich ihr jetzt schreibe, liest sie das vielleicht gar nicht mehr.«

»Und weiter? Wie soll ich dir dabei helfen? Ich hab's leider noch nicht geschafft, die Uhr zurückzudrehen«, gab Maik zurück, deutlich von dieser Unterhaltung strapaziert.

Jetzt musste er alles auf eine Karte setzen, damit sein Freund die Dringlichkeit seines Anliegens verstand und ihn nicht im Stich ließ.

»Es ist so, dass ... also, ich ... ich muss da hin, ich meine, ich müsste ... mein Horoskop ist eindeutig. *Heute treffen Sie die Frau Ihres Lebens.* Deshalb ...«

Das Klappern der Finger auf der Tastatur setzte wieder ein.

»Ich hab dir schon tausend Mal erklärt, dass du diesen Mist nicht glauben sollst. Das sind Standard-Horoskope, die auf fast jeden Menschen zutreffen. Und überhaupt, wann hattest du vor, mir von deiner Partnersuche zu erzählen?«, schnaubte Maik ungehalten.

Verständlicherweise war sein Freund ein wenig über diese Geheimniskrämerei gekränkt. Normalerweise erzählten sie sich alles. Aber da Linus wusste, was Maik über Partnervermittlungen dachte, hatte er es vorgezogen, dies vorerst für sich zu behalten. Was ihm nicht leicht gefallen war.

»Naja, spätestens wenn ich *sie* dir das erste Mal vorgestellt hätte, aber jetzt – jetzt ist es ja so, dass du sie sogar noch vor mir kennenlernst. Ich meine, es wäre super, wenn du das für mich tun würdest.«

Endlich war es raus!

Für einen Augenblick war Funkstille, auch das Geräusch auf der Tastatur verstummte wieder. Dann hörte er Maiks lautes Atmen durch den Hörer.

»Sag mal, spinnst du? Hab ich das gerade richtig verstanden? Du willst, dass *ich* zu deinem Date gehe?«

»Ja genau. Ist ja fast bei dir um die Ecke, also kein großer Umstand. Wir haben uns nämlich im *Assado* verabredet. Du müsstest allerdings gleich …«

»Drehst du jetzt völlig durch? Wie soll das denn gehen? Die hört mich doch erst gar nicht an … außerdem hab ich noch zu tun.«

Klar, sie hätten rein äußerlich nicht unterschiedlicher sein können. Nur – eigentlich erwartete seine Auserwählte ja gar nicht jemanden von Linus' Statur …

»Ach komm schon, ist ja nur für 'ne Stunde. Weißt du, Maik, es ist so … Ich meine, ich habe ihr zwar geschrieben, dass ich für die Orangen Engel arbeite. Ganz mit offenen Karten, auch wegen meinen Arbeitszeiten, sonst gibt das später Stress, nach dem Motto: Hätte ich das gewusst … Aber, nun ja, das Foto, weißt du, das man hochladen muss …« Seine Stimme drohte zu versagen und Linus räusperte sich. »Also, um es kurz zu machen: Auf dem Foto bist du zu sehen.« Jetzt war es endlich raus. Sein Herz raste wie verrückt.

Stille.

»Maik? Bist du noch dran?«

»Sag das noch mal!« Der pikierte Unterton war nicht zu überhören. »Du hast wohl nicht alle Tassen im Schrank? Du kannst doch nicht einfach mein Bild … Also, du bist ja ein solcher Vollpfosten!« Ein letztes ungehaltenes Schnauben war zu hören, dann brach die Verbindung plötzlich ab.

Mist, und nun? Es war Maik nicht zu verdenken, dass er diese Neuigkeiten nicht gut hieß. Verzweifelt hieb Linus mit der Faust auf die Hupe. Der Fahrer auf der linken Spur neben ihm zeigte ihm einen Vogel.

Was für ein verkackter Tag!

4

Die Stunde rückte näher und Maureen verfluchte ihre Freundinnen, die ihr das eingebrockt hatten. Es war zwar ganz unterhaltsam, mit einem Wildfremden zu chatten, ihn aber zu treffen, war eine andere Sache. Je häufiger sie darüber nachdachte, desto weniger Lust verspürte sie dazu. Auch wenn ihr das Bild des Mannes inzwischen vertraut erschien und er sympathisch aussah.

Bilder konnten lügen. Informationen konnten lügen. Das Internet war eine Lüge. Und überhaupt: Waren nicht Männer die geborenen Lügner?

Das Telefon klingelte. Mit einem Stoßseufzer nahm Maureen ab. Das Display verriet, dass der Anrufer Denise war.

»Hi, wie geht's dir? Bist du schon aufgeregt?«

Sie hätte den Mädels nicht verraten sollen, dass ihr Date heute Abend stattfand.

»Ein bisschen«, gab Maureen zu. Am besten wäre sie wohl beraten, ihr Handy bei Verlassen der Wohnung auszuschalten, um nicht genervt zu werden.

»Soll ich dir noch ein paar Tipps verraten? Also ich würde ...«

»Danke«, wehrte Maureen lachend ab. »Lieb von dir gemeint, aber ich bin schon erwachsen. Und ich bin auch ein anderer Typ als du, also lass es.«

»Na gut«, sagte Denise und fuhr fort über ihren neuesten Flirt zu schnattern, was Maureen überhaupt nicht interessierte. Denise hatte alle paar Wochen einen Neuen, das konnte niemand ernst nehmen. Davon abgesehen aber war sie eine liebe und äußerst zuverlässige Freundin, wenn man sie mal brauchte.

Nur noch mit halbem Ohr zuhörend rief Maureen das Partnerportal am Bildschirm auf und betrachtete wohl zum hundertsten Mal das Foto. Dem rundlichen Gesicht nach zu urteilen war ihr Datingpartner nicht der Schlankste, aber das würde sie nicht stören. Hauptsache intelligent, liebevoll und gepflegt … Maureen überlegte weitere Charakterzüge, die ihr wichtig waren und auf die sie heute Abend achten wollte. Humor war wichtig, und gute Manieren. Das einzige, was sie so schnell nicht herausfinden würde, waren seine sexuellen Neigungen. Immerhin war Sex ein wesentlicher Bestandteil einer Partnerschaft und wenn sie ehrlich war, vermisste sie dies fast noch mehr als die Anwesenheit eines anderen Menschen, wenn sie abends nach Hause kam. Die körperliche Berührung, angefangen von einem simplen Kuss, einem herzlichen in den Arm nehmen, bis hin zu aufregenden, sinnlichen und erotisierenden Zärtlichkeiten – das war etwas, was ihr fehlte, seit sie sich von Severin getrennt hatte.

»Hörst du mir überhaupt noch zu?«

Shit, ertappt.

»Ähm, also, nimm's mir nicht übel, aber ich wollte noch unter die Dusche, muss mich noch schminken und weiß auch noch nicht, was ich anziehe.«

Denise lachte. »Sag halt, dass ich dir auf die Nerven gehe und dich aufhalte! Viel Spaß heute Abend!«

Puh, erleichtert legte Maureen auf. Eigentlich war Denise ja doch eine verständnisvolle und liebe Freundin.

Hoffentlich machte sie heute das Richtige. Ein wenig nervös dachte Maureen zurück an vergangene Tage.

Nach Peter hatte es noch einen zweiten Mann in ihrem Leben gegeben. Für kurze Zeit. Severin war ein passabler Liebhaber gewesen, dazu gut aussehend und erfolgreich in seinem Job als angehender Rechtsanwalt. Sie hatten beide auf geistiger Augenhöhe verkehrt, über Politik und Wirtschaft diskutiert, nur in besseren

Kreisen verkehrt. Nur leider war Severin nicht treu gewesen, womit Maureen wieder bei der Schlussfolgerung ankam, dass Männer die geborenen Lügner waren. Über Monate war es ihm gelungen, ihr glaubhaft zu erklären, dass er Überstunden machte oder für ein bis zwei Tage auf Dienstreise wäre, bis ein dummer Zufall die Wahrheit ans Licht brachte. Nun erklärte sich auch von alleine, warum er viel zu selten Lust auf Sex hatte.

Als Maureen ihn zur Rede stellte, leugnete er nicht, eine Geliebte zu haben, aber es sei nichts Ernstes, er wolle schon die ganze Zeit über Schluss machen. Morgen, gleich morgen, ganz bestimmt.

Aber da hatte er sich in ihr getäuscht. Maureen gehörte nicht zu den Frauen, die solchen Versprechungen glaubten. Ihr genügte die Enttäuschung, überhaupt betrogen worden zu sein. Nicht mit einem One-Night-Stand, nein, über Wochen, wie ihr sein Online-Kalender verriet, den sie noch in derselben Nacht heimlich durchstöberte. Bisher hatte sie diesen als Severins Privatsphäre betrachtet und war davon ausgegangen, dass der Timer sowieso nur Geschäftstermine enthielt. Aber sie wollte es jetzt genau wissen und stellte fest, das stimmte nicht.

Nach einer durchweinten Nacht verlangte sie von Severin am nächsten Morgen, seine Sachen zu packen und auszuziehen. Es folgte ein unschöner Streit, dann war es vorbei.

Seither lebte sie alleine und manchmal erschien ihr die große Wohnung entsetzlich leer. Wenn sie abends heimkam, stellte sie als erstes das Radio an, um die Stille zu vertreiben. Die Leere in ihrem Bett ließ sich jedoch weder durch einen Vibrator noch durch Masturbation vertreiben. Dies dämpfte nur ihre körperlichen Bedürfnisse, wirklich befriedigt wurden sie davon nicht. Die Berührung von Lippen auf ihrer Haut, das lüsterne Stöhnen des Partners, dies waren Dinge, die sich nicht simulieren ließen.

Es war deshalb sehr lieb, dass ihre Freundinnen sich Sorgen machten und Maureen wieder in einer glücklichen Beziehung sehen wollten, aber würde das funktionieren?

Sich auszuziehen, einander nackt gegenüber zu treten und Sex zu haben war vermutlich nicht so schwer. Aber wie sollte sie ihre Seele wieder einem neuen Partner öffnen, ihn in ihre intimsten Gedanken und Ängste, in ihre Hoffnungen und Träume einbeziehen, mit ihm ihre Zukunft planen?

Sie war kein Angsthase und gewohnt, für sich selbst zu entscheiden und analytisch vorzugehen. Also würde sie genau das auch heute Abend machen.

5

Das war's dann also. Ein schlechter Tag für die Erfüllung seines Horoskops. Die Unwägbarkeiten des Lebens wie ein ganz gewöhnlicher Stau waren in der Prognose nicht berücksichtigt. Zwar setzte sich die Kolonne gerade wieder in Bewegung, aber seine Zeit war vorbei. Die rötlichen Berge in der Ferne verblassten langsam in der einsetzenden Dämmerung.

Verdammt, warum hatte Maik ihm nicht diesen Gefallen getan, statt sich über ihn lustig zu machen. Linus erinnerte sich gut an ein Dutzend Situationen, in denen er seinem Freund ohne nachzudenken geholfen hatte. Waren best-friends-Beziehungen nicht dafür da, sich gerade in kritischen Momenten zur Seite zu stehen?

Einen tiefen Seufzer von sich gebend streckte Linus sich hinter seinem Lenkrad. Eigentlich müsste er stinksauer auf Maik sein, innerlich toben, wie stur sich dieser stellte. Aber nein, der stille Frust überwog. Zum einen lag es einfach nicht in seiner Mentalität, jemandem böse zu sein. Und zum anderen war ja er selbst derjenige, der die Sache falsch angepackt hatte. Und vielleicht war das Ganze überhaupt eine Schnapsidee gewesen.

Wäre nicht dieses Gesicht, das ihm nicht mehr aus dem Kopf ging. Er musste sie sehen, eher würde er keine Ruhe finden! Aber wie sollte er das anstellen?

Ein lauter Fluch schallte durch den Wagen und er hieb einige Male wütend auf das Lenkrad ein, ehe er sich zusammenriss und sanft das Gaspedal durchdrückte, um in der wieder anrollenden Kolonne mitzuschwimmen.

Ein paar Autolängen vor ihm stand ein weiß-roter Mini mit eingeschalteter Warnblinkanlage auf der Standspur, eine junge Frau in einer dicken Winterjacke wartend dahinter, die Kapuze mit dem flauschigen Pelzkragen tief ins Gesicht gezogen. Der Grund ihrer Panne war aus Linus' Warte nicht erkennbar, nach einem Unfall sah es eigentlich nicht aus. Aber dass er ihr helfen musste, war glasklar. Nicht nur weil er im Augenblick sowieso nichts Besseres vorhatte und Ablenkung benötigte. Sein Helfersyndrom musste genetisch bedingt sein (sein Vater war Notarzt und seine Mutter Psychotherapeutin) und leitete ihn schon sein ganzes Leben lang.

Sobald Linus sich der Position des liegengebliebenen Wagens genähert hatte, setzte er den Blinker und wechselte auf die rechte Spur, als ihm der nachfolgende Fahrer Platz machte. Vorbei am Mini, reihte er sich vor diesem ein, schnappte sich Schal und Handschuhe, und stieg aus.

Die Fahrerin wirkte sichtlich erleichtert, als sie ihn auf sich zukommen sah. »Sie schickt mir der Himmel«, erklärte sie.

»Das ist bei Engeln so üblich«, erwiderte er augenzwinkernd und sie schenkte ihm ein zustimmendes Lachen. Wie wohl sich diese kleine Geste gerade jetzt anfühlte!

»Ich habe erst vor fünf Minuten angerufen und mich auf eine längere Wartezeit eingestellt. Das ist jetzt purer Zufall, dass Sie der Stau hierher gespült hat, oder?«

»Ja, das kann man so sagen«, entgegnete er und reichte ihr die Hand. »Linus Gruber.«

»Lola Gehrke«, erwiderte sie mit angenehm klingender Stimme und festem Händedruck.

Zweimal *LG* schoss es Linus kurz durch den Kopf und für einen kurzen Augenblick verspürte er so etwas wie ein schüchternes Kribbeln auf seiner Haut.

»Ich geb' nur schnell den Kollegen Bescheid, dass ich übernehme, wenn es Ihnen recht ist.«

Sie nickte.

»Wo haben Sie angerufen, Frau Gehrke. Bei den Orangen Engeln?«

»Natürlich«, hauchte sie. »Wo sonst? Wer vertraut denn nicht auf Engel?«

Das Kribbeln wurde wärmer und breitete sich in seinem Körper aus. Seine Augen hingen an dem sinnlichen Lächeln ihres Mundes, der von einem zartrosa Lipgloss glänzte. Die letzten Strahlen der Abendsonne zauberten Reflexe in ihre grünen Katzenaugen und feurige Strähnchen in ihre weinroten, zu einer pfiffigen Hochsteckfrisur gebändigten Locken, als sie nun die Kapuze nach hinten streifte. Ihr Augenaufschlag brachte Linus für einen Augenblick völlig aus dem Konzept. Hatte sie ihm gerade vertraulich zugezwinkert? Du meine Güte, flirtete sie etwa mit ihm?

Blödsinn! Das lag bestimmt daran, dass er so sehr auf dieses Date fixiert war, dass seine Sinne völlig verrückt spielten.

So verlegen hatte Linus sich schon lange nicht mehr gefühlt. Nur mit Mühe gab er sich einen Ruck, schaute auf das Display seines Handys, drückte die Kurzwahl und gab die Information an die Zentrale weiter. Als er es wieder in die Brusttasche stecken wollte, ertönte Maiks spezifische Erkennungsmelodie.

»Sekunde, ich hab's gleich«, erklärte Linus der jungen Frau und ergänzte geistesgegenwärtig: »Ein Kollege.«

Zu seiner Erleichterung zeigte ihre Miene keine Zeichen von Ungeduld. Im Gegensatz zu ihm hatte sie heute vermutlich nichts mehr vor.

»Also Alter, nochmal zu deinem Anliegen: du willst wirklich, dass ich dahin gehe und dich vertrete?« Statt Spott meinte Linus jetzt pure Neugierde aus Maiks Stimme herauszuhören.

»Ja, sicher«, erwiderte Linus und kehrte zwei Schritte zu seinem Wagen zurück, um ungestörter sprechen zu können. »Du würdest mir wirklich einen Riesengefallen tun. Erklär' ihr die Situation. Irgendwie. Bitte. Sag ihr, wie leid es mir tut. Das ist zumindest persönlicher als zu schreiben.«

»Na gut, du verrückter Idiot. Ich mach's. Allerdings musst du mir noch erklären, warum du mein Foto verwendet hast.«

Er macht's, dachte Linus mit einem Anflug von Euphorie und befürchtete, augenblicklich in Ohnmacht zu fallen. Er sah schon die Schlagzeilen vor seinem geistigen Auge: *Oranger Engel fällt auf Standstreifen um ... Jetzt reiß dich mal zusammen! Mann oder Memme?*

Ein kurzer Blick auf das Display genügte. »Maik, es ist keine Zeit für Erklärungen. Du hast noch genau fünf Minuten.«

Ein gequältes Lachen war zu hören. »Also im Prinzip gar keine Zeit, Umziehen ist da nicht mehr drin.«

Daran hatte Linus überhaupt nicht gedacht. *Hoffentlich jagt er ihr keinen Schock ein und trägt nicht ausgerechnet heute eine von seinen schmuddeligen Jeans mit abgetretenem Saum, dazu ein löchriges Shirt mit einem scheußlichen ausgewaschenen Aufdruck.*

Die Frage nach Maiks Outfit wagte er nicht zu formulieren. Es war ohnedies schon fast zu spät, um die Situation zu retten.

»Aber dass dir eins klar ist, die Sache mit dem Foto hat noch ein Nachspiel. Von wegen Datenschutz und so. Da bist du mir was schuldig!«, knurrte Maik. »Also, sie erkennt mich, und was ist mit mir? Wie sieht SIE aus? Und wie heißt sie überhaupt?«

Linus' Mund war so trocken, dass er kaum in der Lage war zu antworten. Maik würde es tun! Der Jubel in seinem Inneren wollte kein Ende nehmen. *Er wird es tatsächlich für mich machen!* Allen Ungläubigen zum Trotz, sein Horoskop würde sich heute erfüllen!

»Maureen. Sie heißt Maureen. Ich schick dir gleich ihr Foto. Und Maik – danke!«

Die Antwort war ein undefinierbarer Ton zwischen freundlichem Knurren und einer nicht in Worte gefassten Drohung. Dann hatte sein Kumpel aufgelegt.

Linus scrollte schnell durch seine Liste, um die Nachricht mit dem Foto weiterzuleiten. Stunden hatte er damit verbracht, auf dieses Gesicht zu schauen, während sie miteinander gechattet hatten. Wie sich wohl ihre Stimme anhörte? Für heute Abend hatte er sich einen Kuss erhofft, von diesen schön geschwungenen Lippen, oder auch mehr. Noch einmal atmete Linus tief durch, ehe er sich wieder der Autofahrerin zuwandte.

»Tut mir leid, dass Sie warten mussten.« Sein Blick schweifte über den Mini. Nicht ganz neu, aber gut gepflegt, das sah er trotz der wetterbedingten Schmutzpartikel. »Jetzt erzählen Sie mal, Frau …«

»Gehrke, Lola Gehrke«, half sie ihm.

»Okay, Frau Gehrke, was für Probleme macht denn Ihre Knutschkugel?«

Du meine Güte, das hatte er überhaupt nicht sagen wollen! Seine Hormone schienen völlig mit ihm durchzugehen.

Ihr glucksendes Lachen nahm der Situation ein wenig die Peinlichkeit. »Knutschkugel – das hab' ich ja noch nie gehört! Nun, jedenfalls rollt sie nicht mehr. Plötzlich war der Schwung weg. Der Motor lief, aber – Gaspedal durchtreten half nichts, dann hab' ich's gerade noch auf die Standspur geschafft, ehe mein Schätzchen ausgegangen ist.«

Das klang nicht gut. Linus fielen sofort mehrere Möglichkeiten ein, woran es liegen könnte, von denen sich einige leicht, andere hier vor Ort gar nicht beheben ließen. Für einen Mini allerdings eher ungewöhnlich.

»Steigen Sie bitte ein und ziehen Sie den Hebel für die Motorhaube?«

Die junge Frau nickte, ging um den Wagen herum und stieg ein, die Tür ließ sie einen Spalt weit offen.

Immer noch schob sich die Autoschlange an ihnen vorbei, nur hatte das Tempo inzwischen ein wenig zugenommen. Der Stau schien wieder in Fluss zu kommen.

Maik müsste jetzt gerade das Restaurant betreten.

Ein Klacken verkündete das Lösen der Sperre, Linus griff unter die Haube, um diese anzuheben und zu justieren. »Wie viel Benzin ist noch im Tank?«

»Halb voll«, kam die prompte Antwort.

Das also war es nicht. Zwei halbvolle Benzin- und Dieselkanister hatte er für den Notfall immer dabei, auch wenn es nicht allzu oft vorkam, dass jemand wegen eines leeren Tanks liegenblieb.

»Starten Sie mal bitte?«

Es klang jämmerlich. Beim dritten Versuch sprang der Motor zwar an, aber nur, um gleich wieder mit einem kläglichen Röcheln abzusaufen.

»Okay, reicht schon. Ich werde die Batterie Ihres Wagens mal an meine Messeinheit anschließen. Hört sich an, als ob sie leer ist.«

»Aha«, murmelte Gehrke, die wieder ausgestiegen war. »Kann denn das sein? So alt ist die Batterie doch noch gar nicht.«

»Ist nur eine Theorie. Manchmal macht die Winterkälte den Batterien zu schaffen«, erwiderte Linus, während er die Klemmen an der Batterie befestigte. »Ich vermute aber mal, dass Ihr Wagen nachts in einer Garage steht?« *So gepflegt wie er trotz der Wetter bedingten Schmutzspritzer aussieht,* fügte er im Stillen hinzu.

»Ja, ich hab einen Tiefgaragenstellplatz«, erwiderte sie. »Zum Glück. Sonst müsste ich im Winter jeden Morgen Eis kratzen. Das wäre echt ätzend.«

Linus nickte. Leider bestätigte sich seine Vermutung nicht, dass der Fehler bei der Lichtmaschine zu suchen wäre. In diesem Fall hätte er die Batterie aufgeladen, und seine Kundin hätte vielleicht selbst bis zur nächsten Werkstatt fahren können.

»Wohin müssen Sie denn heute noch?«

»Feldkirchen.«

»Kenne ich gut. Sie wohnen dort?«

»Ja.«

Aha, vermutlich war sie eine von Hunderten, die sich täglich auf dieser Strecke bewegten. Als Engel der Straße war ihm nur allzu bekannt, dass die Staus im Feierabendverkehr zwischen München und Ingolstadt zum Großteil durch Pendler verursacht wurden. Obwohl Linus selbst viel Zeit auf der Straße verbrachte, war er froh, dass er diesem allmorgendlichen und allabendlichen Stress selten ausgesetzt war. Zum Glück gehörte wenigstens die Riesenbaustelle inzwischen der Vergangenheit an, bei der man den Standstreifen zu einer vierten Fahrspur ausgebaut hatte, um den Verkehr etwas zu entzerren. Die Unfallhäufigkeit hatte dies nur unwesentlich herabgesetzt.

Selbst die neue Software seines Analysegerätes, das Linus im Heck seines Wagens mit sich führte, brachte ihm keine neue Erkenntnis. Zwar konnte er sich nicht in jegliches System perfekt einloggen, wenn die Hersteller keinen entsprechenden Zugang freigegeben hatten, aber selbst wenn – wie heute – so musste er nicht zwingend fündig werden.

Auch weitere Untersuchungen und Fremdstarts mittels Überbrückungskabel lösten das Problem nicht. Der Motor des Kleinwagens erstarb jedes Mal nach wenigen Sekunden. Es wurmte Linus, dass er nicht erfolgreich war. Einer der Klassiker unter den Ursachen war eine gelöste Kabelverbindung. Heute aber hatte sich offenbar mehr als nur sein geplatztes Date gegen ihn verschworen. Wohl oder übel musste er einsehen, dass er nichts für die junge Dame tun konnte.

»Tja, tut mir leid, Frau Gehrke. Aber das Problem scheint tiefer zu sitzen. Ganz untypisch für Knutschkugeln«, versuchte er ihre betrübte Miene aufzuheitern und tatsächlich kicherte sie über seine Bemerkung. »Also, ich kann Ihnen einen Abschleppdienst rufen und der bringt Sie zusammen mit Ihrem Wagen zu der Werkstatt Ihrer Wahl, und von dort können Sie mit einem Leihwagen oder Taxi heimfahren. Die Kosten dafür übernimmt natürlich der Club für Sie als Mitglied.«

»Schade«, erwiderte sie. Die Enttäuschung war ihr ins Gesicht geschrieben. Inzwischen war es dunkel und um einiges kälter geworden, und es war nicht zu übersehen, dass sie fror. Ihre schöne modische Jacke war sicherlich für die Fahrt in einem beheizten Auto ausreichend warm, jedoch nicht, um längere Zeit draußen herumzustehen.

»Wissen Sie was, setzen Sie sich in meinen Wagen. Ich lass die Standheizung ein wenig laufen, während wir warten. Dann wird es schnell warm.«

Nachdem Linus angerufen, die Motorhaube geschlossen und auch in seinem eigenen Wagen alles wieder versorgt hatte, nahm er auf dem Fahrersitz Platz und knipste das Licht über dem Spiegel an.

»Was glauben Sie, wird das eine teure Reparatur?«

Schulterzuckend schaute er sie an. »Schwer zu sagen. Kann etwas Mechanisches sein oder ein Elektronikfehler. Fahren Sie jeden Tag diese Strecke?«

»Ja, ich arbeite in Manching, als Sachbearbeiterin.«

Linus nickte wissend. »Flugzeugbranche?«

Gehrke grinste. »Sie kennen sich aus.«

»Nervt das nicht, jeden Tag dieser Stress auf der Straße?«

»Wenn's so läuft wie heute, dann schon. Ich habe auch schon mal überlegt, nach Ingolstadt zu ziehen.«

»Das wäre um einiges näher.«

Irgendwie wusste er nichts mit seinen Händen anzufangen und legte sie daher auf das Lenkrad. Die junge Frau war dezent geschminkt und ihr Gesicht war von einer angenehm natürlichen Schönheit, die selbst von ein paar Sommersprossen nicht getrübt wurde. Wenn sie ihn ansah, strahlten ihre grünen Augen im Licht der Innenbeleuchtung wie zwei Smaragde.

»Ja, aber – die Mieten in Ingolstadt sind inzwischen auch sehr hoch und eine schöne Wohnung habe ich dort nicht gefunden. Außerdem wohnen meine Eltern und meine Freunde auch alle in München und Umgebung. Die Entscheidung ist echt schwer.«

Das hörte sich ein bisschen an, als würde sie alleine leben, sonst hätte sie bestimmt einen Partner oder eine eigene Familie erwähnt.

»Ingolstadt ist also keine Option«, stellte Linus abschließend fest.

»Nein, zumindest nicht im Augenblick.«

Würde sie in Ingolstadt wohnen, könnte sie morgens ein wenig länger schlafen. Aber dann säße sie vermutlich jetzt nicht neben mir. Irritiert über seinen Gedanken, schaute er kurz auf das Lenkrad, dann wieder zu ihr hinüber. Sie war sympathisch, sehr sogar. Eine hübsche, natürlich wirkende junge Frau.

Ein Glücksimpuls durchfuhr ihn und entspannt legte er seine

Hände auf die Oberschenkel. Warum beruhigte ihn die Annahme, dass sie Single war? In wenigen Minuten würde der Abschleppwagen kommen. Dann trennten sich ihre Wege und sie würden sich nie wieder sehen.

Ihre Lippen wirkten ein wenig trocken, und als hätte sie seinen Gedanken gehört, zückte sie einen Labello aus der Jackentasche. Er sah ihr dabei zu, wie sie mit dem Stift ihre Lippen nachfuhr. Verdammt, war das sexy. Zu gerne würde er mit seiner Zunge … *Nun reiß dich mal zusammen!*

Seine Augen wollten nicht von ihr weichen. Ihre von einem Haargummi kaum gebändigte feuerrote Lockenpracht entfaltete sich über ihren Schultern. Die Frau war eine Nixe! Soviel stand für Linus fest. Was für ein Anblick!

Der Schweiß brach ihm in den Handflächen aus und verstohlen wischte er sich über die Schenkel.

»Also, wenn Sie möchten, dann – können Sie mit mir mitfahren. Wir folgen dann einfach dem Abschleppwagen.«

Ihr Lächeln war umwerfend.

»Gerne. Aber haben Sie denn nichts anderes vor? Ihre Familie wartet doch bestimmt schon auf Sie?«

»Nein, ich lebe zur Zeit alleine.«

»Ach so, Strohwitwer.«

Du meine Güte, sie hatte ihn missverstanden. Allein ihr direkter Blick brachte ihn schon völlig durcheinander, und nun sollte er am besten gleich diesen Irrtum klar stellen. Verdammt, warum eigentlich? Das ging sie doch überhaupt nichts an, ebenso wenig wie ihn ihr Privatleben!

»Äh nein, ich meine, ich lebe überhaupt alleine.«

Nun senkte sie kurz die Lider, als wäre sie ein wenig verlegen. Hatte sie ohne Nachzudenken gefragt, aus purer Neugierde?

»Sie müssen also kein schlechtes Gewissen haben, aber wenn Sie lieber in den Abschleppwagen umsteigen?« Ein kurzer Blick in den Seitenspiegel zeigte ihm, dass dieser sich auf der Standspur näherte.

»Nein! Nein, ich würde sehr gerne bei Ihnen mitfahren.«

»Prima. Ich steig schon mal aus und helf dem Fahrer beim Aufladen. Sie können gerne sitzen bleiben.«

»Danke.«

6

Kopfschüttelnd betrachtete Maik das Konterfei seines Freundes in der Kontakteliste. *Idiot*, formulierten seine Lippen stumm. Das Handy beiseite legend versuchte er sich wieder auf seine Programmierung zu konzentrieren, was ihm nach Störungen jeglicher Art normalerweise mühelos gelang, als überlegte sein Gehirn in einem automatikgesteuerten Paralleluniversum weiter. Einsatzbereit lagen seine Finger auf den Tasten, bereit seine Anweisungen synchron zu übertragen. Aber – nichts. Sein Blick schweifte am Monitor vorbei durch den nüchtern gestalteten Raum, dessen einziger optischer Reiz in mehreren stachligen Kakteen bestand, die sein Kollege Tim auf dem Fensterbrett pflegte.

Der breite Bürostuhl mit dem abgewetzten Leder auf den Armlehnen klappte nach hinten. In der ansonsten funktional und modern eingerichteten Büroumgebung machte sich das Monstrum mit den deutlichen Abnutzungsspuren wie ein Fremdkörper aus. Trotzdem hatte der Chef schulterzuckend dem Einzug von Maiks persönlichem Baby zugestimmt, vielleicht weil er ahnte, dass sein Programmiergenie auf diesem Stuhl zu Höchstform auflief.

Schnaufend streckte dieser nun seine Beine von sich, legte den Kopf zurück und die Hände über dem Bauch zusammen, um nachzudenken.

»Was ist denn mit dir los? Funkloch?«, fragte Tim, einen kritischen Blick zu Maik hinüber werfend.

Funkloch war für sie ein Synonym gleichbedeutend damit, dass die Programmierung oder ein anderer Arbeitsvorgang gerade mangels Ideenansatz stoppte. Das konnte jedem Mal passieren. Schließlich waren sie immer noch Menschen, keine Roboter, auch wenn andere das gelegentlich abschätzig behaupteten, weil sie manchmal den ganzen Tag in ihre Tastatur hämmerten, ohne dass man den Eindruck hatte, sie würden atmen oder hätten andere menschliche Bedürfnisse.

Für gewöhnlich redeten Maik, Tim und die beiden Grafiker Melanie und Thorsten, die dasselbe Büro teilten, nicht viel miteinander. Zwar halfen sie sich bei Problemen, manchmal arbeiteten sie sogar am selben Projekt, aber zumindest Maik und Tim lagen nicht auf derselben Wellenlänge. Ihr Umgang war sachlich und reduziert, aufs Notwendigste beschränkt. In einer nicht ausgesprochenen stillen Vereinbarung waren sie übereingekommen, sich einfach in Ruhe zu lassen und zu respektieren, so dass private Informationen völlig außen vor blieben.

Deshalb empfand Maik die Frage seines Kollegen im Augenblick als lästig und erwiderte einsilbig: »Just a break.«

Er schloss die Augen, um nochmal den Wortlaut des Telefonats zu überdenken. Warum hatte Linus ihn nicht ins Vertrauen gezogen? Sie waren dicke Freunde seit der Grundschule, hatten jede Ferien miteinander verbracht, trafen sich mindestens einmal die Woche. Nicht ein einziges Wort hatte Linus über diese Partnervermittlung verloren. War es ihm einerseits so wichtig, die Frau fürs Leben zu finden, andererseits dieser Weg zu peinlich, um ihn seinem besten Freund anzuvertrauen? Und warum zum Teufel hatte er nicht sein eigenes Foto verwendet?

Eigentlich war dies doch nichts anderes als ein Blind Date. Vielleicht hatte die Frau ja ebenfalls ein falsches Foto gepostet, falsche Informationen eingegeben, angepasst an das, was Linus ihr unwissentlich als Köder geliefert hatte. Was, wenn Linus sich in seinem unbeirrbaren, unsäglichen Glauben an dieses dämliche Horoskop Hals über Kopf in ein Liebesabenteuer stürzte, das ihm das Herz brach?

Maik setzte sich wieder auf und betrachtete sein Spiegelbild in der glänzenden Scheibe des Monitors, der sich mittlerweile zu einem schwarzen Bildschirmschoner gedimmt hatte, der nichts als die aktuelle Uhrzeit anzeigte. Er selbst empfand sich nicht als schlecht aussehend und er hatte auch kein Problem damit, pummelig zu sein. Seine Eltern hatten stets hinter ihm gestanden und ihm geholfen, ein gesundes Selbstbewusstsein zu entwickeln. Auch bei seiner Freundschaft mit Linus waren Äußerlichkeiten nie ein Thema gewesen. Sie verstanden sich einfach gut, heckten zusammen Streiche aus, vertrauten sich – bis jetzt.

Warum hat er mein Foto verwendet? Maik zog die Stirn in Falten. Bei allem Selbstbewusstsein war ihm durchaus klar, dass er es mit Linus' Erscheinungsbild nicht aufnehmen konnte. Sein Freund war so attraktiv, dass die Frauen ihn anhimmelten, aber das genügte nicht. War es das? Hoffte Linus auf eine weniger oberflächliche Beziehung, indem er sich als äußerlich weniger optimiert ausgegeben hatte?

Eigentlich sollte er deswegen sauer auf ihn sein. Aber Maik hatte ein großes Herz, er konnte einfach nicht. Und wenn es so war, wie kam Linus darauf, dass dies eine gute Idee sei? Denn wenn – na, dann hätte doch Maik inzwischen längst selbst die Liebe seines Lebens gefunden. Dem war jedoch nicht so. Ihn nahmen die Frauen nicht ernst. Er war wohl nichts mehr als ein gemütlicher Teddybär, und wenn sie davon genug hatten, sehnten sie sich nach einem Mann, der vorzeigbarer war. Vermutlich spätestens dann, wenn ihre innere Uhr die Auswahl für den späteren Samenspender ihres Nachwuchses in Frage stellte. Wie auch immer. Solange Maik von Zeit zu Zeit ein erotisches Abenteuer erlebte, bei dem er auf seine Kosten kam, war ihm eine echte Beziehung nicht wichtig. Im Grunde genommen war er doch eher mit seiner Arbeit verbandelt. Bei richtiger Eingabe machte das Programm genau das, was er wollte. Von Frauen ließ sich das nicht behaupten.

Egal. Was war das für eine Frau, die sich angeblich in dieses rundliche Gesicht mit der Stupsnase, der eher blassen Haut mit unzähligen Sommersprossen, und dem kleinen Mund verguckt hatte, hinter dem sich ein paar unkonventionell stehende Zähne offenbarten? Was für Absichten verfolgte sie wirklich?

Noch ehe Maik zu Ende gedacht hatte, wurden seine Finger wie von selbst auf dem Handydisplay aktiv. Es galt, seinen Freund vor dessen grenzenloser Naivität zu schützen und diese Frau in Augenschein zu nehmen, die ihn ins Unglück stürzen könnte.

»Also Alter, nochmal zu deinem Anliegen: du willst wirklich, dass ich dahin gehe und dich vertrete?«, fragte Maik, kaum dass das Wählsignal verstummt war.

»Ja, sicher, du würdest mir wirklich einen Riesengefallen tun. Erklär' ihr die Situation. Irgendwie. Bitte. Sag ihr, wie leid es mir tut. Das ist zumindest persönlicher als zu schreiben.«

Anscheinend war sein Freund jetzt schon gespannt auf die Reaktion seines Dates.

»Na gut, du verrückter Idiot. Ich mach's. Allerdings musst du mir noch erklären, warum du mein Foto verwendet hast.«

Er hörte, wie Linus einen Seufzer von sich gab. *Tja Alter, du hast dir das eingebrockt, nun mal raus mit der Wahrheit.*

»Es ist keine Zeit für Erklärungen. Du hast noch genau fünf Minuten.«

Maik gab ein gequältes Lachen von sich. »Also im Prinzip gar keine Zeit, Umziehen ist da nicht mehr drin.« Er sah an sich herab. Na ja, wenigstens war da kein Ketchup-Fleck vom Mittags-Hamburger auf dem Shirt. Zwar legte er auf seinen Kleidungsstil nicht so viel Wert, aber durchaus auf Sauberkeit, vor allem wenn es darum ging, eine Frau zu treffen. »Aber dass dir eins klar ist, die Sache mit dem Foto hat noch ein Nachspiel. Von wegen Datenschutz und so. Da bist du mir was schuldig!«, knurrte er verärgert.

»Also, sie erkennt mich, und was ist mit mir? Wie sieht SIE aus? Und wie heißt sie überhaupt?«

»Maureen«, stieß Linus atemlos hervor.

Mann, dem ging wohl ganz schön die Düse. Musste ja eine mächtig attraktive Braut sein, wegen der er so einen Aufstand machte. Allmählich wurde Maik neugierig auf dieses Treffen.

»Sie heißt Maureen. Ich schick dir gleich ihr Foto. Und Maik – danke!«

»Mmmmh.«

Maik legte auf und wischte sich über die Stirn. Wenige Sekunden später meldete sein Handy fiepend den Eingang einer neuen Nachricht.

»Wow!« Sein Puls beschleunigte sich in Sekundenschnelle. Eins zu Null für die Frau. Leuchtend blaue Augen strahlten mit einem sympathischen, selbstbewussten Zahnpastalächeln um die Wette. Das dezent geschminkte Gesicht wurde von ellenlangen schwarzen Haaren umrahmt.

»Maureen«, murmelte Maik, während er seinen Bildschirm sperrte, aufstand und in seine Jeansjacke schlüpfte. Plötzlich konnte er es kaum erwarten, bis der Aufzug ihn die sechs Stockwerke des Medienhauses hinabgebracht hatte. Wie lange hatte er kein Date mehr gehabt? Also ein eigenes. Egal.

So schnell es seine Beine zuließen und ohne dabei zu sehr außer Atem zu geraten, nahm er den Weg Richtung Restaurant. Weit in der Ferne wurden eine Handvoll Wolken von der Sonne, die schon hinter den Dächern verschwand, in intensivem Rot angestrahlt. Ein letztes Zucken vor der nächtlichen Dunkelheit. Verdammt, war das kalt. Hatte er nicht heute Morgen einen Schal dabei gehabt? Egal, der würde bestimmt irgendwo im Büro liegen.

Maik fuhr sich mit den Fingern durch seine Igelfrisur und über die Augen, prüfte den Sitz seines Gürtels und ob der Reißverschluss seiner Hose geschlossen war. Man konnte ja nie wissen.

Er wich ein paar jungen Leuten aus, die ihm entgegen kamen, ausgelassen, fast hüpfend, ohne auf andere Passanten zu achten. Ein Mädchen streifte seinen Arm. »Entschuldigung«, murmelte es erschrocken, ehe es weiterging.

Maik lächelte ihr hinterher. »Schöne Frauen sollte man eigentlich nicht warten lassen«, flüsterte er und kicherte in sich hinein. Ein aufgeregtes Kribbeln bemächtigte sich seines Körpers und versetzte ihn in eine erwartungsvolle Stimmung. Er würde Maureen nicht einfach nur Linus' Bedauern aussprechen und die Situation erklären. Wenn er sich schon für einen solch' ungewöhnlichen Freundschaftsdienst *opferte*, dann würde er diesen Abend auf jeden Fall genießen!

Rund zehn Minuten nach dem vereinbarten Zeitpunkt traf Maik am *Assado* ein. Das war fast noch besser als seine normale ›Pünktlichkeit‹, mit der er es nie besonders genau nahm. Er blieb stehen, zupfte an seiner Jacke. Zweimal tief durchatmen und die Luft bis zum Letzten ausstoßen. Dann zog er die gläserne Eingangstür auf und ging hinein.

Es war schon eine Weile her, dass Maik hier gewesen war. Um alleine auszugehen war das *Assado* zu stilvoll. Hier ging man nicht nur hinein, um zu speisen, sondern um einen schönen Abend in geselligem Miteinander zu verbringen.

Beige Halbsäulen durchbrachen die in Ockertönen marmorierten Wände. Vorgezogene Stuckleisten versteckten die Röhren der indirekten, sanften Deckenbeleuchtung. Schwarze Stehlampen und dazu passende Wandlampen mit tulpenartigen Schirmen aus Milchglas setzten stilvolle Akzente. Ein paar echte Aquarelle mit Städtemotiven vervollständigten das Ambiente. Große Blattpflanzen anstelle von Vorhängen verwehrten zu viel Einblick von draußen durch die bodennahen hohen Fenster.

Die Aufteilung des Restaurants durch viele Raumteiler und weitere große Pflanzen in kleine Sitzgruppen erschwerte Maik die Suche. Die Plätze waren bereits gut besetzt, ohne Vorbestellung war es selbst unter der Woche beinahe aussichtslos, abends einen Tisch zu ergattern.

Runde um Runde suchte Maik und wurde allmählich ein wenig nervös. Hatte er Linus nicht richtig zugehört oder war dies das verkehrte Restaurant? Dann, nur wenige Meter vor ihm, stand eine

Frau auf, zog den knapp knielangen Rock ihres Kostüms straff und griff nach ihrer Handtasche.

Maiks Sensoren vibrierten auf Hochtouren. Oha, die fackelte nicht lange, wenn die Verabredung zu spät kam. Die schimmernden schwarzen Haare lockten sich sanft den Rücken herab, fast bis zum Po. Das musste sie sein!

»Maureen?«

Langsam, wie in Zeitlupe, drehte sie sich auf ihren Stilettos um. Ein atemberaubender Anblick. Ein damenhaftes, aber nicht überstylt wirkendes Kostüm, darunter eine elegante Bluse. Ausdrucksvolle Augen und ein sinnlich geschwungener Mund. Und Mann, was für tolle lange Beine diese Frau hatte!

Der Blick aus den strahlend blauen Augen allerdings erschütterte ihn bis ins Mark. Es war kaum zu ertragen, ihrer intensiven Musterung standzuhalten. Dabei verzog sie keine Miene. Ihr Ausdruck war weder freundlich noch spöttisch oder herablassend. Er hätte es nicht benennen können, denn auf diese Weise war er noch nie angeschaut worden. Auf jeden Fall aber war Maik davon in eine Art ehrfürchtiges Erstaunen versetzt, sodass sein Gehirn sich von einer Sekunde auf die andere wie leergefegt anfühlte und er sich entsetzlich willenlos vorkam.

»Linus?«

Ihre Stimme war fest und bestimmend, dabei von einer angenehmen Tonlage, nicht schrill oder durchdringend. Und gleichzeitig lag in diesem einen Wort so viel Strenge, dass Maik mit einem Male bewusst wurde, in was für einem Schlamassel er sich befand.

Er war nicht der, den sie erwartete.

Er hieß nicht Linus.

Er war nicht pünktlich.

Er hatte nicht einmal Blumen zur Begrüßung mitgebracht.

Er war nicht passend gekleidet.

Und warum zum Kuckuck war ihm dies auf einmal wichtig?

Endlich fand er Worte. Er streckte ihr die Hand entgegen, wobei er ein klein wenig zu ihr aufschauen musste und war überrascht über den sicheren Händedruck, mit dem sie seinen erwiderte. Als er sich vorbeugte, um sie zusätzlich auf die Wange zu küssen, wich sie ihm aus.

Wer so vorsichtig war, seine Mobilnummer nicht rauszugeben, ließ sich halt auch nicht beim ersten Kontakt gleich abschmusen. Eigentlich hatte sie recht, so zu reagieren.

»Hallo Maureen, ich freue mich ja so, dich endlich persönlich kennenzulernen und …«

Eine Handbewegung genügte und ihre gebieterische Geste ließ ihn innehalten.

»Kommst du immer zu spät?«, schnaubte sie.

7

Bodennebel waberte über die an die Autobahn grenzenden Grünflächen und zeugte von Feuchtigkeit und fallenden Temperaturen. Der tagsüber zart keimende Frühling versank des Nachts unter einer herb frostigen Decke.

Morgen muss ich zum Glück nicht fahren, dachte Lola erleichtert. Vor einigen Monaten war ihr das Arbeiten im Homeoffice genehmigt worden und seither durfte sie Dienstags und Freitags zuhause bleiben. Eine, wie sie fand, sehr viel effizientere Art zu arbeiten. Niemand kam herein, um sie abgesehen von einer einzigen wichtigen Frage darüber hinaus in einen längeren privaten Plausch zu verwickeln. Ab und zu war das ja ganz nett und natürlich wollte auch sie ein bisschen mehr von ihren Kollegen erfahren, aber manchmal nervte es sie auch, wenn sie gerade an einer knifffligen Sache saß. Irgendwelche Fragen ließen sich erfahrungsgemäß schneller per Email oder Telefon abklären.

Seither kochte Lola sich an diesen Tagen gegen sechs oder halb sieben Uhr morgens eine Tasse Tee und setzte sich noch im Pyjama an den Rechner. So arbeitete sie am liebsten, im Hintergrund leise Musik aus dem Radio oder von einer ihrer Lieblings-CDs. Ein stressfreier Morgenbeginn, ohne den Krieg auf der Straße. Meistens schaffte sie bis zehn Uhr mehr als an den anderen Tagen und gönnte sich dann ein verspätetes, ausgiebiges Frühstück. Inzwischen freute sie sich schon auf der abendlichen Heimfahrt darauf.

Die beiden Männer schwatzten erstmal eine Runde, ehe sie sich um ihr Auto kümmerten. Vielleicht kannten sie einander von anderen Fällen? Atemwölkchen stiegen vor ihren Gesichtern auf und verloren sich im Dunkeln. Dann endlich nahm der Abschleppwagen seinen kleineren Artgenossen Huckepack.

Wehmut machte sich in Lola breit. Hoffentlich fehlte ihrem Schätzchen nichts Ernstes. Wie süß sich das angehört hatte, als der Pannenhelfer ihren Wagen als »Knutschkugel« bezeichnet hatte. Ja, diesem Auto haftete schon etwas »Nettes« an, so klein und kompakt wie es war. Wobei der Mini sich sportlicher gab, als sie selbst vermutet hatte und ihren Ansprüchen völlig genügte. Und geknutscht hatte sie darin noch nie. Mangels Gelegenheit.

Der Mann vom Abschleppdienst klopfte an die Scheibe und öffnete die Beifahrertür für die Unterschrift unter ein Formular. Er fragte Lola nach ihrem Ziel und ihrer Wunschwerkstatt und sie nannte ihm die Adresse.

Linus startete den Wagen und gähnte kurz hinter vorgehaltener Hand. Mühelos reihten sie sich hinter dem vorausfahrenden Abschleppwagen ein. Vom Stau war inzwischen nichts mehr zu sehen und auch alle Hinweise auf den verursachenden Unfall waren verschwunden.

»Müde?«, fragte Lola und fühlte selbst eine gewisse Schwere in den Gliedern.

»Ein wenig. Jetzt wäre ein doppelter Espresso recht, oder wenigstens ein Kaffee. Aber meine Thermoskanne ist leider auch schon leer.«

»Seit wann sind Sie denn unterwegs?«

»Heute seit acht Uhr.«

»Variiert das?«

»Oh ja, das kommt auf den Einsatzplan an. Manchmal muss ich eine Woche lang morgens um vier raus, dafür die andere Woche erst um zwei Uhr nachmittags, und dazwischen sind wir natürlich auch wechselweise für Wochenend- und Nachtdienst eingeteilt.«

»Ist es nicht recht anstrengend, zu so unregelmäßigen Zeiten zu arbeiten?«

»Eigentlich nicht, daran gewöhnt man sich im Laufe der Jahre. Und wir vertreten ja den Anspruch, zu jeder Tages- und Nachtzeit den Autofahrern zu helfen«, sagte Linus, mit heraushörbarem Stolz. »Und Sie?«

»Ach, ich stehe um fünf Uhr auf, aber ich glaube, daran werde ich mich nie gewöhnen. Das ist einfach nicht meine Zeit.« Lola lächelte. »Wenigstens muss ich an zwei Tagen die Woche nicht ganz so früh raus, weil ich da Homeoffice mache, so wie morgen.«

»Und? Ist das gut oder sind Sie da oft in Versuchung, mal eben zwischendurch die Waschmaschine anzuwerfen oder den Geschirrspüler auszuräumen?«

Lola lachte. »Die Versuchung, sich ablenken zu lassen, ist schon da. Aber das hab ich im Griff. Dafür stehlen mir keine Kollegen die Zeit, die bei mir im Büro herumstehen und reden und reden und vergessen haben, wo die Tür ist.«

»Tja, das kann mir natürlich nicht passieren«, erwiderte Linus und schaute lachend wieder kurz zu ihr herüber.

War es einfach so, dass sie einem Orangen Engel automatisch ein gewisses Vertrauen entgegen brachte, oder strahlte er ganz persönlich etwas aus, das ihr Inneres ansprach? In seiner Gegenwart fühlte sie sich wohl und geborgen, als ob sie sich schon eine Ewigkeit kennen würden.

»Ist Ihnen warm genug?«

»Oh ja, vielen Dank. Finde ich übrigens toll, dass Sie mich mitnehmen. Machen Sie so etwas öfter?«

Himmel, was fragte sie denn so blöd? Hitze stieg ihr ins Gesicht.

Eine Sekunde verging, dann schaute er kurz zu ihr herüber, wandte den Blick aber gleich wieder zurück auf die Straße. Konnte es sein, dass sie ihn verlegen gemacht hatte?

»Nein, das ist das erste Mal«, erwiderte er ein wenig rau.

Am liebsten hätte sie ihn gefragt warum, und sie wünschte sich, dass es etwas zu bedeuten hätte. Gegen die Dunkelheit zeichnete sich sein Profil jetzt nur noch schwach ab, aber was sie von ihm gesehen hatte, genügte ihr. Ein markant männliches Gesicht mit einer gewissen Ähnlichkeit zu Paul Walker, und braunen, kurz geschnittenen Haaren. Straßenretter hatte sie sich immer ein wenig grobschlächtiger vorgestellt, eher mit der Statur eines Bodybuilders. Aber natürlich war das Blödsinn.

»Und – was arbeiten Sie da so, in Manching? Ich meine, sofern Sie darüber sprechen können.«

Was das betraf, hatte er ins Schwarze getroffen. Der größte Teil ihrer Arbeit unterlag der Geheimhaltung. Zu groß war die Gefahr von Werksspionage oder anderen kriminellen Interessen.

»Also, im weitesten Sinne bereite ich Informationsmaterial und technische Unterlagen auf.«

»Sie fertigen Handbücher über die Funktionsweise eines bestimmten Flugzeugtyps?«

»Nja, so etwas Ähnliches«, gab Lola zu. Seine Vermutung war nicht allzu weit von der Wirklichkeit entfernt.

»Und vermutlich streng geheim«, raunte er kaum hörbar zurück, mit einem Schmunzeln.

»Genau das«, hauchte Lola zurück, als müssten sie beide heimliche Zuhörer befürchten.

Eine Weile sagte keiner von ihnen mehr etwas, bis die Lichter der Stadt in der Dunkelheit vor ihnen auftauchten.

Lola sah auf die Uhr. »Oh, schon so spät? Hoffentlich treffen wir überhaupt noch jemanden in der Werkstatt an!«

»Falls nicht, laden wir Ihren Wagen dort ab und Sie rufen morgen früh an.«

»Hmm.« Das kostete alles Zeit. Von ihrer Vertragswerkstatt bis nach Hause brauchte sie normalerweise fast zwanzig Minuten, mit öffentlichen Verkehrsmitteln noch länger. Aber vielleicht konnte sie einen Leihwagen bekommen.

»Da vorne ist es.«

Linus nickte. Er parkte auf der Straße, während der Abschleppwagen auf das Gelände einbog.

Glücklicherweise war noch jemand in der Werkstatt und nahm die Schlüssel entgegen. Lola schilderte mit Linus' Unterstützung das Problem. Enttäuscht vernahm sie, dass der Mitarbeiter nicht befugt war, ihr einen Leihwagen zu geben. Sie musste einfach damit zufrieden sein, dass überhaupt noch jemand vor Ort gewesen war.

»Wenn Sie möchten, bringe ich Sie nach Hause«, bot Linus ihr an.

Beklemmung erfasste Lola. Ein ähnlich formuliertes Angebot hatte sie einmal angenommen und die schlechte Erfahrung machen müssen, dass damit eine bestimmte Erwartung verbunden worden war. Man sah Menschen nicht immer an, was sie dachten und in Wahrheit wollten. Gehörte dieser Mann auch dazu? Andererseits, er würde sicherlich nicht riskieren, dass sie sich über ihn beschwerte, weil er sie sexuell belästigt hatte.

Lola dachte noch immer über die Optionen nach, als Linus sie anlächelte und damit ihren Argwohn zerstreute. Als er die Beifahrertür öffnete, stieg sie ein. »Und es macht Ihnen auch bestimmt keine Umstände?«

Linus schüttelte den Kopf. »Nein, machen Sie sich darüber keine Sorgen.«

»Okay, dann sage ich Danke.«

Während der Fahrt sprachen sie kein Wort.

»Da vorne ist es.« Lola deutete geradeaus, auf ein Mietshaus, dessen gelber Anstrich im Licht der wenigen Straßenlaternen kaum zu erkennen war. »Der zweite Eingang.«

Linus hielt mangels freiem Parkplatz in zweiter Reihe, schaltete die Warnblinkanlage ein und den Motor aus.

»So, da sind wir.«

»Ja. Angekommen.«

Herrgott, fiel ihnen denn nichts Intelligenteres zu reden ein? Sollte sie ihn noch hereinbitten? Eigentlich war er ja ganz nett und sah auch gut aus. Aber nein, er war lediglich ein Mann, der ihr geholfen hatte und das war sein Beruf.

»Ich drück' Ihnen die Daumen, dass der Fehler schnell gefunden wird. Bestimmt ist es nur eine Kleinigkeit, die dem Auto fehlt.«

»Der Knutschkugel«, ergänzte Lola.

»Genau«, grinste Linus und streckte ihr die Hand entgegen. »Auf Wiedersehen, Frau Gehrke. Und noch einen schönen Abend.«

Lola schluckte. Sie wusste nicht so recht, was sie sagen sollte. Nicht einmal ein Trinkgeld konnte sie ihm geben. Ihre Geldbörse war fast leer, wie sie wusste, da sie am Morgen getankt hatte.

»Ihnen auch. Und noch einmal vielen Dank fürs Heimfahren und überhaupt.«

Sein Händedruck war angenehm fest, ohne jedoch ihre Finger zu quetschen, und sie erwiderte den Druck entsprechend. Vorsichtig öffnete sie die Tür, darauf bedacht nicht an dem neben ihnen parkenden Auto anzustoßen, und stieg aus. Er wartete noch und sah ihr hinterher, bis sie die Haustür erreicht hatte. Dann erst startete er den Motor, winkte ihr einen letzten Gruß zu und fuhr weiter.

Ein Gefühl der Leere überkam sie, als sie die Wohnung betrat und das Licht anmachte. Es war so still, so verdammt still. Nicht einmal, als keiner von ihnen gesprochen hatte, war es derart still gewesen.

Verwirrt setzte Lola sich auf das Sofa im Wohnzimmer und starrte vor sich hin.

8

»Kommst du immer zu spät?«

Maik lachte verunsichert auf. Im selben Moment fühlte er sich beobachtet. Wie viele Sekunden standen sie sich jetzt schon gegenüber? An den anderen Tischen saßen auch schon Leute, und diesen boten sie beide eine Liveshow menschlicher Konflikte und Gegensätze. *Puh!* Bis zu diesem Zeitpunkt hatte er geglaubt, nichts könnte ihn in Verlegenheit bringen und er würde locker die Lage seines Freundes erklären können. Aber diese Frau schaffte es, dass er sich wegen etwas mies fühlte, was er nicht eingebrockt hatte, schon gar nicht sich selbst.

»Wollen wir uns nicht erst mal setzen?«, fragte er leise und hasste sich für den bittenden Tonfall.

»Du hast deine Chance vertan«, erwiderte sie ruhig und schickte sich an zu gehen.

Verdammt, war sie etwa eine Zicke, die derart überempfindlich reagierte? Dann sollte er ihr tatsächlich nicht hinterher rennen. Schließlich war das sowieso nicht sein Problem, sondern das von Linus. Und wenigstens war dieser dann auch vor ihr sicher. Vielleicht würde sein Freund ihm dafür eines Tages noch dankbar sein.

Maik zögerte. Andererseits, verflixt! Diese Frau war ein Vamp! *So eine Chance lässt man sich doch nicht einfach entgehen. Nun tu doch etwas!*

Er gab sich einen Ruck und ging ihr schnell hinterher. »Maureen, bitte, lass es mich doch wenigstens erklären. Es ist alles ganz anders, als du denkst. Gib mir eine Chance, bitte! Danach kannst du immer noch gehen, wenn du es dann noch willst?«

Sie gab ein leicht genervtes Schnaufen von sich, bedachte ihn mit einem strafenden Blick, erwiderte jedoch nichts, drehte sich wieder um, ging zurück und nahm Platz.

»Also gut. Ich hoffe, du hast eine plausible Ausrede und nicht dieses Übliche: Meine S-Bahn war zu spät oder der Wagen sprang nicht an«, sagte sie nun mit scharfer Betonung.

Halbwegs erleichtert ließ Maik sich auf die Sitzbank ihr gegenüber plumpsen, streifte seine Jacke herunter und knautschte sie in die Ecke. Ihm war so verdammt heiß. Mehr als ein paar Minuten würde sie ihm sicherlich nicht geben.

»Na ja, es ist nämlich so, eigentlich …«

»Stopp«, bremste Maureen ihn wieder barsch aus. »Fang nicht schon am ersten Abend mit Ausflüchten an. Das passt nicht zu dem Eindruck, den ich bisher von dir gewonnen habe.«

Maik schluckte. Sollte er ihr wirklich die Wahrheit sagen? Sie sah nicht gerade so aus, als ob sie ihm diese Geschichte abkaufen würde. Wie hörte sich das denn an: *Ich bin gar nicht der, den du erwartest hast, ich heiße auch nicht Linus, denn der steckt im Stau und hat mich schon mal vorgeschickt. Haha, ja, warum ich dann so aussehe wie der auf dem Bild, das du kennst, das kann ich dir leider auch nicht erklären. Aber er ist mein bester Freund.*

Fuck! So funktionierte das nicht. Außerdem fing sein Herz gerade mächtig Feuer. Sollte Linus das der heißen Braut doch in den nächsten Tagen selbst erklären. Falls er dazu noch Gelegenheit erhalten sollte.

»Nun?«

Wie sie ihn so mit ihrem Blick durchbohrte, mit hochgezogenen Augenbrauen – wow! Wenn nur sein Gehirn endlich wieder funktionieren würde. Maik räusperte sich und senkte kurz den Blick. Es war wirklich verdammt schwer, ihrer Musterung standzuhalten.

»Du hast natürlich recht. Entschuldige. Es ist einzig und allein meine Schuld, dass ich nicht auf die Uhr geschaut habe und unpünktlich bin.« Er versuchte möglichst zerknirscht und reumütig drein zu blicken. Dass er dies konnte, wusste er, nur – würde Maureen sich davon erweichen lassen? »Bekomme ich noch eine zweite Chance?«

»Hm«, machte sie, lächelte auf einmal hinreißend mit ihrem dunkelrot geschminkten Mund und zog ihre Jacke wieder aus. Im Gegensatz zu Maik faltete sie diese sorgfältig zusammen und legte sie erst dann neben sich auf die Sitzbank.

Puh, halb gewonnen. Und jetzt? Er musste alles daran setzen, Maureen für sich zu einzunehmen. Sein Herz hatte in Gegenwart einer Frau noch nie so spürbar, so trommelwirbelartig, so … schmerzhaft geschlagen. Wie er Linus das erklären würde, war jetzt nebensächlich. *Selbst schuld, mein Freund.*

»Servus, was derf i euch denn bringa?« Die Bedienung mit den blonden Pippilangstrumpf-Zöpfen und dem Dirndl-Oberteil zu roten Hirschleder-Hotpants lenkte die Aufmerksamkeit der beiden auf sich und legte zwei Speisekarten auf den Tisch. Süß sah das Mädel aus, mehr empfand Maik bei ihrem Anblick nicht. Mit seinem Date konnte sie es jedoch nicht aufnehmen.

Am liebsten hätte Maik sich aus alter Gewohnheit ein Helles bestellt, schloss sich aber spontan Maureen an, die sich für ein Glas halbtrocknen Weißwein und Mineralwasser entschieden hatte. Schweigend schauten die beiden in ihre Karten, wobei Maiks Blättern nur eine Alibifunktion hatte, da er über die aufgeschlagene Karte hinweg Maureen betrachtete. Immerhin, sie hatte wohl nicht vor, in der nächsten halben Stunde zu gehen, sondern etwas zu essen. Das beruhigte ihn ein klein wenig.

Ihr Gesicht war noch viel schöner als auf dem Foto, ihr Makeup abgesehen von dem kräftigen Lippenrot dezent, der Teint schien makellos rein zu sein. Nur ihre Augen waren von dicht getuschten Wimpern betont. Klassische Perlenohrringe schmückten ihre Ohrläppchen und eine dazu passende weiße Perlenkette ihren Hals. Die eng anliegende dunkelrote Bluse brachte ihn fast um den Verstand. Sie war gerade soweit aufgeknöpft, dass die Wölbung ihrer

Brüste und ein kleines Stück eines schwarzen Spitzenbüstenhalters zu sehen war. Genug, seine Fantasie anzuregen.

Dann trafen sich ihre Blicke und sie zog fragend die Augenbrauen hoch.

»Du bist wunderschön«, kam es ihm wie von selbst über die Lippen und er spürte das Glühen, das sich von seinen Ohrspitzen bis zu seinen Wangen ausbreitete. Was war denn nur los? Diese Frau brachte ihn durch ihre bloße Anwesenheit in Verlegenheit. Er fühlte sich wie ein Teenager, verunsichert und schwach, unfähig klar zu denken und etwas Intelligentes zu sagen, und das Ziehen in seinem Schritt ließ sich auch nicht länger ignorieren. Verflixt, sie war so ganz anders als die Frauen, die er bislang kennengelernt hatte.

»Danke. Und was magst du noch an mir?« Die drei goldenen Armreifen, die sie zusammen mit einer kleinen Uhr am linken Handgelenk trug, klimperten leise, als sie sich die Haare hinter das Ohr strich.

Shit. Hätte Linus nicht so ein Geheimnis aus dieser Partnersuche gemacht, so würde er vielleicht den Gedankenaustausch zwischen ihr und ihm kennen, ihre Ansichten und Vorlieben, eventuelle Hobbies – er wusste ja nicht einmal ihren Beruf.

»Alles«, erwiderte er mit trockenem Mund. »Ich mag alles an dir, wie denkst, wie du schreibst.« Das war jetzt ein Griff ins Blaue. Wo blieben denn nur die Getränke?

»Ja, klar. Ganz besonders magst du meine Arbeitszeiten. Du weichst mir aus, wie immer.«

Aha, Linus hatte sich also rausgeredet? Vielleicht stellte es sich als Vorteil heraus, dass sie ähnlich dachten.

»Verrat mir endlich, warum du dich für mich interessierst. Sind es nur die Äußerlichkeiten?«

»Nein, verdammt, natürlich nicht ...«

Heute Abend würde er seinen Verstand verlieren. Und diese Frau mit dazu, wenn es ihm nicht endlich gelänge, seinen in Erstarrung verfallenen Geist zu reaktivieren und eine vernünftige Unterhaltung zu führen. Was hatte sie gerade mit Arbeitszeiten gemeint?

Dass sie abends, oder nachts, oder Samstags arbeitete, vielleicht als Ärztin im Krankenhaus? Er räusperte sich erneut.

»Nun, weißt du, meine Arbeitszeiten sind ja auch nicht die tollsten.«

»Wieso? Nach acht Stunden ist doch für dich Schluss. Und Überstunden kannst du ausgleichen oder dir bezahlen lassen. Diesen Luxus habe ich als Selbstständige nicht. Klar, deine Einsatzzeiten variieren, dafür bin ich von morgens acht bis abends acht in der Arbeit und Samstags auch noch.«

Um Himmels Willen, was war das denn für ein Job? Sie war selbstständig? Vielleicht mit einer Modeboutique? Zu ihrem eleganten Auftreten würde das passen.

»Es hat eben alles Vor- und Nachteile.«

Erleichtert sah Maik die Bedienung näher kommen.

»So, bittschön, wohl bekomm's. Ihr seid's bestimmt scho am verdurst'n.« Leni, wie das Schildchen an ihrer Kleidung verriet, schenkte ein und stellte die Gläser vor Maureen und Maik ab. »Wie schaugt's aus mit 'm Essen? Habt's scho was ausg'wählt?«

Maureen kam ihm zuvor und bejahte. Natürlich hatte er inzwischen nicht einen einzigen Blick in die Karte geworfen. Während Maureen für sich einen Salatteller mit Putenstreifen bestellte, sausten Maiks Augen im Eiltempo über die Zeilen mit den Fleischgerichten.

»Guat, und wos mogst du?«, wandte sich die Bedienung kurz darauf an ihn.

Von Hasenfutter und Geflügelstreifen würde er nicht satt werden. Und da sie nicht seine Freundin in spe war, falls Linus sie überzeugen konnte, dachte er verunsichert, warum sollte er sich Mühe machen und vorgeben, kalorienbewusst zu essen? Auf sein Bier hatte er ohnehin schon verzichtet, und dass Essen und Trinken zu seinen ungezügelten Leidenschaften gehörte, sah man ihm sowieso an.

»Den Hirschbraten mit Kroketten bitte.«

»Gern«, erwiderte Leni mit einem Kopfnicken und ging.

Sofort zog Maureen seine Aufmerksamkeit wieder auf sich. »Nun, erzähl doch mal, wie so ein Tag bei dir abläuft. Was hast du heute erlebt?«

»Das interessiert dich wirklich?«, fragte Maik skeptisch.

»Ja klar, schließlich muss ich ja wissen, auf was ich mich im Alltag einlassen würde. Über unsere Interessen haben wir lange genug gechattet. Und …« Sie griff zum Glas und hob es ihm entgegen, so dass er schnell das seine griff, um vorsichtig mit ihr anzustoßen. Er wartete, bis sie einen Schluck genommen hatte, erst dann traute er sich und hielt sich mit Mühe zurück, zu gierig zu trinken. »… du hast wenigstens Ähnlichkeit mit dem Foto …« Sie grinste, als hätte sie etwas anderes erwartet, »… und bist mir auf Anhieb sympathisch, auch wenn ich beinahe erwartet habe, du erscheinst in Orange. Engel.«

Ihm wurde fast schwindlig und in seinen Lenden begann es lustvoll zu ziehen. *Sie mag mich! Linus, deine Chancen sinken gerade in den Keller.*

Zum Glück kannte Maik sich mit Linus' Arbeit gut genug aus, um den Tagesablauf zu fantasieren. Oft genug hatte der Freund ihm von dem einen oder anderen Erlebnis erzählt.

Maureen hörte ihm so aufmerksam zu, dass er den Eindruck gewann, es könne sie wirklich interessieren. *Was wird sie sagen, wenn sie erfährt, dass ich Programmierer bin? Nicht drüber nachdenken, tu einfach weiter so, als wärst du Linus!*

Als die Bedienung ihnen das Essen hinstellte, sah Maureen prüfend auf seinen Teller und warf ihm dann einen missbilligenden Blick zu. Zumindest deutete er diesen als Kritik.

»Sag's nur, dass ich viel zu dick bin und sowas nicht essen sollte!«, ging er zur Verteidigung über, ehe sie überhaupt etwas gesagt hatte.

»Nein, nein!«, wehrte Maureen ab. »Das hast du jetzt falsch gedeutet. Ich habe gerade überlegt, ob ich einen Fehler gemacht habe – dein Essen sieht so viel leckerer aus als meins.« Ihr Lächeln entspannte ihn. »Lass es dir schmecken.«

»Danke Maureen, guten Appetit.«

Das Messer war nicht besonders scharf, das Fleisch aber zum Glück so butterzart, dass Maik keine Mühe mit dem Schneiden hatte. »Dann stört es dich also nicht, dass ich nicht schlank und durchtrainiert bin wie andere Männer?«, fragte er, ehe er sich das Fleisch samt Preiselbeeren und einem ordentlichen Klecks Sauce in den Mund schob.

Maureen hob die Augenbrauen. »Nein, wenn das so wäre, würden wir jetzt nicht zusammen hier sitzen. Ich brauch' kein Muskelpaket, das Abends und am Wochenende ins Fitnessstudio rennt, um selbstverliebt seinen Body zu stählen.«

Oh wow, damit hatte sie wohl schon schlechte Erfahrungen gemacht?

»Was hat dir denn an mir so sehr gefallen, dass du ...« Maik schluckte das Fleisch hinunter und spießte eine halbe Krokette auf, »dass du mich als Partner an deiner Seite haben willst?«

»Ach, sieh an, nun bohrst *du* nach, dabei willst du mir nichts verraten, was dir an mir gefällt! Außerdem weißt du das alles längst. Sonst säßen wir nicht hier.«

Mist. Er musste mehr über sie erfahren.

»Aber live ist's anders. Sag's mir nochmal«, nuschelte er mit der Krokette im Mund.

»Sprichst du immer mit vollem Mund?« Das war mehr wie eine Feststellung.

Erschrocken schluckte er alles auf einmal hinunter. Ein Kloß bildete sich in seinem Hals, der nur langsam hinunter rutschte. Sie hatte verdammt nochmal recht, auch wenn es ihm nicht gefiel, von ihr wie ein kleines Kind kritisiert zu werden. Er aß nicht anders als sonst. Allerdings fand das meistens alleine statt, und eher nebenbei. Pizza und Cola beim Fernsehen oder am Computer, neben oder auf der Tastatur. Die Kollegen hatten schon aufgegeben ihm zu sagen, dass dies eine Sauerei sei.

Ja, verflixt und zugenäht, sie hat völlig Recht. Mein Verhalten ist unkultiviert.

Vielleicht war dies seinem schon länger andauernden Alleinleben zu schulden.

»Entschuldige, eine schlechte Angewohnheit.« Er hob sein Glas. »Salute. Was gibt's noch zu kritisieren?«

Ebenfalls ihr Glas in die Hand nehmend, prostete sie ihm zu, tupfte aber zuvor ihren Mund mit der Serviette ab, und nahm erst dann einen Schluck. Als ihre Zunge danach über die schön geschwungene Oberlippe leckte, stöhnte Maik innerlich auf. Diese Frau machte ihn fix und fertig. Ihre bloße Anwesenheit schickte Adrenalinstöße durch seine Adern. Wie gut, dass der Tisch verbarg, was sich inzwischen in seiner Hose abspielte. So etwas hatte er nicht mehr erlebt, seit er dem Teenageralter entwachsen war!

»Im Augenblick gibt's nichts weiter zu bemängeln. Erzähl mir einfach ein bisschen mehr. Wie stellst du dir ein Zusammenleben mit mir vor?«

Schweiß brach ihm nicht nur in den Handflächen aus. Wie sollte er diese Frage beantworten? Was hätte Linus darauf gesagt?

Sein Shirt klebte im Rücken und auch sonst hatte er das Gefühl, völlig die Kontrolle über sich und seinen Körper zu verlieren. Sogar das Essen bereitete ihm plötzlich Mühe, dabei aß er so gerne und es war auch besonders lecker. Aber sein Körper war auf andere Genüsse aus …

»Na ja, es lässt sich nicht leugnen, dass wir beide nur wenig Freizeit haben. Aber – wir könnten ab und an ins Kino gehen, oder in eine Ausstellung«, riet er ins Blaue hinein, »oder auch mal wegfahren, nur so einen Kurzurlaub, je nachdem wozu du Lust hast.« Ob das auch seinen Wünschen entsprach, überdachte er nicht eine Sekunde. Er orientierte sich nur an dem wenigen, was er bisher über sie wusste oder vermutete.

»Ich bin da ganz unkompliziert. Mein Job ist anstrengend genug. Abends eine Stunde Spazierengehen oder Joggen als Bewegungsausgleich, danach ein wenig zusammen auf dem Sofa kuscheln, bei einem schönen Film, das reicht mir völlig.«

Kuscheln? Okay. Joggen? Spazierengehen? Für Linus wäre dies sicherlich eine Option. Vermutlich erwartete sie, dass er dabei mitmachen würde.

»Ähm, naja, also Joggen ist nicht so mein Ding.« Maik schlug sich mit der flachen Hand einmal auf den Bauch. »Wie du dir denken kannst.«

Maureen nickte unbeeindruckt. »Du kannst ja mit dem Fahrrad neben mir herfahren, wenn ich jogge. Für deinen Beruf musst du dich doch auch irgendwie fit halten, ich meine, wenn du einen Reifen wechseln musst oder unter ein Auto kriechen?«

Sie gab offensichtlich nicht so schnell auf und hob fragend eine Augenbraue.

Sah er so aus, als ob er Reifen wechseln oder unter liegengebliebene Fahrzeuge kriechen könnte? Du meine Güte, dies wäre ein geeigneter Zeitpunkt, die Lüge aufzuklären. Nur – in ihrer Gegenwart fühlte er sich wie ein Feigling. Wenn er jetzt mit der Wahrheit herauskäme, würde er sie nie wiedersehen. Und verdammt, er wollte sie wiedersehen. Zum Teufel mit Linus und dem dämlichen Horoskop.

»Also, dass ich nicht der Mega-Sportler bin, sieht man ja wohl«, versuchte er sich mit einem Grinsen. »Was hat dir an meinem Profil so sehr gefallen, dass du mich kennenlernen wolltest?«

»Unsere Gemeinsamkeiten.«

Aha, die da wären?

»Früh aufstehen, joggen – da hast du wohl ein bisschen geschwindelt«, sie zwinkerte ihn vergebend an. »Fantasyromane lesen und Historisches, Filme mit Renée Zellweger oder George Clooney anschauen, Sonntags raus ins Grüne …«

Maiks Ohren machten einfach dicht. Nichts davon traf auf ihn zu. Früh aufstehen? Verdammt, er war ein Morgenmuffel, hatte aber kein Problem damit, bis tief in die Nacht zu programmieren. Joggen? Das hatten wir schon. Schmalzfilme? Sein Ding waren actionreiche Thriller und Horror. Und was darauf noch in ihrer Aufzählung folgte, wollte er schon gar nicht mehr hören. Gemeinsamkeiten? Natürlich, zwischen ihr und Linus, was hatte er denn geglaubt? Hatte er sich wirklich für einen Moment in der Idee gesuhlt, er könne diese Klassefrau für sich gewinnen? Ob sie wohl langsam dahinter kam, dass mehr als nur eine Aussage nicht stimmen konnte?

»… also ich fand das einfach toll, dass du darüber genauso denkst wie ich.«

Na super, das hatte er jetzt davon, dass er sich ausgeklinkt hatte. Wie immer, wenn er etwas einfach nicht hören wollte. Also keine Ahnung, was sie zuletzt aufgezählt hatte. Bevor es richtig peinlich würde, wäre es wohl doch besser in den sauren Apfel zu beißen, und die Tatsachen auf den Tisch zu legen.

»Puh, also ich muss dir etwas beichten.« Wenn das so weiter ging, würde er seinen Hirschbraten nicht aufessen.

Maureen grinste wissend. »Ich weiß schon. Du gehst nicht joggen, und du bist überhaupt eher der Couchpotato. Macht doch nichts.«

Bei so viel Schlagfertigkeit fiel ihm nichts mehr ein. Und die Art, wie sie nun langsam ein Putenstückchen in ihren Mund schob, genauer betrachtet: zwischen den Lippen einsaugte – das war geradezu unanständig.

»Hör zu, niemand ist perfekt. Ich brauche einen Partner, auf den ich mich verlassen kann und der nicht über meine Arbeitszeiten nörgelt. Und mit dem ich über alles reden kann. Der Humor hat und spontan ist.«

Mit diesen Attributen konnte er etwas anfangen. »Spontan? Okay, wohin gehen wir nachher noch?«

Aus Maureens Mund war ein Glucksen zu hören. Lachte sie ihn etwa aus? Egal, sein Appetit meldete sich zurück und es waren noch zwei Kroketten übrig. Maik stopfte sie hemmungslos kurz nacheinander in seinen Mund. *Hm, lecker.* Neben Pommes gab es nichts Besseres als Kroketten.

Maureen wischte ihren Mund mit Bedacht ab, ehe sie ihm antwortete. »Spontan heißt nicht, dass ich unter der Woche einen drauf mache und morgens Früh nicht aus den Federn finde. Lass uns das aufs Wochenende verschieben.« Sie lächelte und die nächste Hitzewelle erfasste seinen Unterleib. Dabei streckte sie ihm beide

Hände über den Tisch, um nach seinen zu greifen. »Gibt es noch etwas, wo du beim Chatten gemogelt hast?« Und ein wenig strenger fügte sie hinzu: »Was verschweigst du mir?«, so als wäre das keine Frage, sondern eine unumstößliche Feststellung.

Der letzte Bissen blieb ihm beinahe im Hals stecken. Jetzt wäre die Gelegenheit, der letzte, der absolut günstigste Moment, ihr die Wahrheit aufzutischen. Maik schluckte. Nein, er musste sie erst von sich und seiner Persönlichkeit überzeugen, damit sie ihn nicht zurückwies. Der Augenblick war alles andere als günstig. In ihren Augen lag soviel Offenheit, soviel Zuversicht …

»Nichts. Ich hab dir weiter nichts verschwiegen.« Es gelang ihm zu lächeln und er drückte sanft ihre Hände. »Wann darf ich dich wiedersehen?«

9

Denise sprühte vor Neugierde. »Wie war dein Date?«, quietschte sie so laut und so schrill in den Hörer, dass Maureen ihr Telefon ein Stück vom Ohr weghielt.

Konnte frau Mordgelüste für Freundinnen entwickeln? So sehr sie ihre Mädels mochte, zur Zeit gingen sie ihr höllisch auf die Nerven. Über jeden Zwischenstand ihrer Dating-Kandidaten wollten sie auf dem Laufenden gehalten werden, insbesondere Denise, und verstanden dabei einfach nicht, dass Maureen ein wenig Privatsphäre brauchte. Ihre ohnehin knapp bemessene Freizeit reichte gerade aus, sich zweimal im Monat mit den dreien zu treffen. Das letzte Mal allerdings hatte sie abgesagt und sofort hatte Denise gemutmaßt, dass es etwas mit der Partnersuche zu tun habe. Leichtsinnigerweise hatte Maureen dies bestätigt, in der unsinnigen Hoffnung, sie hätte dann ihre Ruhe. Stattdessen rief Denise nun jeden Tag an oder bombardierte sie mit SMS, um das Neueste zu erfahren. Es war nahezu unmöglich, irgendetwas geheim zu halten. Ein wenig fühlte Maureen sich auch in der Pflicht, hatten die Freundinnen sich doch immerhin in Unkosten gestürzt.

»Nun sag schon, mach es nicht so spannend!«, brüllte Denise in den Hörer.

»Schrei doch nicht so! Das Date war okay.«

»Nur okay?« Denise klang enttäuscht. »Auf einer Skala von Eins bis Zehn?«

Wenigstens hörte sich ihre Tonlage jetzt wieder gewohnt normal an. Maureen wagte es, den Hörer wieder näher ans Ohr zu nehmen.

»Du, das weiß ich doch jetzt noch nicht. Wir haben gerade mal ein Abendessen gemeinsam verbracht. Nicht mehr.«

»Wie, kein Knutschen? Oder ein bisschen mehr?«, schnaubte Denise fassungslos.

Maureen verdrehte die Augen. Nur weil ihre Freundin keine Hemmungen hatte, gleich am ersten Abend mit einem Kerl probehalber ins Bett zu hüpfen, meinte sie, jede müsste es ihr gleichtun.

»Nun hör aber auf. Das Thema hatten wir schon. Im Übrigen hab ich jetzt keine Zeit zum Quatschen.«

»Ja, ja, ich weiß. Du musst immer arbeiten, arbeiten, arbeiten«, erwiderte Denise pikiert. »Du und deine Selbstständigkeit. Hättest du mich gestern noch angerufen …«

»Genau, bis bald«, unterbrach Maureen mit einem Lachen, um dem abrupten Beenden des Telefonats ein wenig die Schärfe zu nehmen. Sie konnte sich gut vorstellen, dass ihre Freundin lechzend alle paar Minuten auf ihr Handy gestarrt und auf eine Nachricht gewartet hatte, selbst mitten in der Nacht. Aber bei aller Freundschaft, so sehr fühlte Maureen sich nun wieder nicht in der Pflicht, dass sie zum Appell antreten musste. Und ob Denise nun die beiden anderen anrief, um ihnen was-auch-immer zu erzählen, was Maureen erlebt haben mochte oder nicht, es war ihr egal. Für solche Kindereien hatte sie nun wirklich keine Zeit.

Kurz darauf verließ Maureen ihre Wohnung und stieg in ihren weißen Golf, um zur Apotheke zu fahren. Eigentlich machte es ihr nichts aus, auch samstags zu arbeiten. Heute Morgen allerdings fühlte sie sich ein wenig neben der Spur. An der ersten roten Ampel kehrten ihre Gedanken zu dem Treffen mit Linus zurück. Seit dem gestrigen Abend konnte sie sich auf nichts anderes mehr konzentrieren. Die halbe Nacht über war sie wach gewesen und hatte sich in ihrem Bett hin und her gewälzt.

Was sollte sie davon nur halten? Irgendwie war Linus ganz anders, als sie ihn sich angesichts ihres Chats vorgestellt hatte. Wäre nicht die hundertprozentige Übereinstimmung von seinem Gesicht mit dem Foto gewesen, hätte sie geglaubt, sich mit einer anderen Person konfrontiert zu sehen.

Nichts von dem kultivierten Esprit, von gerade gelesenen Büchern, Interesse an politischem Geschehen … Nun, vielleicht erwartete sie diesbezüglich von einem ersten Abend zu viel. Aber mal ehrlich, es war nur schwer vorstellen, dass er als Oranger Engel unterwegs war. Musste man dabei nicht ein wenig fitter sein, auch mal unter ein Auto kriechen, oder sich beim Reifenwechsel auf den Boden knien? Das dürfte ihm wohl ziemlich schwer fallen.

Maureen seufzte und schüttelte den Kopf. Unglaublich, was ihr an diesem Abend passiert war. Dieser Linus war der totale Antityp, fast ein Schock, das ganze Gegenteil von den Männern, mit denen sie bisher zusammen gewesen war und vor allem nicht das, was sie sich vorgestellt hatte. Wenn sie hohe Absätze trug, waren sie annähernd auf gleicher Augenhöhe. Es konnte also keine Rede davon sein, körperlich zu ihm aufzusehen. Und geistig? Das war noch nicht abschließend geklärt, ob er ihr das Wasser reichen konnte.

Zum ersten Mal hatte sie sich von einem ersten Eindruck leiten lassen, von der Sympathie, die auf seinem Foto ausgestrahlt hatte. Wie hatte doch gleich wieder ihr Chat angefangen? Sie erinnerte sich nicht so genau. Vielleicht hatte er ihr Profil studiert und sich genau die Themen für ihre digitale Unterhaltung herausgepickt, die ihr Interesse wecken sollten? Das war ihm gelungen. Und nun?

Darüber hinaus hatte sie ganz selbstverständlich erwartet, dass er zu ihrem ersten Date ein wenig besser gekleidet gekommen wäre. Es musste kein Anzug sein, das wäre nun wirklich zu steif, aber wenigstens ein schönes Poloshirt oder Hemd, und zumindest eine anständige Jeans. Andererseits war es auch irgendwie lustig, in welchem Aufzug er sich ins Restaurant getraut hatte. War das etwa eine ganz bewusste Konfrontation gewesen? *Keine Ahnung.* Auf jeden Fall war dieses orange T-Shirt mit dem bunten Aufdruck, dazu die helle Hose mit dem Muster aus blauen vertikalen und grünen horizontalen Linien, die ihm nur bis zur Mitte der

Waden reichte, zuletzt noch ein paar Turnschuhe, ein absolutes No Go. Freizeitlook der untersten Kategorie, gerade mal für zuhause akzeptabel.

Und trotzdem. Er hatte die Lockerheit und den Charme eines großen Jungen versprüht, ungezwungen und ungekünstelt, und doch ein wenig von ihrem sicheren Auftreten eingeschüchtert, einerseits durchaus mit Selbstbewusstsein und andererseits von der Situation überfordert, wohl auch durch ihr Kritisieren seiner Unpünktlichkeit aus dem Konzept gebracht.

Das alles war auf eine eigenartige Weise wohltuend. War es denn nicht so, dass ihr gerade die machohaften Anzugträger unter den Pharmavertretern und die neunmalklugen Akademiker, mit denen sie es in ihrer Branche häufig zu tun hatte, auf die Nerven gingen? Aber – musste der Kontrast deswegen gleich gar so groß sein? Würde ihr ein Kerl der Kategorie knuddeliger Kuschelbär auf Dauer genügen?

Das kurze Hupsignal aus dem Wagen hinter ihr lenkte ihre Konzentration wieder auf die aktuelle Situation. Sie hob entschuldigend eine Hand und fuhr an.

10

Die Wohnung erschien ihm an diesem Abend besonders kalt. Linus knipste alle Lampen im Flur, in seiner kleinen Küche und im Wohnzimmer an und schaltete das Radio ein. Irgendwie musste er die Leere bekämpfen, die nicht nur in diesen Räumen herrschte, sondern vor allem in seinem Inneren. Die Frustration über das misslungene Date traf ihn nun, da er wieder alleine war, mit ganzer Wucht.

Er zog die Schuhe aus und ließ sie einfach stehen, warf seine Jacke dazu und schaute in den Kühlschrank. Kein Bier, keine Schokolade. Nichts, womit er seinen Frust dämpfen könnte. Er sollte mal wieder einkaufen gehen.

Seufzend setzte er sich auf einen Stuhl, stützte die Ellbogen auf den Küchentisch und legte das Gesicht in die Hände. Eine Weile saß er so da, unfähig einen klaren Gedanken zu fassen.

Was für ein Tag! Bilder huschten vor seinem inneren Auge vorbei. Bilder von einem roten Mini. Bilder von Lola, wie sie ihm erwartungsvoll entgegen sah, das Gesicht von der Pelzkapuze umrahmt und ihn anlächelte. Und schließlich die Kapuze nach hinten schob und ihre roten Haare zum Vorschein kamen.

Er stand auf, nahm ein Glas aus dem Schrank und goss sich Wasser aus dem Hahn ein. Kühl und erfrischend prickelte es seine trockene Kehle hinunter.

Es war das erste Mal, dass er jemanden mitgenommen hatte, dessen Auto er nicht wieder zum Laufen bekam. Linus schüttelte den Kopf, um die Gedanken zu verscheuchen. Schluss damit! Dies war nur eine von vielen Episoden in seinem Arbeitsleben als Pannenhelfer, auch wenn es anders verlaufen war als sonst. Viel wichtiger war doch, wie war es Maik ergangen? Wie hatte Maureen auf dieses anders als erwartet verlaufene Date reagiert? Hatte er jetzt überhaupt noch eine Chance bei ihr?

Maik war nicht gerade für ein einfühlsames Vorgehen berühmt. Andererseits – welche andere Wahl hätte er, Linus, denn gehabt?

Er zückte sein Handy und tippte eine Nachricht an Maik.

Wie war's? Melde dich bitte.

Unerträgliche Minuten vergingen. Keine Antwort. Nervös lief Linus auf und ab. Verdammt, nun geh schon ran!

In der folgenden Viertelstunde bombadierte Linus seinen Freund auf allen Kanälen – per Chat, SMS, Anruf, Email ... Nichts, keine Reaktion.

Verdammt, verdammt!

Maik musste doch längst zuhause sein. Oder ... nein, war es denkbar, dass die beiden immer noch im Restaurant saßen? Wenn er jetzt noch hinfahren würde ... schnell frisch machen und umziehen ... in zwanzig Minuten könnte er dort sein.

Nein. Das war eine bekloppte Idee! Zunächst musste er sich mal Gedanken machen, wie er sich bei Maureen entschuldigen und ihr die Sache mit dem Foto erklären wollte. Diese Sache lag ihm schon die ganze Zeit im Magen, nun allerdings noch mehr. Ursprünglich hatte er gedacht, dass er das mit einer flapsigen Bemerkung hinbekäme. *Das ist mein Alter Ego. Oder, ich hab das falsche Bild hochgeladen und nicht herausgefunden, wie ich es löschen kann. Auch blöd.*

Egal wie, die Chance ungestraft aus der Nummer rauszukommen, war nun auf jeden Fall vertan. Was hatte er sich überhaupt dabei gedacht, kein eigenes Foto zu verwenden? Er könnte sich selbst für diese Schnapsidee ohrfeigen. Natürlich hatte er sich etwas dazu überlegt. Es sollte einfach einmal kein Auswahlkriterium sein, dass er gut aussah. Nur die sogenannten inneren Werte, seine

Interessen, mögliche Gemeinsamkeiten sollten entscheiden. Auch das hätte er als Argument vorgebracht und gehofft, dass Maureen dies akzeptieren könnte. Wenn nicht, hatte er sich eingeredet, dann wäre es die Frau sowieso nicht wert, ihr nachzuweinen. Bis dahin hatte er allerdings noch nicht das Bild von Maureen gesehen, die mit ihren blauen Augen und schwarzen Haaren so ganz und gar seinem Beuteschema gerecht wurde. Sie nicht für sich zu gewinnen, war unvorstellbar.

Linus seufzte und fuhr sich mit den Fingern durch die Haare. Und was hatte er nun davon? Megastress. Er lief hin und her, schaute alle paar Minuten hoffnungsvoll auf das Display des Handys, obwohl es keinen Ton von sich gab.

Schließlich ging er ins Bad, setzte sich auf den Badewannenrand und sah dem einlaufenden Wasser zu. Als die Wanne halb voll war, zog er sich aus und glitt hinein, schob sich ein zusammengerolltes Handtuch hinter den Kopf, schloss die Augen und versuchte an nichts mehr zu denken.

Natürlich gelang ihm dies nicht. Doch es war nicht Maureens Gesicht, das sich ihm aufdrängte, sondern Lolas.

Überrascht öffnete Linus wieder die Augen, schäumte den Schwamm der Stielbürste mit seinem Lieblingsduschgel einer bekannten Herrenserie ein, und begann sich kreuz und quer abzuschrubben, als könne er damit die Bilder entfernen. Wenn nicht einmal das warme Wasser entspannend wirkte – was dann?

Gerade hatte er es sich wieder gemütlich gemacht und einen zweiten Versuch gewagt, die Augen zu schließen, als sein Handy vibrierte, das gegenüber der Badewanne auf einem Schränkchen lag. Linus richtete sich so ruckartig auf, um aus der Wanne zu sprinten, dass er ausrutschte und sich das Knie anschlug. Verflucht! Mit nassen Fingern grapschte er nach dem Telefon, darum bemüht, es nicht zu verlieren.

»Maik! Endlich! Wie ist es gelaufen?«

»Prima. War ein toller Abend«, erwiderte der Freund viel zu knapp.

»Weiter, was hat sie dazu gesagt, dass du an meiner Stelle gekommen bist?«

Abgesehen von Maiks Atem war nichts zu hören.

»Maik?«

»Ja, hm …«

Linus schwante Unheil. »Hey Alter, du hast es ihr gar nicht gesagt?«

»Ich konnte einfach nicht. Die ist echt Hammer, die Frau!«

Linus stöhnte laut auf. »Und sie hat nichts gemerkt? Keine Fangfrage, keine Missverständnisse?«

»Nada, du kennst mich ja. Mein zweites Ich heißt Spontaneität. Natürlich wäre es einfacher gewesen, wenn ich gewusst hätte, worüber ihr die ganze Zeit gechattet habt.«

Wie bitte? Sonst hat er keine Sorgen? Er sollte schließlich nicht den ganzen Abend mit ihr verbringen!

»Ihr habt euch also super unterhalten«, knurrte Linus wütend. »Und ich hab jetzt die Arschkarte, das alles gerade zu biegen. Weißt du eigentlich, in welche Schwierigkeiten du mich gebracht hast?«

»Ich – dich?« Maik lachte so laut, dass Linus den Hörer ein Stück vom Ohr weghalten musste. »Hey, wer hat denn mein Foto verwendet und ein großes Geheimnis um die Aktion Partnervermittlung gemacht?«

Es blieb ihm nichts anderes übrig, als seinem Freund schweigend Recht zu geben.

Das Lachen erstarb abrupt. »Weißt du eigentlich, was für ein Arsch du bist?«

»Es tut mir leid, ich wollte nicht …« Mitten im Satz registrierte Linus, dass die Leitung tot war. Maik hatte einfach aufgelegt.

War er jetzt etwa eingeschnappt? Der sollte sich nicht so anstellen, als bester Freund müsste er doch verstehen … Linus ballte die Rechte zur Faust. *Nein, Maik ist zu recht auf mich sauer,* rief er sich zur Ordnung. *Was ich gemacht habe, ist unverzeihlich. Ich muss mich bei ihm entschuldigen. Morgen, wenn wir uns beide beruhigt haben.*

Den Rechner einschaltend überlegte er, was er Maureen schreiben könnte. Hoffentlich war sie auch online. Ob sie Maik ihre Telefonnummer und Adresse genannt hatte? Das Fragenkarussell drehte sich immer schneller in seinem Kopf. Die Situation war komplizierter denn je.

Wie schön sie ist! Sein Herz hämmerte laut in der Brust, als er Maureens Foto betrachtete. Seine Traumfrau! Er las die letzten Einträge des gemeinsamen Chats und bedauerte nun noch mehr, nicht selbst dort gewesen zu sein. Im selben Moment erschien der Hinweis *Maureen schreibt ...* am Bildschirm.

Aufregung erfasste ihn und seine Finger trommelten unruhig auf der Tischplatte.

»Hi Linus, danke für den wunderschönen Abend. Ich freue mich, dass ich dich nun persönlich kennengelernt habe.«

Wunderschöner Abend? Persönlich kennengelernt?

Linus brannte vor Eifersucht. Was hatte Maik angestellt?

»Hast du Lust Mittwoch Abend ins Kino zu gehen? Du weißt schon, die Literaturverfilmung, über die wir uns unterhalten haben.«

Hatten die beiden sich tatsächlich über solche Themen unterhalten? Maik hatte von Literatur Null Ahnung, noch weniger als er selbst. Eiseskälte erfasste Linus.

»Klar gerne«, tippte er. »Wann und wo sollen wir uns treffen?«

An diesem Abend war Linus noch lange wach. Im Fernsehen lief ein Thriller, der als besonders spannend angekündigt worden war. Er aber bekam davon nichts mit. Was, wenn Maureen womöglich wirklich auf einen Typen wie Maik stand, sich mit seinem Äußeren so ganz und gar einverstanden erklärte, und noch gar nicht bemerkt hatte, dass er nicht ihr Chat-Partner war? Vielleicht wollte sie ihn, Linus, ja gar nicht mehr, wenn sie die Wahrheit erfuhr. Was, wenn der »reale« Linus den virtuellen wider Erwarten übertrumpfte?

Es war ein denkbar schlechter Ort, vor einem Kino den Irrtum aufzuklären. Würde sie ihm überhaupt zuhören?

Ihm war hundeelend zumute. Wann immer ihm die Lider zufielen und er für Sekunden wegdämmerte, sah er das hübsche Gesicht mit den strahlend blauen Augen vor sich, seine Traumfrau. Aber dann wurden die Augen grünlicher und die Haare lockiger …

11

Eine Woche. Eine ganze lange Woche sollte er warten, bis sie sich wiedersehen würden. Wie sollte er das nur aushalten? Das sei doch nicht schlimm, sie würden einfach über *MyHeart* weiter chatten, hatte Maureen zwinkernd argumentiert, und dem hatte er nichts entgegen zu setzen. Ob er nicht ihre Telefonnummer haben könnte? Noch nicht, hatte sie abgelehnt. Sie war verdammt vorsichtig. Wenn sie nicht wollte, würden sie sich überhaupt nicht wiedersehen! Nicht auszudenken!

Und als ob das mit dem Chatten so einfach umzusetzen wäre. Linus würde wohl kaum freiwillig seine Zugangsdaten herausrücken! Wenn der wüsste …

Statt sich auf seine Arbeit zu konzentrieren und an der begonnenen Webseite weiter zu programmieren, grübelte Maik missmutig in seinem abgewetzten Bürostuhl lümmelnd darüber nach, was er tun sollte. Hätte er Maureen reinen Wein eingeschenkt, hätte sie ihm vielleicht doch ihre Handynummer oder ihre Emailadresse verraten.

Nein, mach dir nichts vor! Sie hätte dich eher in die Wüste geschickt. Die Wahrheit muss gut vorbereitet sein.

Außerdem – sie würde mit Linus chatten und die beiden könnten jederzeit einen anderen Tag, eine andere Zeit vereinbaren. Ruckartig setzte Maik sich aufrecht. Wenn er sie wiedersehen wollte, musste er das Ruder an sich reißen. Jetzt.

Mit flinken Fingern rief er die Seite von *MyHeart* auf.

Als Benutzername wurde eine Emailadresse verlangt. Das war der einfachere Teil, denn sein Freund hatte sich bestimmt nicht extra für diesen Zweck eine neue angelegt. So Internet-affin war Linus nicht, bei solchen Sachen suchte er stets den Rat seines Freundes. Umso mehr wunderte sich Maik, dass dieser sich ohne seine Hilfe bei *MyHeart* angemeldet hatte. Die Frage blieb, wie fantasievoll war Linus bei der Kreation seines Passwortes gewesen? Auf jeden Fall musste es eines sein, das er sich leicht merken konnte. Bestimmt keine komplexe Zusammenstellung aus Buchstaben, Ziffern und Sonderzeichen.

Andrea. Linus' letzte Freundin. Falsch.

Sein Nachname: *Gruber.* Falsch.

Maik probierte alle Begriffe von *Herzblut* über *Herzblatt* bis *Herzrasen* aus, die ihm einfielen. Nichts. Ungeduldig trommelte er mit den Fingern auf der Tischplatte, bis er den strafenden Blick seines Kollegen einfing. Vorsicht, keine Aufmerksamkeit erwecken!

Es musste etwas Einfaches sein. Ein Geistesblitz – worüber sprach Linus andauernd? Die Partnersuche war von seinem Horoskop bestimmt. Ein zufriedenes Grinsen huschte über Maiks Gesicht.

Horoskop.

Bingo!

Sie haben eine neue Nachricht.

Gierig tippte Maik auf das Briefsymbol.

Hast du Lust Mittwoch Abend ins Kino zu gehen? Du weißt schon, die Literaturverfilmung, über die wir uns unterhalten haben.

Klar gerne. Wann und wo sollen wir uns treffen?, hatte Linus bereits geschrieben. Ihre Antwort darauf jedoch war frisch und ungelesen.

Kennst du das Kino an der Münchner Freiheit? Um halb acht, Mittwoch.

Mittwoch, ihr Männerabend. Linus war also bereit, diesen für ein Treffen mit Maureen zu opfern. Schweißperlen bildeten sich auf Maiks Stirn. Er musste ihm zuvorkommen. Verdammt, ob ihre Freundschaft diese Prüfung überleben würde? Noch nie hatten sie sich die Freundin ausgespannt oder waren überhaupt auf dieselbe Frau scharf gewesen. Das hier aber war etwas anderes. Außerdem – was konnte er denn dafür, dass Linus ihn in die Sache hineingezogen hatte? Nichts, rein gar nichts.

Klar. Diesmal bin ich pünktlich. Er setzte ein Smiley hintendran. *; -)*

Welche Unterhaltung und welche Literaturverfilmung sie meinte, wusste er nicht. Wahrscheinlich bezog sie sich auf den Chat und er könnte es nachlesen. Eigentlich war es ihm aber auch egal. Fast. Es war ja noch Zeit zu googeln und sich darüber schlau zu machen.

Ein Klick auf den Link *MyAccount* brachte Maik zu den persönlichen Einstellungen, wo er auch wie erwartet ein Feld zum Ändern des Passwortes fand. Sein Zögern dauerte nur Sekunden, dann gab er – im Gegensatz zu Linus – eine sichere Kombination verschiedener Zeichen ein.

Eine ganze Weile saß Maik noch zurückgelehnt hinter seinem Tisch und dachte über das nach, was er gerade getan hatte. Ein Kavaliersdelikt war das nicht. Andererseits – wenn er an Maureen dachte, begann sein Herz zu rasen. Er musste sie für sich gewinnen, das war keine Frage.

Schließlich gab er sich einen Ruck, holte sich aus der Büroküche einen Kaffee und rief den Editor zum Programmieren am Bildschirm auf. Frisch motiviert und von neuer Hoffnung erfüllt flitzten seine Finger bald darauf über die Tasten.

Einmal stündlich prüfte Maik, ob Maureen bereits geantwortet hatte. Seine Geduld wurde strapaziert. Tagsüber ging sie offenbar nicht online, denn ihre nächste Nachricht erschien erst am späten Abend. Dafür bombardierte Linus ihn mit Anrufen und SMS, die Maik alle ignorierte. Irgendwann würden sie sich aussprechen, aber nicht jetzt. Vielleicht hatte sein Freund schon herausgefunden, dass er sich nicht mehr einloggen konnte?

Inzwischen hatte Maik alles gelesen, was an Nachrichten gespeichert war. *Du meine Güte,* er wusste ja, dass Linus belesen war und sich auf Bücherflohmärkten ebenso mit Nachschub eindeckte wie in Buchhandlungen, wo er Samstags gerne stöbern ging. Gesprochen hatten sie darüber jedoch schon lange nicht mehr, da es Maik kaum interessierte. Dies erwies sich jetzt als Fehler.

Seine eigene Welt war das Internet und falls er überhaupt etwas las, dann auf seinem ebook-Reader. ScienceFiction und Crime waren seine Genres. Spannung, Mord und Intrigen. Aber diese Lektüre passte nicht in das intellektuelle Schema, in dem sich Maureen, und zu seiner Verwunderung auch Linus bewegte, vielleicht ja auch nur, um sie zu beeindrucken. Wer weiß. Kluge Worte zum wahren Leben, philosophische Ergüsse zu den Problemen dieser Welt. Das war keine Freizeitunterhaltung, wie er sie bevorzugte. Probleme wurden ausreichend in Nachrichtensendungen, Talkshows und Dokumentationen gewälzt, darüber zu lesen war unnötig. Und wenn, dann gab es das stündlich aktualisiert auch online.

Maureen wartete bereits vor den Plakaten, die die Fensterfront des Kinos dekorierten. Natürlich. Natürlich war sie schon vor ihm da. Obwohl er auf die Minute pünktlich war. Sogar zwei Minuten vor der Zeit, um genau zu sein.

Ihre Rückenansicht allein war schon ein Gedicht. Ihre Hochsteckfrisur gab den Blick auf ihren Nacken frei und er spitzte instinktiv die Lippen zu einem imaginären Kuss. Diesmal trug sie einen Hosenanzug, weinrot, mit Nadelstreifen. Dazu passende lackglänzende Stilettos in derselben Farbe.

Zum Teufel, sie war gut gekleidet, gut situiert, gebildet. In ihrem Profil hatte er gelesen, dass sie Apothekerin war, sich für Botanik, Chemie, Geschichte und klassische Musik interessierte. Und darüber hinaus war sie das, was er als Lady bezeichnen würde. Zweifel keimten in ihm auf, ob er ihr überhaupt gerecht werden konnte. Aufrecht, ohne steif zu wirken, die Tasche in der Ellenbeuge hängend stand sie dort. Was wollte eine solche Klassefrau von jemandem wie Linus – oder ihm?

Sie konnten unmöglich zusammenpassen. War es ihr wirklich ernst mit der Suche nach einer Beziehung? Egal, und selbst wenn sie ihn nur als Spielzeug auf Zeit betrachtete, dieses Abenteuer war es allemal wert. Und wenn er es nicht wagte, würde er ihre Absichten nie herausfinden.

Ihre makellose Rückenansicht mit den Augen hinab gleitend blieb Maik unweigerlich an den Rundungen ihres knackigen Pos hängen. Verdammt, er fühlte ein leichtes Pulsieren überall dort, wo er es nicht gebrauchen konnte. Nicht jetzt. Viel lieber würde er mit ihr ins nächstgelegene Hotel verschwinden, spontan ein Zimmer buchen und die ganze Nacht mit ihr …

Hör auf! Tief durchatmen!

Gerade als er sie ansprechen wollte, drehte sie sich zu ihm um. Bestimmt hatte sie ihn schon im Spiegelbild des Fensters entdeckt.

Wie sollte er sie begrüßen? Die Hand reichen oder auf die Wangen küssen? Normalerweise verunsicherte ihn so schnell nichts und niemand. Aber in ihrem Blick lag eine herausfordernde Strenge, die ihn einerseits total anmachte, andererseits seine Zunge lähmte und ihn innerhalb von Sekunden in tiefe Verunsicherung stürzte. Was zur Hölle hatte diese Frau nur an sich? War sie so etwas wie eine Hexe? *Nu sei mal nicht albern!*

»Hi«, sagte sie schlicht und völlig unkonventionell.

»Hi, schön dich zu sehen«, brachte Maik hervor.

Als sie sich vorbeugte und ihm einen Kuss auf seine Lippen gab, vergrößerte sie seine Verwirrung. Es war nur ein Hauch, eine sanfte Berührung, aber diese genügte, die Lust auf mehr zu wecken.

»Gehen wir rein?«

Der Film hatte Maiks Erwartungen übererfüllt. Alles andere als steif und langweilig hatte die Literaturverfilmung über eine Generationengeschichte zur Jahrhundertwende die Zeit dahin gerafft. Der Geruch von Popcorn und Bier lag in der Luft, und zum ersten

Mal fand er dies bei einem Kinobesuch deplatziert, obwohl er für Maureen und sich auch etwas besorgt hatte.

Während einer herzergreifenden Abschiedsszene wagte er es, seine Hand auf ihren Oberschenkel zu legen. Sie legte ihre Hand auf seine, verharrte einen Augenblick und schob sie dann entschieden zu ihm hinüber, nur um Minuten später ihrerseits die Hand auf sein Bein zu legen, nahe an seinem Schritt. Diese Teufelin! War ihr klar, was sie damit auslöste?

Eigentlich müsste er ihr jetzt eine Retourkutsche erteilen und ihre Hand abwehren. Aber das Kribbeln, welches ihre Wärme und generell ihre Nähe und der zarte Duft ihres Parfüms auslösten, der zu ihm hinüber waberte – er wollte dies gar nicht missen.

Seine Konzentration auf den Film ließ nach, sobald Maureen sich ein wenig bewegte, die Position ihrer Hand veränderte, oder – was noch schlimmer war – die Intensität des Drucks. Zeitweise war ihre Hand so federleicht, dass Maik ihre Anwesenheit vergaß, doch dann, wenn die Spannung im Film stieg, drückte sie fester zu, krallte sogar einmal ihre Fingernägel in sein Bein. *Wie eine Katze.*

Bedauern und Erleichterung über das Ende des Filmes hielten sich die Waage.

Als sie das Kino verließen, tröpfelte es ein wenig. Besorgt schaute Maik nach oben. Der Himmel war zu bedeckt, um Sterne zu sehen. Es dauerte keine Minute, da steigerte sich der Regen zu einem gewaltigen Schauer, noch ehe Maik Gelegenheit hatte, Maureen zu fragen, ob sie noch irgendwo etwas trinken gehen sollten. Die umliegenden Kaufhäuser hatten bereits geschlossen und es würde auch nichts helfen, sich in die Nische einer Haustür zu stellen. Selbst die nächsten Kneipen, die nur einen Katzensprung entfernt waren, lagen andererseits zu weit weg, um sie trocken zu erreichen. Denn der Regen schien von allen Seiten zu kommen, peitschte in ihre Gesichter, trieb Passanten wie aufgescheuchte Hühner über die Gehwege.

»Bist du mit deinem Auto hier?«, schrie Maureen gegen das Prasseln an.

»Nein, ich habe gar kein Auto«, erwiderte er. Genau genommen besaß er nicht einmal einen Führerschein, was angesichts von Münchens gut ausgebautem U- und S-Bahn-Netz auch nicht notwendig war.

»Komm!«, rief sie, zog ihre Pumps aus und lief los.

Für einen Augenblick war Maik zu verdutzt, um zu reagieren, dann folgte er ihr.

Sie war viel unkomplizierter und unkonventioneller, als er vermutet hätte. Welche Frau außer ihr würde es wohl riskieren, ihre schönen und bestimmt recht teuren Strümpfe zu ruinieren? Er hielt erschrocken den Atem an, als sie ohne ihr Tempo zu reduzieren, die vierspurige Leopoldstraße zwischen den fahrenden Autos überquerte. Ein Fahrer hupte, ein anderer bediente die Lichthupe.

Das grenzte schon fast an Selbstmord und dennoch folgte Maik ihr blindlings nach, um sie nicht aus den Augen zu verlieren. In seinen Schuhen musste sich bereits ein kleiner See befinden, so nass und kalt fühlte sich das an.

Leichtfüßig wie eine Gazelle rannte Maureen voraus und er hatte Mühe, ihr zu folgen. Ihre Frisur war längst ruiniert und auch das Kostüm sah nicht mehr so schick aus wie noch vor kurzem. Sie bogen einige Male ab, dann folgte er ihr japsend in einen Hausflur. In welcher Straße waren sie hier? Egal, auf jeden Fall mitten in Schwabing, nicht allzu weit von der Münchner Freiheit entfernt. Wie konnte sie sich eine Wohnung in einem der teuersten Viertel Münchens leisten?

Die Stufen hinauf in den zweiten Stock nahm er etwas langsamer. Dieses Tempo war definitiv nichts für ihn. Sein Puls raste längst in beängstigender Höhe und er schnaufte laut und schwerfällig wie ein Walross. Oben angekommen stellte er fest, dass die Wohnungstür offenstand. Das Licht im Flur brannte und eine Spur aus Tropfen wies ihm den Weg, den Maureen genommen hatte.

Jetzt erst merkte er, dass er entsetzlich fror. Um seine Schuhe herum bildete sich in Sekundenschnelle eine Pfütze. Seine Kleidung klebte am Körper und triefte.

Mit steifen Fingern schloss er die Tür hinter sich und stieg aus den Schuhen, ließ diese neben Maureens Pumps auf einer Schuhablage am Eingang stehen und folgte dem Rauschen des Wassers zur nächsten Tür.

Maureens Kleidungsstücke waren auf dem Fußboden des Badezimmers verstreut, ein nasser unförmiger Haufen, und sie selbst stand nackt unter der Dusche, die Hände von innen gegen die gläserne Tür gedrückt. Der Anblick war atemberaubend. Ihre Brüste wölbten sich ihm verlockend entgegen, die Nippel prall und dunkel. Das Wasser prasselte auf ihren Rücken herunter, als stünde sie unter einem Wasserfall. Ihre Frisur war aufgelöst und die langen Haare über Schultern, Armen und Brüsten in Strähnen zerzaust, einige davon wirr über ihr Gesicht, was ihr einen Ausdruck von Wildheit verlieh. Nur ihre blauen Augen stachen dazwischen hervor und hypnotisierten ihn, so dass er vergaß, was er sie eben noch hatte fragen wollen.

Mechanisch, ohne den Blick von ihr zu lassen, streifte er seine nasse Kleidung ab. Dann öffnete sie ihm die Schiebetür. Sofort strömte heißer Dampf heraus und füllte die Luft des Raumes.

Die Dusche war großzügig geschnitten, so dass für sie beide Platz war. Doch den brauchten sie nicht. Denn kaum war er zu ihr hineingestiegen, fanden sich ihre Lippen auf den seinen wieder und ihre Hände umfingen seinen Nacken. Kühl und frisch fühlte sich ihr Mund an und ihre nassen Brüste pressten sich an seine Haut, nur wenig wärmer als er selbst. Ihm schwindelte, als er seine Arme um sie legte, sie fester an sich zog, und seiner Zunge gestattete, ihren Mund zu erkunden. Es wurde ein wilder, ein leidenschaftlicher Kuss, als hätte sie etwas nachzuholen, als wollte sie jede Sekunde auskosten und ihn ganz und gar in Besitz nehmen.

Ja, genau so fühlte es sich an. Sie nahm ihn in Besitz. Nicht umgekehrt. Nachdem ihr Mund sich von seinem gelöst hatte, schnappte sie frech nach seinen Lippen, spielerisch wie ein Hündchen, verstrubbelte seine Haare.

War ihm von ihrer Nähe so warm oder vom Wasser? Mit einem Male fröstelte es ihn nicht mehr.

Kurz sah sie ihn an, grinste zufrieden, drückte ihm einen Schwamm in die Hand und presste ein wenig Duschlotion darauf. Während er noch zögerte, verteilte sie ihrerseits das Gel auf seiner Brust, neckte seine kleinen Brustwarzen und umfing seinen Schwanz. Maik hielt die Luft an. Es bedurfte nur weniger sanfter Berührungen, ein Hin und Her über seine Eichel, ein paar kleine Massagen des Auf's und Ab's, und sein bestes Stück stand wie eine Eins. Scharf stieß er den Atem wieder aus. *Du meine Güte,* sie bestimmte wirklich, wie es zwischen ihnen lief. Sie hatte wortwörtlich alles im Griff. Erst als sie seine Hand zu ihrer Brust führte, umrundete er diese mit dem Schwamm, und griff mit den Fingern der anderen Hand ihren Nippel, um ihn zwirbeln. Sie dankte es ihm mit einem Schnurren.

Noch immer toste der warme Wasserstrahl über sie beide hinweg und spülte die seifige Substanz sofort von ihrer Haut davon. Maik beugte sich Maureens Brüsten entgegen, saugte eine Knospe zwischen seine Lippen und hörte, wie sie vor Entzücken laut aufstöhnte. Seine Rechte glitt mit dem Schwamm tiefer, öffnete ihre Schenkel und eroberte ihre Scham.

Willig wölbte sie sich ihm entgegen, presste seinen Kopf fester auf ihre Brüste und spreizte ihre Beine etwas mehr. Daraufhin ließ er den Schwamm fallen, teilte mit den Fingern ihre Schamlippen und streichelte sanft über ihre Perle. Maureens Stöhnen wurde lauter, ihr Unterleib zuckte und er legte die andere Hand auf ihren Po, um ihre Bewegungen zu kontrollieren. Seine Handfläche auf ihre Scham pressend, drang er mit zwei Fingern tief in sie ein, um sie zu penetrieren, und sie drückte sich ihm verlangend entgegen, ritt auf seinen Fingern ihrem Orgasmus entgegen. Als sie kam, schlug sie mit ihren Händen auf seinen Rücken, offenbar außer sich vor Ekstase. Sogleich presste sie ihn tiefer und gab ihm einen Schubs, bis er verstand und nachgab und sich auf dem Rücken liegend am Boden der Duschwanne wiederfand, Maureen über ihm. Ohne Zögern griff sie nach seinem Schwanz und führte ihn in sich ein, und während seine Hände auf ihren Brüsten lagen und ihre Nippel kneteten, melkte sie ihn in einem ungestümen Ritt.

Mit lautem Prusten und Stöhnen kamen sie beide, in einem kurzen aber heftigen Orgasmus, pumpend, zuckend, aus der Wirklichkeit fortgerissen.

Erst als Maik wieder zu sich selbst zurückfand, bemerkte er, wie hart und unbequem der Boden der Dusche unter ihm war. Außerdem schoss das Wasser immer noch auf sie herab. Es hatte sich mittlerweile so viel Wasserdampf gebildet, dass alles im Nebel verschwunden war, Armaturen, Fliesen, Badezimmer.

Maureen griff nach dem Duschkopf und brauste erst sich selbst, dann seinen Unterleib ab, ehe sie das Wasser abstellte und sich erneut über ihn beugte. Ihre nassen Strähnen bildeten einen Vorhang um ihrer beider Köpfe.

»Glaubst du mir, wenn ich sage, dass ich das für heute Abend nicht geplant hatte?«, sagte sie ernst, als wollte sie eine Entschuldigung vorbringen.

»Nö. Bestimmt hast du extra beim Wettergott Regen bestellt«, entgegnete er grinsend. Ob spontan oder nicht, er fand nichts gegen diese erotische Überraschung einzuwenden. »Und ehrlich, wir können das gerne wiederholen.«

Zur Antwort fauchte sie wie eine Katze, dann schob sie die Tür auf, stieg aus der Dusche und reichte Maik die Hand, um ihm beim Aufstehen zu helfen. Sie gab ihm eines der in einem schmalen Stehregal gestapelten Handtücher, wickelte ein weiteres um sich selbst und warf seine nassen Sachen in den Trockner.

»Bedien' dich, wenn du noch ein Handtuch brauchst. Ich zieh mir nur schnell was über, wir sehen uns dann gleich im Wohnzimmer.« Und schon verließ sie das Bad.

Eingewickelt in ein frisches trockenes Handtuch sah Maik sich in Maureens Wohnzimmer um. Es war geräumig, mit nur wenigen Möbeln bestückt, die abgesehen von der Couchgarnitur älter zu sein schienen. Die Schränke aus dunklem Holz reichten bis auf

Augenhöhe, der obere Teil verglast und mit alten Büchern gefüllt, die ihren Wert durch Ledereinbände und Goldverzierungen unterstrichen. Der Raum war ungewöhnlich hoch, eben ein echter Altbau. Die Lampe über dem Couchtisch verfügte über ein klassisches Zugsystem mit Rollen und einem Gegengewicht, über das ihre Position variiert werden konnte. Sie wirkte antik, wie auch einige Stiche, die die Wände schmückten.

Was Maiks Blick jedoch schließlich fesselte, war ein kleiner Beistelltisch, den ein Schachspiel einnahm. Die Figuren aus beige und braun marmoriertem Onyx waren leicht verstaubt, ebenso das Brett aus derselben Machart. Was für eine edle Ausführung! Die Figuren waren wohl proportioniert und schön geschliffen.

Maik setzte sich auf den Stuhl und griff nach dem dunklen König. Die Figur war groß, schwer und lag gut in der Hand.

»Ah, spielst du Schach?«, fragte Maureen überrascht, die mit zwei Bechern dampfenden Tees in den Händen herein kam. Sogar in dem hellen Pyjama, den sie jetzt trug, machte sie noch eine gute Figur. Um die nassen Haare hatte sie einen Turban aus einem Handtuch gewickelt.

»Ja, aber mangels eines realen Gegners spiele ich meistens nur gegen den Computer«, erwiderte er und nahm ihr dankend einen Becher ab. »Und gegen den zu gewinnen ist echt schwer.«

»Du kannst es ja mal gegen mich versuchen«, schlug sie augenzwinkernd vor und setzte sich ihm gegenüber. »Ich habe schon lange niemanden getroffen, der Schach kann. Warum steht das nicht in deinem Profil?«

»Hab ich wohl vergessen«, meinte Maik schulterzuckend. »Ein schönes Teil hast du da stehen, sehr edel. War bestimmt nicht billig. Allerdings keine Staunton-Ausführung.«

Sie zog fragend eine Augenbraue hoch.

»Das sagt dir Nichts? Nun, die internationale Form der Figuren, die auch bei Turnieren verwendet werden, geht auf den britischen Schachpionier Howard Staunton zurück. Er war Mitte des neunzehnten Jahrhunderts der beste Schachspieler Europas, hat Turniere organisiert und natürlich auch gewonnen, und eine Schachzeitschrift herausgegeben.« Er deutete auf die Figur mit dem Pferdekopf. »Bei den Stauntonfiguren ist der Springer wesentlich feiner ausgeführt, auch der obere Teil von Turm und Königin. Schachfiguren werden ja meistens aus Holz hergestellt, wenn auch in der Grundform maschinell. Bei hochwertigen Spielen wird der Springer aber zumeist von Hand nach geschnitzt.«

»Aha, das wusste ich nicht.«

»Ist ja auch nicht so wichtig«, erwiderte Maik lächelnd. »Wer hat dir Schachspielen beigebracht?«

Maureen pustete in den Becher, um die oberflächliche Hitze zu reduzieren und trank einen Schluck, ehe sie antwortete. »Mein Vater. Mit diesem Spielbrett. Keine Ahnung seit wann es in seinem Besitz war.« Sie hielt kurz inne. »Vieles in dieser Wohnung gehörte ihm. Die Schränke, die Bücher, die alten Bilder.«

Da Maik nicht recht wusste, was er dazu sagen sollte, nickte er einfach nur.

»Als mein Vater erfuhr, dass er schwer krank war und bald sterben würde, hat er mir die Apotheke und die Wohnung überschrieben, und dann ging alles sogar noch viel schneller, als die Ärzte gemeint hatten.«

Damit erübrigte sich seine unausgesprochene Frage, wie sie zu dieser geilen Wohnung kam.

Ein verdächtiges Glitzern trat in ihre Augenwinkel, währte jedoch nur kurz. »Also, wie sieht es aus, sollen wir spielen?«

Maik nickte. »Gerne. Lady first. Du machst den Anfang.«

12

Irgendetwas war nicht stimmig. Vielleicht hatte er mit seinem Profil einfach nur geschwindelt. Aber wozu? Bisher hatte er mit keiner Silbe von seiner tollen Arbeit erzählt. Na gut, sie ja auch nicht. Und eigentlich war er überhaupt anders, als das Bild, das sie sich von Linus gemacht hatte.

Stirnrunzelnd überlegte Maureen, was er ihr verheimlichen könnte.

Er war verheiratet! Nein, das glaubte sie nicht.

Er hatte ihr ein Kind verheimlicht, das bei seiner Ex lebte. Hm, möglich.

Würde sie das stören? Ein bisschen. Käme auch auf das Kind an, ob es Stress wegen seiner neuen Freundin machte.

Nein, es musste etwas anderes sein. Diese Ungewissheit hemmte ihr Herz, sich ganz und gar auf ihn einzulassen. Wenn sie ihn sah oder seine Stimme hörte, dann schlug es schneller, und der Sex mit ihm? Nun ja, nicht übel.

Bei diesem Stichwort fiel ihr wieder Denise ein, die sie glücklicherweise inzwischen nicht mehr mit stündlichen Nachrichten traktierte, sondern scheinbar kapituliert hatte. Maureen hatte einfach nicht geantwortet, sondern die Nachrichten gelöscht. Vielleicht waren Denise und die anderen beiden jetzt eingeschnappt, aber solange Maureen nicht mit sich selbst im Reinen war, ob ihr Blind-Date der Mann fürs Leben sein könnte, hatte sie keine Lust, Auskünfte zu erteilen oder ihr Liebesleben zu diskutieren.

Irgendwie war sie über sich selbst überrascht, dass sie ihn nach dem Kino in ihre Wohnung geführt und ohne Umschweife zum Sex übergegangen war. So bald hatte sie das ursprünglich nicht geplant. Aber er hatte etwas an sich, was sie überaus anziehend fand, ohne es benennen zu können. Denn eigentlich erwartete sie mehr, viel mehr als einen knuddeligen Kuschelbären – und einen überragend guten Schachspieler.

Zwei Partien hatten sie gespielt, beide möglichst schnell, ohne sich über ein Zeitlimit zum Nachdenken abgesprochen zu haben, und beide hatte er gewonnen. Souverän, mit einer nicht zu erwartenden Leichtigkeit. Verdammt, das war nicht einmal ihrem Vater gelungen, der ein exzellenter Schachspieler gewesen war.

Danach hatten sie sich erneut geliebt, zärtlich, leidenschaftlich – aber da musste noch mehr gehen, mehr Abwechslung, mehr Leidenschaft, mehr Spiel. Dieser Kerl weckte in ihr ein erotisches Verlangen, das anders war. Lag das an ihm oder an ihr? Sie wusste es nicht.

Entschlossen, ihrer frischen Beziehung die entscheidende Wendung zu geben und herauszufinden, wer ihr neuer Lover wirklich war, riss Maureen die Türen ihres Schlafzimmerschranks auf. Wie gut, dass sie ihm ganz nebenbei entlockt hatte, dass er im Glockenbachviertel wohnte, in der Pestalozzistraße Nummer 6. Wie klein doch die Welt war, ihre Freundin Becky wohnte dort fast um die Ecke. Nun musste er nur noch zuhause sein. Die Möblierung und Gestaltung einer Wohnung konnte viel über seinen Bewohner aussagen, das hatte sie schon mehrmals festgestellt, und sie war auf alles gefasst, auf eine positive Überraschung ebenso wie auf einen Schock.

Dumpfe Schritte waren zu hören und die Wohnungstür öffnete sich langsam. Maureen wartete angespannt, ob hier wirklich Linus wohnte. Denn auf dem Türschild stand nicht, wie zu erwarten war, ›Gruber‹, sondern ›Zimmermann‹. Aber eine zufällig vorbeikommende Hausbewohnerin hatte ihr versichert, dass hier der einzige Single der Hausgemeinschaft wohne und ihre Handbewegung beschrieb mollige Formen, vollkommen zu ihrem Dating Partner passend.

Die Augen klein und verschlafen, die Haare verstrubbelt und auf einer Seite verdrückt, nur mit einem nicht weniger verknautschten T-Shirt und gestreiften Shorts bekleidet, stand Linus im schmalen Spalt der Tür. Er fuhr sich durch die Haare, hielt mit der anderen Hand die Tür fest, während er sie verblüfft anschaute.

»Oh, du … wenn ich gewusst …«, stammelte er, wobei seine Augen größer wurden.

Stirnrunzelnd stemmte Maureen eine Hand in die Hüfte. »Und, muss ich hier draußen stehen bleiben oder wärst du bereit, mich drinnen weiter anzustarren?«

»Äh, ja, tut mir leid …« Linus trat zur Seite und öffnete die Tür nun vollständig, so dass Maureen an ihm vorbei gehen konnte. »Du, du siehst einfach heiß aus. Ähm ich … ich zieh mir dann mal was an.«

Maureen schüttelte grinsend den Kopf, ließ ihre Handtasche an der Wand auf den Boden plumpsen und drückte ihm ihren rechten Zeigefinger auf das Brustbein. »Falsch. Ich schlage vor, du ziehst dich ganz aus.« Sie schnupperte und rümpfte die Nase. »Und am besten gehst du erstmal unter die Dusche.«

Süß, wie ihm die Röte ins Gesicht schoss, über die Wangen bis zu den Ohren. Schweigend nickte er, machte auf der Stelle kehrt, sich noch einmal verlegen über die Haare fahrend, ihr einen Kuss zuhauchend, und verschwand eilig im Badezimmer.

Maureen seufzte. Bis jetzt hatte der Kerl nur Minuspunkte gesammelt. Im Grunde genommen hatte sie von Anfang an gewusst, dass die Sache mit der Online-Partnersuche ein Flop werden würde. Schuld daran waren nur ihre drei Freundinnen. Nun ja, vielleicht würde es wenigstens noch ein amüsanter Tag werden.

Gelangweilt betrat sie das Schlafzimmer. Im Bett herrschte ein vollkommenes Durcheinander und die Luft roch abgestanden. Erneut die Nase rümpfend riss sie das Fenster auf und schüttelte Kissen und Decke auf.

Aus dem Badezimmer war das Rauschen des Wassers zu hören, ein Poltern von etwas, was in die Wanne gefallen war, und ein Fluchen.

Maureen setzte sich auf die Bettkante und sah sich im Schlafzimmer um. Das einzig Moderne darin war das etwa einen Meter vierzig breite Bettgestell aus mattweiß eloxierten Rohren. Die weiße Schrankwand hingegen hatte ihre besten Zeiten lange hinter sich, und nebenbei bemerkt, hätte ihr eine gründliche Reinigung gut gestanden. Abgesehen davon, warum zum Teufel reichte sie nicht von einer Wand bis zur anderen, sondern ließ eine kleine nutzlose Nische übrig, die von einem deckenhohen Spiegel ausgefüllt wurde? Linus machte nicht den Eindruck, dass er gerne und ausgiebig sein Spiegelbild betrachtete. Ganz im Gegensatz zu ihr.

Zufrieden mit sich stand Maureen auf und drehte sich vor dem Spiegel hin und her. Viel zu selten hatte sie Gelegenheit ihre Lieblingskleidung zu tragen. Ein Lederbustier, darüber eine tief ausgeschnittene Spitzenbluse, dazu einen Glockenrock, der vorteilhaft ihre schlanken Beine betonte und die gemusterten Strümpfe. Alles natürlich in Schwarz. Einzige Farbtupfer waren rubinrote Ohrringe und eine dazu passende Kette. Und ein paar ebenso rote Stilettos.

Der vor dem Spiegel stehende Stuhl störte den uneingeschränkten Blick. Als Maureen diesen aus der Nische zog, gewann sie den Eindruck, dass der Spiegel eigenartig an der Wand hing. Es war wohl eine Intuition, dass sie ohne Nachzudenken in den schmalen Spalt zwischen Spiegel und Schrank griff, um diesen gerade zu rücken – und dabei bemerkte, dass sich der Spiegel nach vorne ziehen ließ. Ihr Herz klopfte schneller. Würde der Spiegel gleich von der Wand fallen? Langsam zog sie weiter – und er bewegte sich wie eine Tür.

Wow! Verblüfft stellte Maureen fest, dass der Schrank als Raumteiler diente und dahinter sich ein fast genauso großer Bereich befand. Sie ertastete einen Lichtschalter an der Wand links von ihr und staunte, was sie nun sah. Die Wände in breiten roten und schwarzen Streifen gehalten, der Boden schwarz gefliest, die Decke silbern gestrichen.

Mehrere Spots setzten ein großes Gestell, das den Raum dominierte, effektvoll in Szene. Davon abgesehen gab es einen schwarzen Blechschrank in der linken Zimmerecke und mehrere Haken an den Wänden, an denen verschiedene Gegenstände hingen. Sowie ein eigenes kleines Fenster, verborgen hinter einer dunklen Jalousie.

Adrenalin peitschte plötzlich durch Maureens Adern und eine ungefähre Ahnung, von dem, was sich in diesem Raum schon abgespielt haben mochte, erfasste sie. So also verhielt sich das mit ihrer Internet-Bekanntschaft. *Schau an, schau an, stille Wasser gründen tief.* An diesem Sprichwort schien etwas Wahres dran zu sein. Aber warum war der Sex mit ihm dann eher durchschnittlich gewesen? Hatte er sich absichtlich zurückgehalten, um sie nicht zu erschrecken?

Lächelnd ging Maureen zum Fenster und öffnete es, um auch hier frische Luft hereinzulassen. Dann strichen ihre Hände über die Utensilien, die an der Wand hingen und sie sah sich alles genau an. Peitschen, Rohrstöcke, Handklopfer und andere Gegenstände, zu denen ihr keine Bezeichnung einfiel. Ihre Gefühle schwankten zwischen Empörung und grenzenloser Neugierde. Der Abend würde vielleicht doch noch interessant werden. Außer – ein schrecklicher Gedanke formte sich quälend langsam in ihrem Kopf. Was aber wäre, wenn der Kerl ein unterschätzter Perverser wäre, der in diesem Geheimzimmer Frauen quälte und diese dann … Maureen stockte der Atem. Zum Flüchten war es zu spät, sie hörte seine typisch tapsenden Schritte nahen. Es blieb ihr nur eins übrig, sich mit allen Kräften zu wehren. Schnell griff sie nach einer der Peitschen und nahm sie vom Haken.

13

Als der Wecker am nächsten Morgen Alarm gab, schreckte der echte Linus völlig orientierungslos hoch. Mitten in der Nacht hatte er sich im Halbschlaf vom Sofa ins Bett geschleppt, nur Schuhe und Hose unwillig abgestreift – bestimmt war diese nun sowieso schon verknautscht – und war mit dem Gedanken an Maureen gleich wieder eingeschlafen. Jetzt schwang er mühsam die Beine aus dem Bett und blieb mit geschlossenen Augen auf der Kante sitzen, strich sich über die Haare und gähnte.

Eine Nixe, eine zauberhafte Nixe mit grünen Augen. Ich muss meine Hände in ihre wundervollen roten Locken vergraben …

Moment mal! Linus sprang auf und war mit einem Male hellwach. Er schüttelte den Kopf. Nein, nein, nein! Was war denn jetzt los? Der gestrige Tag war einfach zu viel für seine Psyche gewesen. Jetzt träumte er schon von der falschen Frau. Was war aus blauen Augen und schwarzen Haaren geworden?

Nach Dusche und Frühstück fühlte Linus sich besser und seine Gedanken kreisten zwischen den einzelnen Pannenproblemen nur um Maureen. Inzwischen hatte er beschlossen ganz klassisch-kitschig einen riesigen Rosenstrauß zu kaufen. Dann könnte er sich für einen Augenblick dahinter verstecken und wenn er ihn überreichte und sein für sie unbekanntes Gesicht dahinter auftauchte, wüsste sie gleich, dass es etwas zu beichten gab, aber auch, dass ihm an ihr gelegen war. Wenn sie die Richtige war, dann musste sie sein Handeln einfach verstehen und ihm verzeihen!

Trotzdem verunsicherte es ihn zutiefst, dass er eine Nacht mit verwirrenden Träumen verbracht hatte, mit einem Durcheinander an Gesichtern und Streitgesprächen, mit zwiespältigen Gefühlen – und das erste, was ihm beim Aufwachen einfiel, war Lola!

Linus seufzte. Warum nur war alles so kompliziert? Er brauchte jetzt erst einmal einen starken Kaffee, dann würde es ihm bestimmt gleich besser gehen.

Während er darauf wartete, dass die Kaffeemaschine mit einem Piepsen das erfolgreiche Beenden ihrer Tätigkeit kundtat, schweiften seine Gedanken wieder ab. Ob Lolas Wagen inzwischen wohl repariert war? Das kleine Auto passte irgendwie zu ihr. Sie hatte trotz ihres nixenhaften Aussehens so sanft und beschützenswert gewirkt.

Ach, ich bin doch ein Idiot. Bestimmt will mich das Schicksal auf die Probe stellen, ob ich mein Ziel konsequent verfolge. Ich hab schon so viel Zeit investiert, da werde ich mich doch jetzt nicht kopfscheu machen lassen!

Bevor er sich zur Arbeit aufmachte, musste er im Chat nachsehen, ob Maureen sich gemeldet hatte, und falls nicht, würde er ihr ein paar nette Zeilen hinterlassen. Er musste sie möglichst bald sehen, und er würde alles aufklären. Diesmal würde er sich von nichts aufhalten lassen und auf gar keinen Fall würde ihm Maik in die Quere kommen!

Der Rechner stand auf einem schmalen Tisch im Schlafzimmer. Die Eingabemaske des Partnerportals erschien auf dem Bildschirm und Linus tippte das Passwort ein.

Abgelehnt.

Na gut, er war kein Tastenjunkie, es kam häufiger vor, dass er sich vertippte. Also nochmal, konzentriert Zeichen für Zeichen.

Abgelehnt.

Für einige Sekunden starrte Linus ungläubig auf den Monitor, dann fiel ihm ein, dass die Möglichkeit bestand, sich für das Passwort an die eigene Emailadresse ein Ersatz-LogIn schicken zu lassen, im Falle man es vergessen hatte. Er wählte die entsprechende

Option aus, meldete sich auf der Website seines Providers an und prüfte die Neueingänge. Nichts, keine Nachricht von *MyHeart*. Vielleicht gab es eine Verzögerung im Datentransfer? Oder er hatte nicht richtig geklickt? Noch einmal das Ganze, aber die erbetene Information kam nicht.

Unwirsch trommelte Linus mit den Fingern auf der Tischplatte, dann stand er auf und öffnete das Fenster. Kalte Morgenluft strömte herein und er stützte sich auf dem Fensterbrett ab, atmete einige Male tief durch, um einen klaren Kopf zu gewinnen. Dann drehte er sich um und starrte erneut auf den Bildschirm.

Hatte er etwas falsch gemacht, etwas vergessen? Nein. So ungeschickt war er nicht. Unzählige Male hatte er sich schon bei *MyHeart* eingeloggt.

Das konnte nur eines bedeuten … nein, das war absurd. Sie waren Freunde! Das würde Maik nicht wagen.

Linus stockte der Atem.

Außer – sein bester Kumpel hatte sich hoffnungslos in Maureen verknallt und wollte verhindern, dass Linus ihr die Wahrheit sagte. Nein, das war zu heftig!

Betroffen sank er auf die Bettkante und fühlte eine bleierne Leere in sich. Er war raus aus dieser Sache, ausgebootet, der Looser.

Wie lange er so dagesessen hatte, erstarrt, vollkommen handlungsunfähig, innerlich wie gelähmt, wusste er nicht. Irgendwann schlurfte er in die Küche und goss sich mechanisch eine Tasse Kaffee aus der Maschine ein. Vom langen Stehen schmeckte dieser ein wenig bitter, passend zu seiner Stimmung.

Und dann traf ihn die Erkenntnis, dass er das Schicksal nicht manipulieren konnte, und dass es ganz andere Pläne mit ihm und seinem blöden Horoskop hatte, wie ein Blitz.

14

Verdammt, was war das denn? Maik traute seinen Augen nicht, schloss sie erschrocken, blinzelte, und riss sie wieder weit auf. Was er bis zu diesem Augenblick nur als simplen Spiegel in seinem Schlafzimmer wahrgenommen hatte, war wohl in Wirklichkeit eine verspiegelte Tür, die nun offenstand. Er schluckte und obwohl er gerade heiß geduscht hatte, befiel ihn ein Frösteln.

»Maureen?«

Keine Antwort.

Licht brannte in dem geheimen Zimmer und er ging näher, um sich die Sache genauer anzusehen. Der Boden unter seinen Füßen war kalt. Sein Blick schweifte über die Gerätschaften an der Wand und blieb dann an dem X-förmigen Gestell hängen.

»Ach du Scheiße«, kam es leise über seine Lippen und er fuhr sich verwirrt mit einer Hand durch die feuchten Haare. »Eine Folterkammer!«

Bestimmt war Maureen beim Anblick der diversen Peitschen und Stöcke davongelaufen. *So ein Mist!*

Ein Geräusch ließ ihn Richtung Fenster herumfahren.

»Mein Gott, hast du mich erschreckt, und ich dachte schon, du wärst … «

»Was hattest du hier geplant?«, unterbrach sie ihn.

Wie eine Rachegöttin sah sie aus. Mit funkelnden Augen und zusammengekniffenen Lippen starrte sie ihn an.

»Geplant?«, wiederholte er rau. »Du meinst doch nicht etwa,

ich … ich würde …« Maik schluckte. »Hör mal, ich sehe diesen Raum heute auch zum ersten Mal.«

Maureen verschränkte ablehnend die Hände vor der Brust, was die Peitsche in ihrer Hand nicht weniger bedrohlich wirken ließ, und hob den Kopf ein wenig höher, was ihr noch mehr Strenge verlieh. »Du glaubst wohl, du kannst mich für dumm verkaufen. Was hattest du vor? Mich an dieses Ding zu fesseln und auszupeitschen?«

»Nein, nein«, stammelte Maik. »Natürlich nicht! Pass auf, die Sache ist die – ich habe diese Wohnung vorübergehend bezogen. Möbliert, nur das Bett ist meins. Der Typ, der sie vermietet hat, ist für ein halbes Jahr im Ausland.«

»Aha«, machte Maureen und wirkte von seiner Erklärung keineswegs überzeugt. »Und warum hast du keine eigene Wohnung? Verdient man als Oranger Engel sooo schlecht?«

Ihre strenge und zugleich spöttische Art machte ihn wütend, aber auch hilflos. Wie sollte er ihr erklären, dass alles ganz anders war, als sie glaubte?

»Ich …« Maik schluckte. »Ich hab vorher noch bei meiner Mutter gewohnt. Du weißt schon, Hotel Mama. Bis sie mich rausgeschmissen hat.«

»Ach, lass mich raten. Und am selben Abend wurde dir wie durch einen glücklichen Zufall diese Wohnung angeboten.«

»Ja. Ich weiß, das klingt blöd, aber genauso war's.«

»Natürlich!« Ihr Spott war nicht zu überhören. »Und genauso schwörst du, nichts von diesem Raum gewusst zu haben.«

Oh bitte, sie musste ihm glauben! Noch nie hatte Maik sich nackter gefühlt, trotz des Handtuchs, das er um seine Hüften gewunden hatte. Diese Frau war so verdammt schön, so attraktiv und – so sicher in ihrem Auftreten. Es verschlug ihm schier den Atem und trotzdem fühlte er eine wohlige Wärme in sich, wie er sie noch nie kennengelernt hatte. Was geschah hier zwischen ihm und ihr?

»Ehrlich, Maureen. Es ist so«, beteuerte Maik mit Nachdruck.

»Du hast diese Sachen also noch nie gesehen und noch nie benutzt?«

»Ich schwöre es, bei allem was mir heilig ist.«

Ihre strenge Miene löste sich in ein leises Lachen auf. »Und was wäre das?«

Du meine Güte, er hatte das einfach so dahin gesagt. Aber wenigstens lockerte sich ihre steife Haltung. Stattdessen spielte ihre Hand jetzt mit der Peitsche, schlug das Ende des Stils leicht in ihre andere Hand.

»Ähm, ich …«

Aber sie erwartete scheinbar gar keine Antwort, sondern unterbrach ihn mit einer unwirschen Geste.

»Nun, gehen wir also mal davon aus, dass du diese Gegenstände nicht kennst und sie auch nie benutzt oder dies in Erwägung gezogen hast …«

Maik nickte angespannt. Worauf wollte sie hinaus?

»… dann hast du doch sicherlich nichts dagegen, wenn ich sie jetzt ausprobiere?«

Sie ging rückwärts zum Fenster, drehte sich kurz um, um es zu schließen und den schweren schwarzen Rollo vorzuziehen, ehe sie sich ihm wieder zuwandte. Schön und düster wie eine moderne Amazone.

»Alles was du willst«, hauchte Maik ergeben. Alles, Hauptsache sie blieb und nahm ihm diese – auch für ihn aufregende – Überraschung nicht übel. Er wagte es nicht, sich umzusehen und eventuell noch weitere erschreckende Entdeckungen zu machen.

Die Zeit schien stillzustehen, während sie ihn mit starrem Blick betrachtete und er sich nicht traute, irgendetwas zu sagen. Aus der Küche war das leise Surren des Kühlschranks zu hören und irgendwo knackte Holz von einem der Möbel.

Endlich machte sie eine Handbewegung. Was wollte sie von ihm? Sie wiederholte die Bewegung mit der Peitsche als verlängertem Arm.

»Du willst – dass ich mich an dieses Ding …«

Maureen nickte und ein zartes Lächeln spielte um ihre Lippen. Verdammt, er sollte sie küssen, stattdessen stand er hier wie angewurzelt und versuchte zu erraten, was sie von ihm wollte.

Zögernd machte er zwei Schritte auf das Gestell zu und blieb dann unschlüssig davor stehen.

»Hast du Angst?«, fragte sie neckend, und kniff die Augen ein wenig zusammen.

Ich fühle mich wie eine Maus, die von der Katze hypnotisiert wird, hilflos, wie noch nie in meinem Leben. Wie eine Siamkatze sieht sie aus, mit ihren strahlend blauen Augen. Aber Katzen haben auch Krallen …

Maik schluckte. »Nee, wovor soll ich denn Angst haben?«

»Gut, dann hast du ja bestimmt nichts dagegen einzuwenden, dass ich dich jetzt festschnalle.«

Der Inhalt ihrer Worte kam mit Verzögerung bei ihm an, als gäbe es einen Schallschutz zwischen ihnen. »Festschnallen …«, wiederholte er schließlich und kam sich mit einem Male ziemlich einfältig vor. Es war doch klar, was dieses Wort zu bedeuten hatte.

Sie nahm eine der an dem Gestell befestigten Ledermanschetten in die Hand, pustete die leichte Staubschicht ab und schaute ihn an. »Wofür glaubst du, sind die sonst gedacht?«

Boah, nie im Leben wäre er darauf gekommen, dass sie … sie … so eine war, die auf diese Art von Spielchen stand. Hatte sie tatsächlich vor, ihn an dieses Ding zu fesseln?

Schweiß brach aus seinen Poren. Ihre Ausstrahlung war so überaus dominant. Wenn er sich auf das hier einließ, wäre er ihr völlig ausgeliefert. *Du meine Güte!* Über so etwas hatte er noch nie nachgedacht, aber andererseits – konnte es etwas Aufregenderes geben, als sich vollkommen in die Obhut dieser Frau zu begeben? Sie machte doch sowieso seit der ersten Minute mit ihm, was sie wollte.

Er zuckte zurück. Und wenn dies eine raffinierte Falle war? Wenn sie danach einfach gehen würde? Vielleicht hatte sie herausgefunden, dass er gar nicht derjenige war, für den er sich ausgegeben hatte und er wusste immer noch nicht, wie er ihr das erklären sollte. Eigentlich war es ja ganz einfach, aber es wollte nicht über seine Lippen kommen. *Mein Freund und ich haben die*

Rollen getauscht, weißt du, es war nämlich so ... Andererseits hätte
er ihr das schon beim ersten Date erklären müssen. Je länger er
damit wartete, desto peinlicher würde es und was das Schlimmste
war: sie gefiel ihm und genau genommen wollte er sie gar nicht
mehr Linus überlassen. Irgendwann aber musste er ihr trotzdem
erklären, dass er Programmierer war, nicht Straßenretter. Und
überhaupt, sie hatte ebensowenig wie er wissen können, dass
sich hier solche Sachen versteckten. Eine Falle konnte es also
gar nicht sein, mit der sie die Wahrheit aus ihm herauspressen
wollte. Falls sie etwas ahnte.

»Nun, was ist?«

Maik atmete einmal tief ein und aus, dann stellte er sich mit
dem Rücken an das Gestell, bereit jedes weitere Risiko in Kauf zu
nehmen. Wenn er es nicht ausprobierte, würde er nie erfahren, ob
er ihr ganz und gar vertrauen durfte. Und der Gedanke, was sie
alles mit ihm anstellen könnte, während er ihr ausgeliefert war,
wirkte äußerst anregend. Schon jetzt streckte sich sein Schwanz
gegen das Handtuch, das er um seine Lenden trug. Würde Maureen ihn noch heißer machen, und ihn zappeln lassen? Dass es so
etwas auch im wahren Leben geben könnte, nicht nur in Büchern
oder Filmen, war ihm noch nie in den Sinn gekommen.

Ein feuchtkalter Schauer raste seinen Rücken hinab. Würde
sie gar verlangen, dass er um einen Orgasmus bettelte? Solche
Gedanken hatte er noch nie gehabt, aber jetzt brachten sie sein
Blut zum Sieden.

Ihre schlanken Finger streiften kühl seine Arme, als sie die
Fesseln schloss.

»Zu fest?«

Er zog ein wenig am Leder. Es schnitt nicht ein, war jedoch
sicher verschlossen und saß straff genug, dass ein Sich-Selbst-
Befreien und Entkommen unmöglich war. Mehr Blut schoss in
seine Lenden.

»Nein, alles okay«, erwiderte er mit trockenem Mund. Und nun?

Maureen trat einen Schritt zurück, als wollte sie ein Kunstwerk betrachten. »Als Erstes werde ich mal dieses blöde Handtuch entfernen.«

Maik stöhnte innerlich auf. Oh nein, ab jetzt würde er nichts mehr vor ihr verbergen können, gar nichts. Und obwohl es ihm noch nie etwas ausgemacht hatte, sein bestes Stück zu stolzer Form erigiert zu zeigen – ganz im Gegenteil, wer war als Mann darauf nicht stolz – jetzt, in diesem Augenblick, genierte es ihn, sich ihr so geil und bereit zu präsentieren.

Ihre kühlen Finger kitzelten ihn, als sie das festgesteckte Ende des Handtuchs herausnestelte, ihm dann mit einem Ruck den Stoff herunterzog und diesen zu Boden fallen ließ.

»Wow, wen haben wir denn da?«, scherzte sie, beugte sich herab und leckte einmal über seine sensible Spitze.

Maik keuchte laut auf vor Lust.

»Da ist wohl jemand geil.«

Noch einmal liebkoste ihre Zunge seine Eichel, dann richtete sie sich wieder auf.

»Ob da wohl noch ein bisschen mehr geht?«, fragte sie mit kokettem Augenaufschlag und stupste ihn mit der Fingerspitze in die Seite.

»Nicht, nein, ich bin kitzlig … haha.«

Schamlos nutzte Maureen seine Lage aus und kitzelte ihn nun ganz bewusst, aber nicht mit ihren Fingern, sondern mit den Lederriemen der Peitsche. An den Achseln, die Arme entlang, über seine Brustwarzen, die Seiten hinab, wo er besonders kitzlig war, die Lenden entlang und die Beine hinunter. Dann schwang sie die Peitsche einige Male durch die Luft, was ein zischendes Geräusch erzeugte und klatschte sie schließlich quer über seine Oberschenkel.

Maik zog geräuschvoll die Luft ein. Ufff, das tat weh, nicht zu sehr, eher wie ein gemeines Zwicken. Würde seine Erektion unter dem Schmerz zurückgehen? Schon krachten die ledernen Riemen ein zweites Mal auf seine Oberschenkel, diesmal etwas fester. Oh nein, sein Schwanz zuckte entzückt bei dieser Pein, zeigte sich noch praller erigiert. Ob ihr das wohl auch auffiel?

Beim dritten Mal konnte er ein kurzes Quieken nicht mehr unterdrücken. Verflixt, wie das brannte!

Der nächste Hieb folgte, knapp unter seine Hoden gesetzt und trieb ihm den Angstschweiß aus den Poren. *Pass auf!*, wollte er rufen, aus Angst, sie könnte seine empfindlichste Stelle treffen. Aber er brachte kein Wort heraus. Der Schmerz sengte sich wie heiße Glut in seine Haut, und die Nähe der Peitsche zu seinem Schwanz bereitete ihm Angst, die ihn bis ins Mark erzittern ließ. Dennoch stand sein bestes Stück wie eine Eins, als fände es den Reiz der Gefahr besonders erotisch.

Maureens Wangen hatte eine zarte Röte angenommen. Ihre Miene war konzentriert, wenn sie die Peitsche schwang und ein kleines schadenfrohes Lächeln spielte für einen kurzen Augenblick um ihre Lippen, wenn er unter dem Schmerz aufstöhnte.

Wie eine Mischung aus Boxenluder, Hexe und Domina kam sie ihm vor. Sexy in ihrem Outfit, hypnotisierend beim Augenkontakt, dominant in ihrem Auftreten. Bei ihrem Anblick wurde ihm rundum noch heißer. Schweißperlen bildeten sich auf seiner Stirn, die er zu gerne vor ihr verborgen und weggewischt hätte. Nur von unten kroch Kälte seine Beine empor, und er bewegte unruhig seine Füße.

»Was ist los?«, fragte sie stirnrunzelnd. »Gefällt es dir nicht?«

»Doch, doch«, beteuerte Maik. »Du bist – fantastisch. Nur der Fußboden ist fürchterlich kalt.« Warum hatte derjenige, der diesen Raum eingerichtet hatte, sich für einen Fliesenboden entschieden? Dies war doch hoffentlich keine Folterkammer gewesen, in der auch Blut geflossen war? Seine Fantasie ging mit ihm durch. In seinem Kopfkino visualisierten sich in schneller Folge Bilder, deren Ursprung in gruseligen Filmen und harten Computerspielen zu suchen war.

Maureen schob das Handtuch mit dem Fuß näher. »Hier, stell dich da drauf, dann wird es besser.«

Dankbar zog er das Handtuch mit den Zehen zu sich heran. Mit dem flauschigen Stoff unter den Fußsohlen fühlte sich der Boden tatsächlich weniger kalt an.

Gerne hätte er seine Schenkel betrachtet und gewusst, ob sich dort Striemen abzeichneten.

Was hatte Maureen als nächstes vor? Eben fuhren ihre Hände über die diversen Gegenstände, die schräg hinter ihm an der Wand auf ihren Einsatz warteten. Später musste er unbedingt nachsehen, welche Geheimnisse dieser Raum noch barg, ehe …

»Au!« Von dem brennenden Schmerz auf seinem Po überrascht, schrie Maik laut auf.

Da er mitten in diesem x-förmig angeordneten Gestell angebunden war, hatte Maureen von überall Zugriff auf seinen Körper und nutzte dieses nun schamlos aus. Ihre Finger streichelten sanft über seine Schultern, dann den Rücken hinab, packten fest seine Pobacken und kneteten sie. Doch kaum hatte er angefangen sich zu entspannen und ihre Berührungen zu genießen, griff sie wieder zu dem Rohrstock und versetzte ihm einen weiteren festen Hieb auf seinen Hintern.

Stöhnend biss Maik die Zähne aufeinander. Was hier gerade geschah, war so absolut unwirklich, dass er es nicht glauben konnte, und andererseits von so realem Schmerz, dass er sich über sich selbst wunderte, welchen erotischen Reiz dies auf ihn ausübte. Ja, er wollte diesen Schmerz weiter ertragen, und er fühlte eine wohlige Wärme durch seine Adern rasen, die ihn in ein bislang unbekanntes Hochgefühl tauchte.

»Ja, gib's mir, ich verdiene es nicht anders«, keuchte er. Wenn sie wüsste, wie sehr er diese Strafe verdiente! *Frag mich, zwing mich dir zu beichten,* flehte sein Unterbewusstsein. Dann könnte er sich dieser drückenden Last endlich entledigen. Aber sie verstand seine Mimik verständlicherweise nur als Teil ihres Spiels oder Ausdruck seiner Leidenschaft. Woher hätte sie auch wissen sollen, dass er wirklich etwas zu gestehen hatte.

Was machte sie denn jetzt? Maik konnte aus seiner Warte nur erkennen, dass Maureen die unteren Enden der Holme untersuchte. Sein Atem stockte, als ihre Haare seine Eichel streiften. Würde sie noch einmal … *oh ja, bitte …* Dann sah er, dass sie etwas entdeckt hatte. Plötzlich stellte sie sich beidseits auf die Holme, es musste dort wohl einen kleinen Steg geben, den er nicht sehen konnte. Nun war ihr Schoß dem seinen ganz nah. Lasziv sich über die Lippen leckend und ohne den Augenkontakt zu ihm zu verlieren hob sie ihren Rock an, drückte ihren Unterleib an seinen und senkte sich über ihn. Jetzt fühlte er ihre warmen feuchten Schamlippen, wie sie sich weich unter dem Druck seiner Eichel teilten.

Seinen Lippen entfloh ein verlangendes Seufzen, als sie sich weiter über ihn senkte, und seinen Schwanz völlig in sich aufnahm. Das musste ein Traum sein!

Ihre Lippen versiegelten die seinen mit einen Kuss. Sanft züngelte sie in seinen Mund, stupste seine Zungenspitze an, saugte sich fest und legte ihre Hände um seinen Nacken. Dabei bewegte sie sich nun gefühlvoll auf und ab, als wolle sie ihn genussvoll ausmelken, und Maik stöhnte lauter. Seine Hände ballten sich zu Fäusten, er zog an den Fesseln, außer sich vor Lust.

»Fester«, keuchte er, als sie ihn endlich wieder zu Luft kommen ließ.

Maureen hielt in der Bewegung inne. »Wie heißt das?«

Irritiert sah er in ihre blauen Augen. Was meinte sie?

»Bitte mich darum!«

»Was?«

»Du willst hart gefickt werden, also bitte mich darum!«

Maik schluckte. Verdammt, sie liebte diese Rolle als Herrin. »Bitte, Maureen, bitte fick mich härter.«

Zunächst war es nur ein Glucksen, das aus ihrer Kehle empordrang, dann brach sie in ein lautes fröhliches Lachen aus.

Mit der rechten Hand hielt sie sich an seinem Arm fest, umfasste mit der linken so gut es ging seinen Leib, und ritt seinen Schwanz so heftig, dass das Gestell unter ihren Bewegungen bebte. Maiks schlimmste Befürchtung war, sie könnten deswegen umstürzen. Doch dann forderte die Lust seine gesamte Aufmerksamkeit und seine Überlegungen schwanden.

Mit jeder Aufwärtsbewegung ihres Körpers drohte sein Penis

aus ihr zu rutschen. Aber sie verstand es punktgenau, im richtigen Augenblick wieder an ihm hinab zu gleiten, ihn tief in sich hinein zu senken, bis zum Anschlag. Noch nie hatte er erlebt, dass eine Frau die Initiative übernahm, noch dazu so hart und wild. Ein Narr, wer glaubte, nur Männer könnten ficken. Ein letztes Mal, und sie stöhnte laut auf, ihr Gesicht in ekstatischer Verzückung, und er befürchtete schon, sie würde es nicht zu Ende bringen, als sie ihn noch zweimal hart in sich hineinstieß.

»Jaaa!«

Japsend und prustend gab Maik sich dem erlösenden Orgasmus hin, der wie ein Orkan von seinen Lenden durch seinen Körper raste, ein wohliges Gefühl hinterlassend, und gleichzeitig alles lähmend. Er schloss die Augen, um jede Sekunde auszukosten. Von einer Art wohltuender Ohnmacht berauscht, die ihn der Welt entrückte und ihn alles um sich herum vergessen machte.

Es dauerte einige Zeit, bis er wieder zu sich fand, in das Hier, in seiner Wohnung, in dem bis dato unbekannten Geheimzimmer, und in das Jetzt, mit Maureen, die sich an seine Brust geschmiegt und ihre Arme um ihn gelegt hatte.

Was für ein Erlebnis! Was für eine ungewöhnliche Frau!

Sein Freund Linus konnte sich abschminken, dass er sie bekam. Partnerschaftsagentur her oder hin. *Nein, Linus, oh nein. Maureen ist MEIN,* dachte Maik mit verhaltenem Stolz. *Wobei – eigentlich ist es eher umgekehrt.* Die Fesseln unterbanden jeglichen freien Willen und alles hing davon ab, ob sie ihn nur als unterhaltsamen Zeitvertreib betrachtete oder ebenfalls gewillt war zu sagen: Du bist MEIN.

»Maureen«, flüsterte Maik, etwas heiser vom vielen Stöhnen. »Maureen, ich ... ich will dich. Bitte verlass mich nicht.«

15

Erleichtert über die gute Nachricht beendete Lola das Telefonat. Soeben hatte die Werkstatt angerufen und sich bei ihr für die entstandenen Unannehmlichkeiten mit dem Hinweis entschuldigt, dass es sich um einen bereits bekannten Software-Fehler in der Elektronik handle, der ihren Wagen lahmgelegt hatte. Das Problem sei bereits behoben, Kosten würden ihr natürlich keine entstehen, dafür kam der Hersteller auf.

Bis eben hatte sie, noch im Pyjama und mit der obligatorischen morgendlichen Tasse Tee in Reichweite, konzentriert gearbeitet. Dinge, die im Augenblick unabänderlich erschienen, wie ihr streikendes Auto, konnte sie in der Regel gut ausblenden. Ihr Tagesablauf verlief kontrolliert, ganz ihrem Verantwortungsbewusstsein und ihrer strukturierten Arbeitsweise entsprechend. Für Spontaneität blieb dabei wenig Raum. Die brauchte sie aber auch nur selten.

Jetzt allerdings musste sie wohl oder übel eine Zwangspause einlegen, ins Bad gehen und sich anziehen, um ihr Auto abzuholen.

Lächelnd betrachtete sie das Bild in dem Fotorahmen, der neben ihrem Firmenlaptop auf dem kleinen Schreibtisch stand. Morgen würden sie sich endlich wiedersehen und etwas zusammen unternehmen. Wie jedes Wochenende würde ihr Herz vor Glück aufgehen und sie sich ganz und gar ihrem Schatz widmen. Wenn es doch nur immer so sein könnte, jeden Tag. Lola seufzte.

Kaum war sie aus der Tür getreten und auf dem Weg zum

Stadtbus, als ihr Smartphone vibrierte. Das Display zeigte eine ihr unbekannte Nummer an.

»Hallo?«

Eigentlich hasste Lola dieses gewöhnliche *Hallo*, das so gar keinen Stil hatte, sondern ein Symbol des Verfalls gesellschaftlicher Umgangsformen darstellte. In Geschäften bevorzugte sie *Guten Tag* oder *Grüß Gott* zu sagen, und gegenüber Freunden oder Leuten, die sie zumindest vom Sehen kannte, das vertraulichere *Servus*. Nur am Telefon kam ihr die Verwendung desselben noch ein wenig eigenartig vor und etwas Besseres als Hallo war ihr noch nicht eingefallen.

»Gruber. Linus Gruber. Hallo Frau Gehrke. Wie geht's denn Ihrem Problemauto?«

Lola erkannte die angenehm männliche Stimme sofort wieder und atmete erleichtert auf.

»Alles wieder in Ordnung. Ich bin gerade dabei, es abzuholen. Die von der Werkstatt haben gesagt, es sei ein Softwarefehler gewesen.«

»Aha. Schön, dass sich das Problem wenigstens schnell beheben ließ.«

»Oh ja, ich bin auch sehr glücklich.«

Dann können wir morgen vielleicht ein bisschen rausfahren und im Grünen spazieren gehen, das Wetter soll ja schön werden, ergänzte Lola still.

»Na ja, dann will ich Sie auch gar nicht länger aufhalten«, fuhr Linus fort.

Sie merkte es seiner Stimme an, dass er versuchte, das Gespräch hinaus zu zögern. »Ach, tun Sie nicht, ich bin gerade auf dem Weg zur Bushaltestelle.« *Du meine Güte, was rede ich denn da?*

»Nun ja, ich wollte Sie fragen, ob Sie nicht Lust hätten, dass wir mal was zusammen unternehmen. Zur Zeit laufen eine Reihe recht guter Filme im Kino. Wir können aber auch was anderes machen, eine Shoppingtour durch die Stadt und dann zusammen in ein gemütliches Café gehen …«

Es klang verlockend und die Versuchung, darauf einzugehen, war groß. Aber sie wollte nicht schon wieder eine Enttäuschung riskieren. Im Augenblick war ihr Leben kompliziert genug. Ihr Herz wurde schwer, denn gefallen hatte ihr der sympathische Straßenhelfer auf jeden Fall.

»Ähm, das ist sehr nett, und nehmen Sie es mir nicht übel, es ist nichts Persönliches, aber … ich kann nicht.«

»Ach so, ja, es muss ja nicht an diesem Wochenende sein, ist ja auch ziemlich kurzfristig.«

Oh je, entweder sie riskierte, dass er wieder anrief – wollte sie das? – oder sie musste ihm erklären, dass sie gar kein Interesse hegte.

»Ich weiß nicht, ob es ein anderes Mal …« Ihre Stimme stockte.

»Oh, entschuldigen Sie. Ich wollte mich nicht aufdrängen, ich dachte, Sie wären gerade ungebunden.«

Lola schluckte. Seine Stimme hatte so ein angenehmes Vibrato, das sich tief in ihr Ohr einnistete.

»Ja, das bin ich auch, aber … es geht einfach nicht. Ich habe sehr wenig Zeit.«

»Tja, dann … verzeihen Sie, dass ich angerufen habe. Ich wollte nur wissen, ob es Ihnen gut geht und mit Ihrem Mini wieder alles okay ist.«

Eine unangenehme Leere blieb zurück, nachdem er aufgelegt hatte. Irgendwie hatte dieser Fremde mit seiner freundlichen natürlichen Art ihre tiefe Sehnsucht nach jemandem wieder erweckt, der zu ihr gehören könnte. Nach jemandem, den man nicht nur lieben, sondern dem man auch vertrauen könnte. Jemandem, der die Erlebnisse, die sich tief in ihr Gedächtnis eingegraben hatten, verdrängen und durch Neue, Schönere ersetzen würde. Aber gab es diesen Jemand überhaupt – für sie? Hatte sie bei dem anderen nicht auch gedacht, er wäre der Mann fürs Leben?

In diesem Moment kam der Bus und Lola musste einen Spurt einlegen, um ihn noch zu erreichen. Doch auch auf der Fahrt zur Werkstatt ging ihr der kurze Anruf nicht aus dem Kopf. Vielleicht hatte sie einen Fehler gemacht. Ein dicker Kloß hing in ihrer Kehle und sie drückte eine Träne weg, die aus ihrem Augenwinkel quellen wollte. Wenigstens ein gemeinsames Kaffeetrinken hätte sie riskieren sollen … denn wenn sie niemals wieder in ihrem Leben ein Risiko wagte, dann würde sie nie herausfinden, ob es Mister Jemand nicht vielleicht doch gab. Auch für sie.

16

Sein Herzschlag dröhnte in ihrem Ohr, schnell und kräftig war der Takt. Mit geschlossenen Augen genoss Maureen seine Nähe, die Wärme seiner Haut, überhaupt seine Nacktheit und fühlte eine tiefe Befriedigung darüber, dass er ihr spontan vertraut und mitgespielt hatte. Für einen Augenblick hatte er sehr erschrocken geguckt, als sie vorgeschlagen hatte, das Inventar auszuprobieren und ihn an das Gestell zu fesseln. So erschrocken, dass sie ihm die Behauptung, von dem Zimmer nichts gewusst zu haben, in diesem Augenblick abnahm.

Unglaublich, was durch ihre Neugierde zum Vorschein gekommen war. Was waren das für Menschen gewesen, die vor ihnen hier ihrem erotischen Spiel nachgegangen waren? Vermutlich der Vormieter, dieser Herr Zimmermann, dessen Name auf dem Schild über der Klingel stand. Dazu musste sie Linus überhaupt noch fragen, warum er nicht einfach ›Gruber‹ darüber geklebt hatte.

Sex war ihr ja nun wirklich nicht fremd. Auch wenn es nur wenige Männer in ihrem bisherigen Leben gegeben hatte, so waren es auf jeden Fall genug gewesen um festzustellen, was sie wollte und was sie nicht wollte. Diesmal jedoch war es anders, so ganz und gar anders, und das beunruhigte sie ein wenig. Denn mehr als über das Verhalten ihres Internetdates war sie über sich selbst überrascht, wie selbstverständlich und kurz entschlossen sie gehandelt hatte, die Führung übernommen, und ihm Schmerzen zugefügt hatte. Aus der Peitsche, die sie vorsorglich zu ihrer eigenen Verteidigung an sich genommen hatte, war innerhalb von Sekunden das Züchtigungsinstrument geworden, mit dem sie ihren neuen Freund unterworfen hatte. Zwar hatte sie versucht, nicht zu fest zuzuschlagen, schließlich hatte sie ja keine Ahnung, was sie damit anrichten könnte oder wie er sich dabei fühlte. Im Großen und Ganzen aber hatte sie wie im Rausch gehandelt. Sein Stöhnen und seine kurzen Schreie lösten kleine Kontraktionen in ihrem Schoß aus, süße Wellen des Verlangens, die sie selbst jetzt, wo alles vorbei war, noch immer fühlte.

Der Schweiß auf seiner Haut störte sie nicht, als sie sich letztendlich an ihn schmiegte. Das einzige, was sie roch, war das herbfrische Duschgel, das er benutzt hatte, gemischt mit etwas eigenem, maskulinem, das nicht unangenehm war. Auch an ihr waren Lust und Anstrengung nicht spurlos vorbei gegangen. In ihrem Rücken stand der Schweiß kaum weniger als bei ihm.

Allmählich wich sein japsender Atem einem langsameren, gleichmäßigeren Heben und Senken seines Brustkorbs.

»Maureen«, flüsterte er in die Stille hinein, die Stimme ein wenig heiser. »Maureen, ich … ich glaube, verdammt, ich liebe dich.«

Langsam hob sie ihren Kopf, stützte sich beidseits an den Holmen ab und sah ihm in die Augen.

»Du bist total verrückt, weißt du das?«, fügte er hinzu. »Ich möchte mit dir zusammen sein. Du hast mir den Kopf verdreht, vom ersten Augenblick.«

Das klang gut, aber würde es für ein ganzes Leben reichen?

»Ich weiß nicht, ob ich das schon sagen kann, ob ich dich liebe. Ich mag dich, mein Herz flattert vor Aufregung.« Sie hielt kurz inne. »Hm, ich … ich weiß nicht, ob etwas aus uns beiden wird. Ich war mir so sicher, als wir gechattet haben. Aber …« Wieder zögerte sie und versuchte ihre Gedanken zu sammeln. Er war so anders, als sie sich ihn vorgestellt hatte. Sollte sie ihn mit ihren Zweifeln konfrontieren? Nicht jetzt. »Aber ich würde es gerne versuchen.«

Bis jetzt waren Liebesschwüre immer nur Lippenbekenntnisse gewesen. Sollten seine Gefühle tatsächlich echt sein? Aber was war mit ihren? Wenn sie sich darüber nur schon selbst im Klaren wäre. Solange sie nur gechattet hatten, schien die Richtung ziemlich klar zu sein. Entweder, er wäre ihr bei der ersten Begegnung sympathisch, oder es wäre sofort vorbei. Dass die ganze Sache sie in einen derartigen Strudel von Gefühlen und Fragen stürzen würde, hatte sie nicht erwartet.

Er stieß zischend seinen Atem aus. »Puh, und ich dachte schon, jetzt kommt, dass du mich nicht willst, dass dies ein einmaliges …«

»Sei still«, fuhr sie ihn an, heftiger als sie wollte, und küsste ihn leidenschaftlich, ein Bein um seinen Oberschenkel geschlungen und ihr Geschlecht an seinem reibend. Mal sehen, wie lange es dauerte, ihn von neuem zu Standfestigkeit zu erwecken. Es lag ja noch die ganze Nacht vor ihnen …

17

Diese Frau war irre! Wäre es ihm unter anderen Umständen passiert, dann hätte Maik vielleicht seinen besten Freund angerufen und ihm von dieser heißen Braut erzählt. Nicht alles, versteht sich, aber zumindest im Groben und Ganzen, ein paar Andeutungen. Aber so …

Er konnte ja wohl schlecht sagen, dass er den verrücktesten, interessantesten und aufregendsten Sex seines Lebens ausgerechnet mit der Frau erlebt hatte, die eigentlich schon vergeben war. Zumindest fast. Sozusagen Linus' Freundin in spe.

Er brauchte einen klaren Kopf, um zu analysieren, was geschehen war. Deshalb hatte er im Büro angerufen und gesagt, er käme später, müsse dringend zum Arzt. Allerdings hieß die Arztpraxis ›Sauna‹ und Maik versuchte seine Verwirrtheit heraus zu schwitzen.

Es half ihm nicht weiter. Hatte er in der Vergangenheit über dem einen oder anderen Problem in der Sauna wortwörtlich gebrütet und Klarheit gewonnen, so drehten sich seine Gedanken und Gefühle weiterhin im Kreis. Was hatte er sich nur dabei gedacht, Maureen die Wahrheit vorzuenthalten und seinen besten Freund zu hintergehen?

Ganz einfach: Nichts.

Er musste bei diesem Gedanken lächeln und stand auf, um die Saunakabine zu verlassen und unter die Dusche zu gehen. Brrr, der kalte Schauer tat gut. Hart prasselte das Wasser auf seinen Rücken herunter, fast wie eine Massage. Jetzt noch kurz in das

Eiswasserbecken und einmal ganz untertauchen. Woah, sämtliche Gehirnwindungen schienen für Sekunden einzufrieren.

Maik schüttelte sich und strich sich mit der Hand über seine Bürste, um die Wassertropfen aus den Haaren zu schütteln. Jetzt noch mit einem Handtuch um die Hüften am Tresen ein Weißbier zischen. Weißbier? Maik runzelte die Stirn. Nicht, wenn er ernsthaft vorhatte, später noch arbeiten zu gehen.

Er nahm auf einem der Barhocker Platz. Nur wenige Leute bevölkerten jetzt, am Vormittag, bereits Saunabereich und Service. Ihm gegenüber saß ein älteres Ehepaar, das sich leise unterhielt, ansonsten war es leer.

Was für ein Wahnsinn, noch nie war er unter einem Vorwand der Arbeit ferngeblieben. Sein Chef kannte ihn als die sprichwörtliche Zuverlässigkeit, zwar ein wenig eigenwillig und chaotisch, der Schreibtisch ständig mit Keksen und Coladosen übersät. Ein Zustand wie bei Messis. Es war Maik klar, dass dies nur deshalb geduldet wurde, weil er hervorragende Arbeit leistete, nie einen Termin überzog und auch ohne zu murren mal länger blieb. Ein kleines Stück Narrenfreiheit. Er musste lächeln. Von Zeit zu Zeit drehte er seine Tastatur auf den Kopf und klopfte sie aus. Eigentlich war er fast ein kleines Schwein. Maik kicherte. Zum Glück hatte sein Chef das noch nie gesehen.

Nein, so etwas wie heute hatte er noch nie gemacht, nicht einmal in Erwägung gezogen, und er fühlte sich ein wenig unwohl dabei. Aber er hatte auch noch nie ein solches Problem gehabt, selbst wenn er sich verliebt hatte. Wie sollte er sich auf seine Arbeit und das Schreiben des Quellcodes konzentrieren, wenn sein ganzes Sein nur von einem Gedanken beherrscht wurde, der Maureen hieß?

Mit Bedauern bestellte er sich anstelle des Weißbiers nur ein großes Glas Mineralwasser und kehrte zurück zum Kern seines Problems. Was er sich dabei gedacht hatte, den Irrtum auf sich beruhen zu lassen? Nichts hatte er sich dabei gedacht. Keinen von beiden hatte er hintergehen wollen. Es war ganz einfach geschehen. Die Begegnung mit Maureen war so einzigartig, ihre Dominanz so kompromisslos und auf besondere Weise akzeptabel, ja geradezu angenehm, dass es überflüssig war, weiter darüber nachzudenken. Es gab keine Lösung, es sei denn, sie strebte diese an und war noch scharf darauf, den wahren Linus kennenzulernen. Aber bei welcher Gelegenheit, verdammt nochmal, sollte er ihr die Wahrheit sagen. Und vor allem wie?

18

Schlaflos wälzte Maureen sich in ihrem Bett hin und her. Das Erlebnis mit ihrem neuen Kerl ging ihr nicht mehr aus dem Kopf. Verschüttete Sehnsüchte waren geweckt worden. Wünsche, die sie sich selbst nicht gestattet hatte.

Es lag einige Jahre zurück, da hatte sie spät abends zufällig in einen Film gezappt. Der kunstvoll mit Lichteffekten und ungewöhnlichen Blickwinkeln inszenierte Kurzfilm zog sie binnen Sekunden in seinen Bann. Die erotische Handlung wurde geschmackvoll und dennoch sehr direkt in Szene gesetzt, ohne abstoßend zu wirken. Kein überflüssiges Herumgestöhne oder Gerammel wie bei Pornos.

Als der Film zu Ende war, fühlte Maureen sich noch eine Weile berauscht. Erst dann wurde ihr bewusst, dass die absolut sinnliche, anregende und faszinierende Darstellung ihre Gefühle angesprochen und ein quälendes Verlangen geweckt hatte. Und nicht nur das, sie hatte sich ganz nebenbei selbst befriedigt.

Im Mittelpunkt der Handlung hatte eine Frau ihre eigenen dominanten, und zugleich auch die submissiven Gelüste ihres Geliebten gestillt. Während sie seinen an eine Massageliege gefesselten Körper mit heißem Wachs beträufelte, zwischendurch kurz an seinem Schwanz saugend, rieb sie ihre Klitoris an seinem Knie, bis ihr Höhepunkt kam. Er jedoch musste erst noch Striemen von einer Peitsche ertragen und um seinen Orgasmus betteln, ehe sie sich auf ihn setzte, sich multiple Orgasmen gönnte und ihn dann schlussendlich – wie gnädig – auch kommen ließ.

Maureen hatte nicht mit dem Mann und seinen kurzen Schreien mitgefühlt. Nein, kein Mitleid. Ganz im Gegenteil ertappte sie sich dabei, wie sie der Hauptdarstellerin Tipps erteilen wollte, da noch … und dort … oh ja, er leidet schön für mich …

Ihre Gelüste hatten sie zutiefst irritiert. Einige Tage lang hatte sie darüber nachgedacht, ob sie dies ausprobieren sollte. Aber wie und vor allem mit wem? Und war dies überhaupt normal? Stück für Stück hatte sie versucht das Ganze zu vergessen, bis es ihr mit der Zeit als etwas Fantastisches, fern jeglicher Realität erschienen war und an Bedeutung verloren hatte.

Nun war dies ganz unerwartet zur Wirklichkeit geworden. Konnte etwas, was so viel Spaß machte und in beiderseitigem Einverständnis geschah, verkehrt sein?

Zum Glück – und zu ihrer Verwunderung – hatte ihr Spielgefährte keine Fragen gestellt. Aufgrund ihres Online-Profils und ihres Chats hatte er bestimmt nichts Dergleichen erwartet. Es musste doch für ihn genauso überraschend gewesen sein, sich ihr in einem solchen Spiel anzuvertrauen wie für sie, dass er dies wagte. Andererseits, sie hatte ja auch nicht hinterfragt, ob er es als normal empfand. Ob er gemerkt hatte, dass es für sie das erste Mal gewesen war?

Und jetzt? Wenn sie ihre sexuellen Fantasien hin und wieder auf diese Weise ausleben wollten, wovon sie einfach mal ganz optimistisch ausging, dann wäre es von Vorteil, mehr darüber zu erfahren.

Es hatte keinen Sinn sich etwas vorzumachen. Sie würde keinen Schlaf finden, bevor nicht diverse Fragen beantwortet waren.

Maureen zog ein Sweatshirt über ihr Pyjamaoberteil an. Dann lief sie in Socken hinüber ins Wohnzimmer, schnappte sich ihren Laptop und lümmelte sich auf das Sofa. Wie nannte man diese sexuelle Spielart? Es gab doch für alles einen passenden Namen. Ach, am besten sie ging die Sache anders an und setzte auf das anonymisierte Einkaufen in Online-Shops. Bestimmt gab es dort auch Gerätschaften wie Stöcke, Peitschen und Fesseln, etwas in der Art, wie sie es in seinem Geheimzimmer vorgefunden hatte.

Treffer.

Maureen klickte sich durch die Erotikshops und staunte. Zwar hatte sie schon mal Online diverse Sexartikel wie lustige Kondome und einen Vibrator eingekauft, aber das war schon eine ganze Weile her. Und es gab sogar spezielle Shops für – BDSM. Ein neues Wort in ihrem Wortschatz.

Bondage, Domination, Submission, Masochismus. Alles saugte sie begierig auf, über den Umgang mit Fesselspielen, der Unterwerfung des Partners, oder dem Wunsch der Unterworfene zu sein, alles über das Verlangen zur Austeilung von Schmerzen und der Lust daran. Fesseln, Knebel, Masken, Klistiere, Peniskäfige und Nippelklemmen erschienen auf ihrem Bildschirm. Als sie sich zuletzt mit leichtem Schaudern die BDSM-Möbel anschaute, erfuhr sie, dass man das Gestell in Maiks geheimem Zimmer ein Andreaskreuz nannte, extra dafür geschaffen, was sie intuitiv getan hatte: den Partner daran fesseln und sich auf diese Weise gefügig machen.

Puh! Übersättigt von neuen Eindrücken klappte Maureen ihren Laptop zu, streckte sich auf dem Sofa aus und schloss die Augen. Es gehörte mehr als die Lust dazu, sich diesem Spiel hinzugeben. Soviel war ihr inzwischen klar geworden. Sie benötigte professionelle Anleitung, um Risiken auszuschließen, aber von wem? Nur Nachlesen war ihr nicht genug. Zwar hatte sie eine Idee – aber würde sie sich trauen, diese umzusetzen? Zu viele neue Erfahrungen stürmten auf sie ein und sie sollte nichts überstürzen, und vor allem Linus nicht als Experimentierfeld ihrer Neugierde betrachten.

Ein wenig fröstelnd, steif und übernächtigt erwachte Maureen am nächsten Morgen zusammengekauert auf dem Sofa. Die ganze Nacht hatten sich die Bilder aus dem Internet in ihrem Kopf abgewechselt, soviel war klar. Richtig wach war sie davon nie geworden, einen echten Tiefschlaf hatte sie jedoch auch nicht gefunden. Zumindest fühlte es sich so an. Ein Blick auf die Uhr bestätigte ihr, dass es tatsächlich der Wecker war, der unermüdlich im Schlafzimmer nebenan bimmelte.

Es wurde ein ziemlich strapaziöser Tag, an dem Maureen sich kaum auf ihre Arbeit und die Anforderungen ihrer Mitarbeiterinnen und Kunden konzentrieren konnte. Ständig spukten ihr die neuen Informationen im Kopf herum und das Schlimmste daran: es weckte ihre sexuellen Bedürfnisse. Sie lechzte nach Befriedigung, fühlte ein verlangendes Ziehen in ihrem Schoß, eine ungewohnte feuchte Wärme in ihrem Slip, wie sie bislang tagsüber nicht gekannt hatte – und sie sehnte sich danach, Linus wiederzusehen. Sie wollte seinen Körper sehen, fühlen, peinigen – und sie wollte, dass er sie berührte, verwöhnte und liebkoste. Ach, eigentlich wollte sie alles und noch mehr.

Am Nachmittag ertrug Maureen die Situation nicht länger. Sie bat ihre stellvertretende Apothekerin das abendliche Absperren zu übernehmen. Nach Hause, recherchieren, telefonieren – erst dann würde sie sich wieder bei Linus melden, falls er ihr nicht zuvor kam. Für ihr nächstes Beisammensein wollte sie gewappnet sein, zunächst für sich selbst eine Entscheidung treffen, die elementar sein und alles Bisherige auf den Kopf stellen könnte.

Google sei Dank fand Maureen mehrere vielversprechende Adressen im Umkreis von fünfzig Kilometern. Ganz so einfach hatte sie es sich gar nicht vorgestellt. Nun musste sie sich nur noch die passenden Worte zurecht legen. Ihr Herz wummerte vor Aufregung, als sie endlich zum Hörer griff, und wählte.

Bei der ersten Nummer lief ein Anrufbeantworter, der Aufschluss über geeignete Uhrzeiten zur direkten Kontaktaufnahme gab. Der zweite Anschluss war belegt.

Maureen schnaufte unwillig. Wenn das so weiter ging ... nächster Versuch: *Claires Erziehungsstudio.*

»Servus, du sprichst mit Claire«, meldete sich eine sympathisch und selbstbewusst klingende Frauenstimme. »Ich helfe dir beim Bereuen deines Ungehorsams.«

»Das trifft nicht ganz den Kern der Sache«, erwiderte Maureen leicht lachend. Das Gespräch begann nicht so, wie sie sich ihre Worte zurecht gelegt hatte, aber der lockere Tonfall erleichterte ein spontanes Antworten. »Es geht nämlich nicht um meine Bestrafung, sondern um die meines Freundes. Wir haben festgestellt, dass wir beide auf Spiele mit Fesseln und Schmerz stehen, und deswegen bräuchte ich ein paar Stunden Anleitung. Damit ich nichts falsch mache. Gegen übliche Bezahlung, versteht sich.«

Für einen Augenblick herrschte Stille am anderen Ende der Leitung, dann war ein leises Seufzen zu hören. »Ich glaube, da bist du bei mir nicht richtig. Ich gebe keine Kurse, ich arbeite als Domina.«

»Das ist mir schon klar. Deswegen wende ich mich ja an Sie. Eine bessere Lehrmeisterin könnte ich doch gar nicht finden.«

»Hast du eine Ahnung, wie lange man braucht, das professionell auszuüben?«

»Nein, ich will ja auch kein Profi werden. Ich benötige Tipps für den Hausgebrauch. Sozusagen.«

»Hm, schon klar. Aber dafür gibt's doch Bücher und Anleitungen im Internet. Wenn man vorsichtig ist und sich langsam herantastet, reicht das normalerweise.«

Ein wenig konnte Maureen die ablehnende Haltung der Domina verstehen. Woher sollte diese wissen, ob sie nicht eine Konkurrentin schulte? Und wer gab schon gerne etwas von seinen Tipps preis.

»Mag sein, aber ich würde es mir doch lieber von jemandem zeigen und erklären lassen, der davon Ahnung hat. Und vielleicht die eine oder andere Frage stellen. Ich kann verstehen, wenn Sie keine Einblicke in Ihre Arbeit geben möchten. Dann muss ich halt weiter herumtelefonieren.«

Wieder ein Seufzen. »Nein, das musst du nicht. Wir können es ja mal probieren … Wann wolltest du denn vorbei kommen?«

Erleichtert atmete Maureen einmal tief ein und stieß die Luft vorsichtig aus, damit es am anderen Ende nicht zu hören sein würde. Mit diesem plötzlichen Umschwung hatte sie jetzt nicht gerechnet. »Da richte ich mich ganz nach Ihnen. Am liebsten natürlich abends oder am Wochenende.«

»Hm, mal sehen …«, murmelte Claire in den Hörer und Maureen hörte das Rascheln hin und her geblätterter Seiten. »Morgen Abend um zweiundzwanzig Uhr fünfzehn.«

Das war verdammt spät nach einem langen Arbeitstag, aber kleine Opfer zur Erreichung bestimmter Ziele hatte Maureen schon immer ohne Zögern gebracht.

»Das passt, danke. Nur die genaue Adresse benötige ich noch.«

Maureen notierte alles auf einem Zettel und ballte vor Freude die Faust in die Luft, nachdem sie sich verabschiedet und aufgelegt hatte. »Ja!«

Der typische Signalton meldete den Eingang einer neuen Nachricht in ihrem Onlinechat. Bestimmt wollte Linus wissen, wann sie sich wiedersahen. Ein wenig würde er sich noch gedulden müssen.

19

Den ganzen Tag über wurde sie von Unruhe gequält. Maureens Konzentrationsfähigkeit sank proportional mit fortschreitender Stunde, sie konnte es kaum erwarten, dass es Abend wurde. Was würde sie erleben? Von Zeit zu Zeit quälten sie Zweifel, ob es richtig war, was sie vorhatte und ob sie wirklich den eingeschlagenen Weg zu Ende gehen sollte.

Es war nicht schwer gewesen, Linus davon zu überzeugen, dass ihre langen Arbeitszeiten kein allabendliches Treffen zuließen. Ein wenig Enttäuschung hatte sie allerdings auch herausgehört. Wie schön, dass er sich nach ihr sehnte, und wenn er wüsste, wie schwer ihr selbst die Absage fiel.

Maureen brauchte eine Weile, um die vielen Straßen des Gewerbegebietes abzufahren. Ihr Navi versagte und führte sie ständig im Kreis herum. Offensichtlich fehlte eine vollständige Erfassung, vielleicht waren auch die Straßennamen geändert worden, denn die Schilder wirkten sehr neu. Die wenigen Straßenlaternen leuchteten die Gegend nur spärlich aus, was die Suche zusätzlich erschwerte. Dann endlich, lenkte ein roter Schimmer auf einer Hauswand Maureens Aufmerksamkeit auf sich.

Zwischen den vielen, zum Teil von massiven Metallzäunen umgebenen Firmengeländen, wirkte das kleine Haus mit Garagenanbau, gesäumt von Rasen und einer halbhohen Buchsbaumhecke, bei näherer Betrachtung wie ein Exot, wie ein Überbleibsel aus der Zeit vor der Erschaffung des Gewerbegebietes. Maureen steuerte ihren Wagen hinter einen schwarzen Mercedes, das einzige Auto weit und breit, das vor der Hecke parkte.

Die Eingangstüre wurde von zwei Rosenbüschen flankiert, die üppig blühend die Hauswand empor rankten und im Schein der roten Lichterkette, die den Türrahmen umgab, seltsam künstlich wirkten. Die Fenster des oberen Stockwerks waren dunkel, die Rollläden im Erdgeschoss heruntergelassen.

Eine Klingel oder ein Namensschild suchte Maureen vergebens. Stattdessen gab es einen Klopfer in Form eines Penisses, angebracht unter dem vergitterten Fensterchen, das in die Tür eingelassen war. Doch bevor Maureen den Klopfer betätigen konnte, wurde das Fenster geöffnet. Sehen konnte sie niemanden, aber eine Stimme fragte freundlich: »Guten Abend. Sind wir verabredet?«

»Ja. Guten Abend, Claire. Ich bin Maureen, wir haben gestern telefoniert.«

Ohne Kommentar wurde das Fenster geschlossen, die Tür öffnete sich und vor Maureen stand eine attraktive Mitdreißigerin, gekleidet in eine tief ausgeschnittene Lederkorsage, zu der sie einen schwarzen Spitzen-Mini über rotem Lederrock und glänzenden Stiefeln trug, die bis über die Knie reichten. Die weißblondierten Haare, möglicherweise eine Perücke, waren zu einem wippenden kleinen Pferdeschwanz am Hinterkopf gebändigt.

»Hi, ich bin Claire.«

Sich gegenseitig einmal kurz von oben bis unten taxierend reichten die beiden Frauen einander die Hand. Hatte Maureens Hosenanzug aus gewachstem schwarzem Jeansstoff, die Bünde mit ein paar Nieten abgesetzt, darunter als Kontrast ein goldfarbenes Top, die Begutachtung bestanden? Claire war nichts anzumerken.

»Schön, dass du pünktlich bist. Mein heutiger Kunde ist damit einverstanden, dass du zusiehst und eventuell auch mal selbst Hand anlegst. Dabei kann ich dir alles erklären, was du wissen musst.«

Das war mehr, sehr viel mehr, als Maureen sich erhofft hatte. Ihr Puls nahm einen schnelleren Takt auf.

Hinter dem Eingangsbereich teilte sich ein schwerer Vorhang, der Flur dahinter war dezent mit Lichterketten und Kunstkerzen ausgeleuchtet. Eine Tür mit der Aufschrift PRIVAT versperrte den Zutritt zur oberen Etage. Den Flur geradeaus schaute Maureen durch eine offen stehende Tür in einen Raum, der von warmen Farbtönen beherrscht wurde. Eine indirekte Beleuchtung verstärkte die freundliche Stimmung aus Gelb, Ocker und Frühlingsgrün auf Wänden, Fußboden und einer Sitzgruppe aus saftgrünem Kunstleder. Auf einem Tischchen forderten Gläser, verschiedene Getränke und ein Espressoautomat zur Selbstbedienung auf.

»Möchtest du erst noch etwas trinken? Vielleicht ein Gläschen Prosecco zur Entspannung?«

»Nein, vielen Dank. Lieber nicht.«

Claire schmunzelte. »Du hast Angst, dir könnte etwas entgehen, nicht wahr?«

Maureen nickte, sie verstanden sich auch ohne Worte. Sie folgte Claire über die Treppe nach unten.

Ein intensives Streifenmuster empfing sie. Leuchtendes Violett wechselte mit Silber und Schwarz. Offenbar liebte Claire Abwechslung. Ein gelbes Leuchtband auf dem Fußboden wies den Weg, vorbei an zwei Türen auf der rechten Seite mit der Aufschrift WC und DUSCHEN, zu einem großen, creme- und zimtfarben gestrichenen Raum, dessen Türe offen stand. Einige der dort aufgestellten Geräte erkannte Maureen aufgrund ihrer Internet-Recherche wieder: ein Andreaskreuz, eine Schandgeige, eine Sprossenwand, ein Strafbock, ein großer Dominasessel. An Wänden und Decke Haken, Seile, verschiedene Utensilien für Bestrafungen, ein geschlossener Metallschrank. Dazwischen Schwarz-Weiß-Fotos, welche in geschmackvoller Weise fotografierte erotische Szenen zeigten, ganz im Sinne von Dominanz und Unterwerfung.

Ein leichtes Prickeln überflutete Maureens Haut, als sie die Person wahrnahm, die vollkommen unauffällig, wie ein Teil des Raumes mitten drin kniete, von einem schwarzen Tuch überdeckt, das Claire nun mit einem Ruck entfernte.

Maureens Atem stockte. Fotos oder Videos auf dem Computerbildschirm zu betrachten, war eine Sache, der man sich jederzeit durch Weiterklicken entziehen konnte. Aber das hier war eine andere Kategorie. Live, in Lebensgröße, einen echten Menschen vor sich zu sehen, wehrlos, ihnen ausgeliefert, war viel intensiver. Ein lustvolles Prickeln erfasste sie.

Der Mann war völlig nackt, die Hände in einem aufwändigen Gurtsystem streng auf den Rücken gefesselt. Ein zusätzlicher Riemen führte zu den Fußfesseln und verhinderte, dass er sich nach vorne beugen oder gar aufstehen konnte. Sehen und sprechen wurde von einer über den Kopf gezogenen schwarzen Maske verhindert. Maureen hatte noch nicht für sich entschieden, ob sie diesen Anblick eher abstoßend, oder im Sinne der absoluten Dominanz erregend bewertete. Obwohl, wenn sie das lustvolle Ziehen in ihrem Schoß nicht länger ignorierte, dann war die Sache eigentlich schon entschieden. Ein Metallgeflecht umschloss seinen Penis, hielt ihn nach unten gerichtet und verhinderte eine Erektion. Wie perfide.

Claire gab ihrem Gast Zeit, den Anblick auf sich wirken zu lassen, ehe sie mit gedämpfter Stimme erläuterte. »Wie weit du gehst, Maureen, muss miteinander besprochen und mit jeder Sitzung neu erarbeitet werden. BDSM bedeutet viel mehr, als sich nur mit Fesseln und Schmerzen auseinanderzusetzen. Und es bedeutet auf gar keinen Fall, dass du als der dominante Part einfach tun und lassen kannst, was dir gerade so einfällt.«

Maureen nickte.

»Wenn sich dir ein Mensch unterwirft, muss er darauf vertrauen können, dass du nur soweit gehst, wie es ihm gut tut und auch seine Gelüste befriedigt. Ein bestimmtes Maß an Ungewissheit, was du vorhast, wie lange und wie intensiv du ihn leiden lässt, gehört zwar zum Spiel und macht den Reiz aus. Niemals, wirklich niemals darf jedoch Panik aufkommen. Dann musst du sofort aufhören, alle Fesseln lösen und deinen Partner beruhigen.«

Ihre Hand strich über den Kopf des Mannes. »Manchmal hilft es, die Intensität einer Maßnahme zu beurteilen, indem man sie zuvor selbst ausprobiert. Zum Beispiel diese Maske. Sie enthält einen Knebel, der den Gaumen spreizt, die Zunge nach unten drückt und sprechen unmöglich macht. Nichts zu sehen, sich nicht äußern zu können, eventuell auch nichts zu hören, macht äußerst verletzlich und kann bei einer panischen Reaktion zum Atem- und Herzstillstand führen.«

Maureen schluckte. »Und dennoch hast du ihn alleine gelassen, um mir die Tür zu öffnen? War das nicht riskant?«

»Normalerweise schon, und ich verlasse auch sonst niemals während einer Session den Raum. Absolut niemals!« Sie hob mahnend den Zeigefinger. »Das war nur möglich, weil wir uns schon einige Jahre kennen und Bernd mir absolut vertraut.«

Mit einer kleinen Bewegung drückte der Mann seinen Kopf gegen Claires Hand, als wolle er ihre Worte auf diese Weise bestätigen, und sie tätschelte ihm die muskulöse Schulter.

»Also ehrlich, diese Position sieht ziemlich unbequem aus. Ich glaube, ich würde das keine fünf Minuten aushalten.«

»Anfangs nicht, das ist richtig. Deswegen ist es enorm wichtig, sich mit allem Zeit zu lassen, sich langsam zu steigern. Natürlich darfst du nicht gleich nachgeben, das macht ja gerade den Reiz aus, sich durch Jammern und Betteln nicht erweichen zu lassen. Der Sub leidet für dich, um deine sadistischen Triebe zu befriedigen. Und gleichzeitig empfindet er selbst Lust und Zufriedenheit, wenn es ihm gelingt. Du bist derjenige, der die Dauer bestimmt und dem Zeitpunkt zuvorkommen muss, ab dem physischer oder psychischer Schaden entstehen könnte.« Sie machte eine Pause, um ihre Worte wirken zu lassen. »Es muss ein Spiel bleiben, das auf beide Seiten gleichermaßen eine erotische Faszination ausübt.«

Schweigend nickte Maureen. Der vor ihnen kniende Mann war kräftig gebaut, und wenn er aufstand, bestimmt fast einen Kopf größer als Claire. Im Augenblick jedoch war er nicht mehr als ein gedemütigter Sklave, der Allmacht seiner Herrin absolut ausgeliefert. Wieso begab sich jemand, der eine ganz natürliche körperliche Dominanz ausstrahlte, in diese Lage?

»Denk nicht darüber nach, warum jemand das braucht.«

Standen ihr solche Fragen etwa auf der Stirn geschrieben?

Claire lächelte nachsichtig. »Gerade Männer, die selbst in irgendeiner Hinsicht Autorität ausstrahlen oder eine Führungsposition bekleiden, geben ihre Macht gerne für einige Zeit ab, um sich vollkommen fallen zu lassen. Das entstresst und entspannt. Häufig erwartet ihre Lebensgefährtin auch im Bett Höchstleistungen. Ich hingegen erwarte nur eins: Unterwerfung. Ob er einen hochbekommt, spielt keine Rolle. Im Gegenteil …« Sie schmunzelte. »Auch das lässt sich umkehren und zum Anlass einer hübschen Bestrafung verwenden.«

Deshalb also der Peniskäfig?

Welchen Grund mochte Linus haben, sich auf dieses Spiel einzulassen? Gab es überhaupt ein echtes Bedürfnis oder hatte er dies nur behauptet, weil er sie herumkriegen wollte? Es war ja nicht zu übersehen, dass er völlig in sie verknallt war. Wenn sie sich doch über ihre Gefühle für ihn genauso im Klaren wäre … Je öfter sie darüber nachdachte, desto mehr kam sie zu der Schlussfolgerung, dass er etwas vor ihr verbarg und sie ihn nicht einmal ansatzweise kannte. Trotz des Profils bei *MyHeart*. Nun ja, nirgendwo wurde es einem leichter gemacht zu lügen als im World Wide Web.

»Komm, wir fangen ganz von vorne an. Also es ist so, man kann Unterwerfung ausschließlich auf Befehlen aufbauen, ganz ohne Hilfsmittel.« Claire trat an den Metallschrank und öffnete die beiden Flügeltüren. »Aber die meisten bevorzugen diverse Spielzeuge. Sieh her, hier habe ich verschiedene Armfesseln zur Auswahl. Je breiter sie sind, desto bequemer sind sie, aber auch sicherer, weil sie mehrere Verschlüsse haben. Es gibt ganz preiswerte Fesseln mit Klettverschluss, die jemand, der sehr kräftig ist, durchaus selbst öffnen kann, oder auch welche, die mit einem kleinen Schloss gesichert werden können. Dadurch ist das Gefühl der völligen Unterwerfung bei deinem Sub besonders groß. Man kann die Fesseln auch untereinander mit Karabinerhaken verbinden, eine gute Methode, die im Ernstfall ein schnelles Öffnen ermöglicht.«

»Welche Probleme können auftreten?«

»Die größte Gefahr besteht darin, dass Gliedmaßen einschlafen und die Blutzufuhr abgeschnürt wird. Das kann durch zu enge Fesseln geschehen oder auch durch die eingenommene Haltung.«

Sie deutete auf Bernd. »In dieser Position kann er sich überhaupt nicht bewegen, das Blut kann schlecht zirkulieren, die Muskeln können verspannen. Das ist nicht nur unangenehm und kann auf Dauer zu Gesundheitsschäden führen, es ist alles andere als erotisch.«

»Woher weiß ich, wann es zu viel ist?«

»Am besten ist es natürlich, wenn er es dir sagt. Für den Ernstfall müsst ihr ein Safeword vereinbaren. Wenn er dieses sagt, ist sichergestellt, dass er nicht deine Nachgiebigkeit testen will, sondern ein ernst zu nehmendes Problem vorliegt. Dann musst du sofort alle Fesseln lösen, bei Bedarf die Gliedmaßen reiben und natürlich nachfragen, wie es ihm geht.«

»Und wie würde Bernd sich bemerkbar machen?«

»Bernd – Notfallprobe!«

Das helle Bimmeln eines Glöckchens war zu hören und Maureen sah, dass sich seine locker zu Fäusten geschlossenen Hände geöffnet hatten. Über die beiden Mittelfinger war jeweils ein Ring geschoben, an welchem eine Schelle hing.

»Aha. Und das Tragen von diesem Ding ist kein Risiko?«

»Du meinst den Peniskäfig? Ihm eine Erektion zu verbieten und die Möglichkeit, sich selbst anzufassen, ist die höchste Erniedrigung. Und zugleich ein besonderer Kick.«

»Okay«, erwiderte Maureen gedehnt. »Aber – eine Erektion ist doch nichts, was der eigenen Kontrolle unterliegt. Ich meine …« Sie zuckte mit den Schultern.

»Ich weiß schon, worauf du hinauswillst. Ja, es kann ziemlich schmerzhaft sein, wenn sein Schwanz sich aufrichten will und daran gehindert wird. Aber du musst nicht alles hinterfragen, nicht alles verstehen. Lass es einfach geschehen. Wichtig ist doch nur, dass jeder in diesem Spiel den Platz findet, der zu seinem persönlichen Glück beiträgt. Ihr beide werdet herausfinden, was euch gut tut.«

»Ja, sicher.«

Claire fuhr damit fort, Maureen diverse Knebel zu zeigen, die mit einem Klettverschluss oder einem Riemen um den Kopf geschnallt wurden. Die meisten hatten die typische Ballform, waren schwarz oder rot, aus Plastik oder Gummi. Aber es gab auch welche in Form eines kurzen dicken Penisses oder als Nachahmung einer Pferdetrense mit entsprechendem Kopfgeschirr, für sogenanntes Petplay, bei dem der Sub das von seinem Herrn gewünschte Tier zu imitieren hatte.

»Das sieht aber böse aus«, meinte Maureen unter prickelndem Schaudern und deutete auf einen birnenförmigen Knebel mit Schraubgewinde.

»Ist es auch«, grinste Claire und sah hinüber zu Bernd. Sie deutete an, wie der Knebel in den geöffneten Mund eingeführt und dann mittels des Gewindes der Kiefer aufgespreizt wurde.

Maureen schluckte. »Erinnert mich irgendwie an einen Mittelalterfilm, in dem Menschen gefoltert wurden.«

Claire nickte. »Das Grundmodell stammt auch aus dieser Zeit. Und ihm«, sie deutete auf ihren Spielgefährten, »brauche ich damit nur zu drohen, wenn er ungezogen ist, und er wird ganz handzahm. Er hasst dieses Teil, seit ich es ein oder zweimal eingesetzt habe.«

Offenbar ahnte Bernd, wovon die Rede war, denn Maureen hatte den Eindruck, sein Kopf wäre noch tiefer gesunken. Einerseits zuckte es in ihrem Schoß lustvoll bei der Idee, sich ganz sadistischen Einfällen hinzugeben. Andererseits konnte sie sich jedoch nicht vorstellen, Linus dieses Ding zuzumuten. »Aber, mal ehrlich – dein Sklave könnte sich doch weigern, sich diesen Knebel von dir anlegen zu lassen, oder?«

»Tja, das ist der Punkt. Wer sich entschlossen hat, seine submissive Ader auszuleben, wird sich dem Befehl seines Doms nicht ernsthaft verweigern. Er wird möglicherweise jammern, betteln, dich anflehen, ihm das zu ersparen. Vielleicht sogar ein paar

Tränen verdrücken. Letztlich aber wird er gehorchen, wenn du das verlangst. Das liegt in seiner Natur. Außerdem, wenn du dir etwas in den Kopf gesetzt hast, wirst du in der Regel auch nicht nachgeben. Schließlich bist du die Chefin im Ring und das wirst du dir auf keinen Fall streitig machen lassen.«

Wie aufregend. Die Spreizbirne war schon ziemlich heftig und bestimmt nur etwas für echte BDSM'ler. Zunächst galt es auszuprobieren, was ihnen beiden gefiel und wie weit sie es ausprobieren wollten. Es ging schließlich in erster Linie um Spaß und Spiel. Erotischen, prickelnden, aufregenden und ein wenig anderen Sex. Nicht mehr und nicht weniger.

»Es verlangt also viel Verantwortungsbewusstsein, die richtige Entscheidung zu treffen«, meinte Maureen.

»Genau. Eigentlich ist dein Part der anstrengendere von beiden. Während dein Sub sich fallen lassen darf und dies auch kann, wenn er dir vertraut, musst du hingegen die ganze Zeit über hellwach sein und die Kontrolle über die Situation behalten.«

Den Mann betrachtend versuchte Maureen sich vorzustellen, wie Linus so gefesselt vor ihr kniete. Nun, das wäre für ihn sicherlich zu anstrengend. Es gab genügend andere Möglichkeiten.

»Erzähl mir mal, was ihr bisher gemacht habt.«

Mit wenigen Worten umriss Maureen dieses erste Erlebnis.

Claire hörte ihr aufmerksam zu. »Fangt langsam an, überfordere deinen Freund nicht. Versuche deine eigenen Wünsche zu Anfang ein wenig zurückzustellen. Finde heraus, ob es ihn eher erregt, gefesselt zu sein oder gezüchtigt zu werden. Vielleicht genügt es ja auch, seine Haut nur sanft zu reizen, indem du mit etwas drüberstreichst, das kitzelt oder kratzt. Es müssen auch nicht unbedingt die Profiinstrumente aus dem BDSM-Shop sein. Du wirst feststellen, dass es auch im Haushalt das eine oder andere gibt, das sich zweckentfremden lässt.«

Maureen nickte. »Okay. Im Augenblick gelüstet es mich vor allem danach, sein Hinterteil knallrot zu sehen, mit ein paar hübschen Striemen.«

Claire lachte. »Das passt zu dir! Nun schau nicht so. Also, am besten du fängst erstmal mit etwas zum Aufwärmen der Haut an. Gut geeignet sind solche Paddel aus Leder. Eine herkömmliche Fliegenklatsche tut es aber auch. Zuerst wird die Haut nur Rot, dann brennt sie und am Schluss wird es richtig schmerzhaft. Wenn ihr weitergehen wollt, kannst du mit einem Kochlöffel weitermachen, oder du legst dir eine Auswahl an Gerten und Rohrstöcken zu. Wichtig dabei ist, nur auf Weichteile zu schlagen, am besten auf Po und Oberschenkel, niemals auf Gelenke, Nieren, Wirbelsäule. Wenn du zu fest schlägst, kann es Hämatome oder Striemen geben. Ich zeig dir das mal, es wird sowieso Zeit für Bernds Abreibung.«

Ein Ruck ging durch den bis dahin völlig ruhigen Körper.

»Ja, mein Lieber, es ist Zeit für deine Züchtigung.«

Claire löste mit zwei Handgriffen die strengen Fesseln, die Bernd in die kniende Position gezwungen hatten.

»So, aufstehen.«

Für einen Augenblick befürchtete Maureen, dass er dies nicht schaffen würde. Dann jedoch erhob er sich plötzlich sehr geschmeidig und überragte sie nun um halbe Kopfhöhe. Die düstere Maske wirkte unheimlich.

»Geht's dir gut?«, fragte Claire.

Bernd nickte.

Wie atmete man unter einen solchen Maske? Zwar konnte Maureen die freigelassenen Atemlöcher erkennen, jedoch schmiegte sich das Latex so hautnah über die Gesichtskonturen, dass es ihr allein bei diesem Anblick fast den Atem verschlug. Gleichzeitig pumpten ihre Vaginalmuskeln so erregt, dass sie es als Qual empfand, keine Gelegenheit zur Befriedigung zu haben. Dieser große kräftige Mann ergab sich den Wünschen seiner Herrin, hauptsächlich, weil er es selbst wollte.

Wonach sehnte sich Linus? Ihre eigene Rolle war ziemlich klar. Schon als Kind hatte sie ihren Kopf durchgesetzt. Das hatte sich nie geändert und genau deswegen hatte sie eine Selbstständigkeit angestrebt und als Apothekerin dieses Ziel erreicht. Ihre bisherigen Beziehungen allerdings waren an dieser Haltung gescheitert. Insofern war die Rollenverteilung im Augenblick eindeutig und ihr blieb nur zu hoffen, dass ihre Internetbekanntschaft der eine war, der sich damit arrangierte, oder viel mehr genau danach sich verzehrte. Völlig unerwartet und ungeplant.

20

Für den Moment hakte Linus das kurze Telefonat mit Lola schulterzuckend ab. *Weiber. Zuerst signalisieren sie mit Blicken oder ihrem Körper Interesse, stimulieren dein Testosteron und machen dich heiß – nur um dir dann ohne Skrupel den Todesstoß zu versetzen, weil irgendeine Kleinigkeit nicht so ist, wie sie das gerne hätten.*

Ein paar tiefe Atemzüge genügten, seine aufkeimende Verstimmung zu lindern und ihn wieder klar denken zu lassen. Er durfte sich nicht verrennen und einen allgemeinen Gram gegen das weibliche Geschlecht hegen, nur weil die Dinge sich derzeit nicht so entwickelten, wie er sich das erhofft hatte. Das Leben war kompliziert.

Wenn Lola kein Interesse hatte, ihn zu treffen, dann war das eben so. Bestimmt hatte sie ihre Gründe. Vielleicht war sie ja gar kein Single und er hatte da etwas falsch verstanden – oder sie stand eher auf Frauen? Nein, es war beiderseitige Sympathie auf den ersten Blick gewesen.

Wie auch immer, ihre Reaktion ließ ihn nicht los. Wenn er in sich hineinhorchte und das Gespräch nochmal Revue passieren ließ, blieb trotzdem der Eindruck zurück, dass alles ganz anders sein könnte. Vielleicht wollte er sich das aber auch nur einreden?

Eigentlich sollte er so schnell nicht aufgeben. Vielleicht hatte er einfach den falschen Zeitpunkt erwischt, um sie anzurufen? Oder lief er gerade Gefahr, statt dem Phantom Maureen nun einem neuen hinterher zu jagen? Was war nur los mit ihm?

Scheiß drauf! Wer nicht wagt, der nicht gewinnt! Und verloren habe ich schon, wenn ich untätig bleibe.

Genau – er wusste, wo die hübsche Nixe wohnte. Er würde einfach alles auf eine Karte setzen und mit einem Blumenstrauß bei Lola vorbeifahren. Sie war kein digitales Phantom, sondern aus Fleisch und Blut. Und wenn sie ihn nicht zurückwies, dann wollte er sie riechen, fühlen, schmecken ...

OMG. Ich muss verrückt sein! Meine Hormone machen mich fertig.

Und was Maik und Maureen betraf – darüber würde er später nachdenken.

Sein Fuß trat das Gaspedal so unsanft durch, dass der Wagen einen Satz machte, die Reifen fast durchdrehten und er die Autobahnauffahrt schneller als üblich hinauf schoss, dem nächsten Einsatz entgegen.

Der Tag verging wie im Flug. Ein Einsatz folgte dem nächsten und erforderte seine volle Konzentration. So blieb ihm kaum Zeit, über sein Dilemma nachzudenken. Die wenigen Augenblicke, in denen seine Gedanken um die beiden Frauen kreisten, schlug sein Herz bei der Vorstellung, Lola zu treffen, schneller und trat nur ihr Antlitz vor sein inneres Auge. Sollte er wirklich Maureen aufgeben, nachdem er so viel Zeit und Mühe in die Chats mit ihr investiert hatte? Er hatte sogar Bücher gelesen, für die sie sich interessierte und nach Rezensionen gegoogelt, nur um sich mit ihr darüber austauschen zu können. Zwar las er gerne und viel, aber nicht unbedingt die Art von Büchern, die sie angesprochen hatte. Sollte diese Investition sich als Irrtum herausstellen?

Am Samstagmorgen fühlte Linus sich beschwingt und unternehmungslustig. Sogar das Wetter passte zu seiner guten Laune. Der erste schöne Frühlingstag, der nicht nur mit blauem Himmel und ungetrübtem Sonnenschein aufwartete, sondern auch mit ungewöhnlich warmen Temperaturen.

Frisch geduscht, die Kleidung freizeitlich-sportiv gewählt, hatte Linus einen Blumenladen betreten und einen Strauß gemischter Frühlingsblumen erstanden, der seinen Wagen nun mit betörendem Duft erfüllte. Mühelos fand er die Straße, in welcher er die junge Frau einige Tage zuvor abgesetzt hatte und ergatterte einen der wenigen Parkplätze, nur wenige Meter von der Haustür entfernt.

Tief durchatmen! Linus blieb noch ein bisschen sitzen und versuchte sich zu entspannen. Die Wohngegend gefiel ihm. Viele Einfamilienhäuser und Doppelhaushälften, aber auch kleine Mietshäuser mit maximal drei Stockwerken, schön gestalteten Fassaden und kleiner Grünanlage. Viele Balkone waren mit Blumenkästen bestückt, in denen bereits die ersten Frühlingsboten wie Hyazinthen und Narzissen blühten. Kurz zuvor war er an einem Supermarkt und einem Bäcker vorbeigefahren, also stimmte auch die Infrastruktur fürs tägliche Leben. Darüber hinaus war das Viertel als Dreißigerzone entschleunigt und mit Bäumen und Büschen begrünt. Genau das, was er sich als entstressenden und lebenswerten Wohnraum vorstellte.

Und dann sah er sie im Außenspiegel, auf dem Gehweg Richtung Haustür kommen und wusste, er würde sich in den Sitz ducken und nicht aussteigen. Dies war kein guter Augenblick, sie anzusprechen und ihr einen Blumenstrauß zu überreichen. Denn Lola war nicht allein.

21

Ist das wirklich mir passiert?

Jeden Morgen suchte Maik das zusammen, was ihm von seinem Verstand geblieben war. Zumindest erschien es ihm so, als wäre ihm ein Teil davon abhandengekommen, da er unfähig war, klar zu denken. Oder war es weniger sein Verstand als sein Wille, den Maureen mitgenommen hatte?

Er setzte sich auf die Bettkante, rieb sich die Augen und wischte sich einige Male mit den Handflächen über das Gesicht, ehe er einen Blick wagte. Kein Zweifel, er hatte nicht geträumt, denn die verspiegelte Tür stand immer noch halb offen. Herzhaft gähnend stand er auf, rieb sich mit einer Hand den Bauch, mit der anderen den Rücken, so gut es ging und schlurfte ins Nebenzimmer.

Das Fenster war gekippt, die verdunkelnde Jalousie hochgezogen. Eine einfache Scheibengardine verwehrte den gegenüber lebenden Anwohnern die Sicht in das Zimmer.

Maik konnte immer noch nicht wirklich glauben, was geschehen war. Da mietete er von einem Kumpel für ein Jahr die Wohnung, weil dieser einen Auslandsjob angenommen hatte, und musste feststellen, dass er diesen genaugenommen nur flüchtig gekannt hatte. Wobei, würde man sich unter guten Freunden erzählen, dass man eine solche Ausstattung besaß und derartige erotische Spiele vollzog? Wohl kaum.

Gemessen daran, dass die Wohnung klein und spartanisch, ja geradezu billig möbliert war, war in diesen Raum richtig investiert worden. Bestimmt waren alle diese Gerätschaften sehr kostspielig und sie waren überdies sorgfältig aufgestellt oder aufgehängt worden.

Maik war sich nicht sicher, ob er mehr über dieses Zimmer überrascht war oder darüber, was Maureen aus dieser Entdeckung gemacht hatte. Unglaublich, wie sie ihn zu einem solchen Spiel überrumpelt hatte, als wäre es für sie völlig normal. Welche Geheimnisse verbarg diese Frau noch vor ihm? War sie in ihrem wahren Leben gar keine Apothekerin, sondern Domina? Oder führte sie ein geheimes Doppelleben?

Der Saunagang hatte ihn nicht schlauer gemacht. Jeden Morgen quälte er sich in die Arbeit, darum bemüht, seine Pflicht zu tun. Aber jeden Tag fiel ihm das schwerer, ein ungewohnter Zustand.

Und nicht nur das. Welche Geheimnisse barg sein eigenes Ich, sein sexuelles Unterbewusstsein? Sein Erschrecken war nur von kurzer Dauer gewesen, dann überwog die Neugierde und ein neues, ihm bisher unbekanntes Bedürfnis nach Unterwerfung. Womit hatte Maureen dieses ausgelöst? Soviel er auch darüber nachdachte, er hatte keine Ahnung. Aber eines war sicher: Es fühlte sich nicht falsch an.

Maik seufzte.

Maureen hatte ihn um Geduld gebeten. Sie würde sich bei ihm melden. Am liebsten hätte er sie jeden Abend getroffen, um sie möglichst schnell näher kennenzulernen. Oder auch um sich ihr hinzugeben. So genau wusste er das selbst nicht. Wie gesagt, Verstand oder Wille, irgendetwas hatte er eingebüßt.

Erneut seufzte er, auch wenn das niemand außer ihm hören konnte.

Es war so ein komisches Gefühl, das ihn bedrückte und ihm mit einem Male das Leben schwer machte. So eine Mischung aus Euphorie und Sehnsucht, aus Furcht und Begehren.

Er musste sie wiedersehen, bald, auch wenn er akzeptierte, dass sie eine vielbeschäftigte Frau war, so konnte er es kaum erwarten, sich ihr das nächste Mal zu unterwerfen.

Ein beinahe hysterisches Lachen brach aus ihm heraus und schallte durch den Raum. Unterwerfung! Er musste verrückt sein!

22

Es waren eine Menge Eindrücke gewesen, die auf sie an diesem Abend eingestürzt waren. Nachdem Claire ihr die diversen Peinigungsutensilien wie Paddel, Rohrstöcke und Nippelklemmen erklärt hatte, sollte Maureen diese an Bernd ausprobieren. Die Hemmschwelle war doch größer gewesen, als sie sich zunächst eingestehen wollte und ihre ersten Hiebe waren viel zu zaghaft gewesen. Claire war jedoch eine geduldige und sachkundige Lehrerin und gab Maureen nützliche Anweisungen. Letztlich war es ein befriedigendes Gefühl gewesen, den ihr fremden Mann zu züchtigen.

Auch sonst hatte Claire noch eine Menge Tipps auf Lager gehabt, wo Maureen Informationen nachlesen oder andere Menschen derselben Neigung treffen konnte, bis hin zu speziellen SM-Clubs und -Partys.

Umso mehr freute Maureen sich nun auf den Samstag, wenn sie nach Geschäftsschluss zu Linus fahren würde. Es war eine eigenartige Beziehung, die sie begonnen hatten. Sofern man es überhaupt als Beziehung bezeichnen wollte. Wenn sie telefonierten oder chatteten, erwähnte keiner von ihnen das geheime Zimmer. Sie tauschten nur Belanglosigkeiten des Alltags aus, Nettigkeiten, nicht einmal Liebesschwüre. Jeden Tag grübelte Maureen aufs Neue: Liebte sie ihn überhaupt oder ging es nur um Sex? Wenn sie berücksichtigte, dass sie sich im Laufe des Tages hin und wieder nach seiner Nähe sehnte, dann musste es wohl mehr sein als nur das erotische Prickeln.

Dann wieder befielen sie Zweifel, ob sie nicht ein zu ungleiches Paar waren. Okay, nach der Wohnung durfte sie Linus nicht beurteilen, schließlich hatte er diese nicht selbst eingerichtet. Abgesehen von seinem Geheimzimmer empfand sie die Einrichtung als unterirdisch. Eine hässliche Zusammenstellung von Nutzmöbeln. Aber Linus hatte ja gesagt, es seien nicht seine und in vier Monaten müsste er sowieso ausziehen. Es würde allmählich Zeit, sich auf die Suche nach einer eigenen Wohnung zu machen.

Vier Monate ... und ein Spielzimmer ohnegleichen, aber in einer Umgebung ... welche schnellere ästhetischere Lösung gäbe es?

Gedankenverloren starrte Maureen auf die Abrechnungen der Lieferanten, die auf Freigabe und Überweisung warteten. Normalerweise war ihr jegliche Arbeit recht, die ihr Beruf mit sich brachte. Kundenkontakt wie administrative Aufgaben. Heute aber konnte sie sich kaum überwinden, den Papierkram abzuarbeiten.

»Ich bräuchte bitte mal Ihre Hilfe ...«

Wie aus der Ferne drang das Stimmengewirr des Verkaufsbereichs an ihr Ohr. Offensichtlich war gerade viel los, was ihr als Geschäftsinhaberin nur recht sein konnte.

»Frau Doktor Wagner, könnten Sie mir bitte helfen? Es gibt da eine Ungereimtheit mit einem Rezept ...«

Endlich begriff Maureen, dass eine ihrer Mitarbeiterinnen neben ihr stand, ohne dass sie deren Kommen bemerkt hatte.

»Ach. entschuldigen Sie, ich war so in Gedanken. Zeigen Sie mal her.«

Bis zum Mittag schaffte es Maureen, sich wieder ganz auf die Arbeit zu konzentrieren. Bis auf das eine Rezept, bei dem es sich um den Versuch gehandelt hatte, mittels einer Fälschung an ein rezeptpflichtiges Medikament zu kommen, geschah nichts Ungewöhnliches. Und bis auf die Tatsache, dass sich die Leute buchstäblich die Klinke in die Hand gaben und der Strom der Kundschaft nicht abriss, so dass Maureen sich letztlich zu ihren Angestellten gesellte und auch selbst um Beratung und die Herausgabe der Arzneien kümmerte.

Als es etwas ruhiger wurde, zog sie sich wieder nach hinten zurück. Bald schon kreisten ihre Gedanken ein zweites Mal um das Thema Wohnung. Wie wäre es denn, wenn sie ein Zimmer ihrer Wohnung, indem sowieso nicht mehr als ein Gästebett und ihr Bügelkram standen, für das SM-Inventar freiräumte? Wobei, mitnehmen konnte Linus das nicht, es gehörte ihm ja nicht. Na egal, sie würde einfach ein wenig investieren und selbst alles kaufen, was sie brauchten. Das bisschen Handschellen, Peitschen und Rohrstöcke konnte ja nicht die Welt kosten, und selbst in ein Andreaskreuz zu investieren wäre sie bereit. Was spräche denn dagegen, dass Linus mit seinen wenigen Habseligkeiten bei ihr einzöge? Platz genug bot ihre Wohnung.

Ich glaube, bei dir hakt's, oder?

Über sich selbst empört schüttelte Maureen den Kopf. Sie kannten sich kaum und schon dachte sie darüber nach, ob ihr neuer Freund mit ihr wohnen und leben sollte. Dabei wusste sie im Grunde genommen nichts über ihn. Fast nichts. Oder sollte sie das ernst nehmen, was er in seinem Profil bei *MyHeart* über sich preisgegeben hatte und was ihrer Ansicht nach sowieso irgendwie nicht passte. Mehr so ein Gefühl als etwas Konkretes. Mal abgesehen von dem Interesse an schöngeistiger Literatur, von dem sie bislang nichts mehr bemerkt hatte.

Aber das alles ließe sich ja hinterfragen …

Der Abend hatte gemütlich begonnen. Linus hatte ein italienisches Restaurant vorgeschlagen, das Maureen gefiel. Sie hatten gut gegessen, sich über dies und das unterhalten und viel gelacht. Nur ihrer Frage nach dem Alltag in seinem Job war Linus geschickt ausgewichen. Und geküsst hatten sie sich auch noch nicht.

Nun waren sie in ihrer Wohnung angekommen und saßen jeder mit einem Glas Wein vor dem Schachbrett. Diesmal war Maureen besser vorbereitet. Unter den alten Büchern ihres Vaters befand sich auch eines über das Schachspiel und sie hatte sich Tipps für die Eröffnung angesehen, die sie optimistisch stimmten, diesmal besser gegen Linus bestehen zu können. Plötzlich erschien es ihr wie gestern, dass sie gegen ihren Vater gespielt – und gewonnen hatte.

Zunächst lief auch alles gut und sie konnte Linus gleich in der ersten Runde mit *Schach* bedrohen. Dann jedoch verlor sie nacheinander einen Turm, einen Springer und ihre Dame – und plötzlich hatte sich das Blatt gewendet und das Spiel war für sie verloren.

»Revanche?«, fragte ihr Gegenüber und trank einen Schluck. Zu ihrer Überraschung hatte er eine Flasche Wein mitgebracht, genau die Geschmacksrichtung, die sie auch bevorzugte. Sie hatte sich schon gefragt, was er Dickes in seiner Umhängetasche mit sich trug. Einige Gemeinsamkeiten hatten sie wohl doch. Der Wein war vollmundig, trocken, aber nicht zu sehr. Ein vollendeter Bordeaux.

»Ja, Revanche. Aber mit einem anderen Spiel«, erwiderte sie, stand auf und trat hinter ihn, um über seine Schultern zu streichen, die Brust hinab und an seinem Shirt zu zupfen.

Bereitwillig hob er die Arme, ließ sich den Stoff über den Kopf ziehen und seufzte, als sie mit ihren Fingernägeln seine Nippel umrundete, sogleich zärtlich darüberstrich.

»Du bist eine Teufelin«, murmelte er und legte genießerisch den Kopf in den Nacken. »Du weißt genau, dass du die Gewinnerin in diesem Spiel bist.«

»Wenn du artig bist, kommst du mit Sicherheit nicht zu kurz und bist nicht der Verlierer«, sagte sie und hielt inne.

»Was verlangst du?«

Na, das lief ja schon fast wie von selbst. Sie fuhr fort seine Nippel zu necken. »Du ziehst dich aus und kniest dich schön brav vor das Fußteil dort drüben und beugst dich drüber.«

Zuerst hatte sie daran gedacht, ihn ans Bettgestell zu fesseln. Aber wenn er auf dem Rücken lag, konnte sie ihn nicht züchtigen, und wenn er auf dem Bauch lag, war sein Schwanz versteckt. Deswegen hatte sie sich in ihrer Wohnung umgesehen und war zu dem Schluss gekommen, dass sich der lederne Fußhocker am besten als Ersatz für einen Strafbock eignete. Außerdem wollte sie ausprobieren, ob es nötig war, ihn zu fesseln.

Sie spürte sein Zögern. »Was ist? Es macht dich doch an, mein Liebessklave zu sein, oder nicht?«

»Ja, doch«, ächzte er. »Aber ...«

Maureen setzte sich seitlich auf seinen Oberschenkel, eine Hand in seinem Nacken und schaute ihm ins Gesicht. »Aber?«

Seine Wangen färbten sich rot, während er ihr antwortete. »Also, ich weiß nicht, wie ich das sagen soll, so etwas wie mit dir habe ich noch nie erlebt. Versteh mich bitte nicht falsch, es ist sehr aufregend, sich dir so zu ... zu ...«

»... zu unterwerfen?«, ergänzte sie, als er seinen Satz nicht zuende führte.

»Hm, ja. Kann man so sagen. Aber genau das macht mir ein bisschen Angst.«

Sein Kopf war knallrot vor Verlegenheit und er starrte mit gesenktem Kopf geradewegs auf ihre Brüste.

Maureen strich mit einem Finger zärtlich über seinen Mund. »Mir geht es nicht so viel anders als dir. Ich finde es unglaublich aufregend, was wir beide gerade miteinander erleben. Aber ich kann dir auf jeden Fall eines versprechen: Ich werde dir niemals – wirklich niemals ernsthaft wehtun!«

Er hob den Blick und sie sah, wie sein Kehlkopf hüpfte, als er schluckte. »Okay. Das muss ich dir wohl einfach glauben. Trotzdem. Ich habe mich noch nie jemandem so ausgeliefert. Und natürlich noch nie etwas derart Aufregendes erlebt.« Er seufzte. »Aber könnten wir ein paar Regeln aufstellen? Das würde mich, glaube ich, ein wenig beruhigen.«

Maureen nickte. »Daran habe ich auch schon gedacht. Wenn es dir nicht gut geht, wenn die Position oder was ich gerade mit dir mache, unerträglich für dich wird. Es muss ja nicht jede meiner Ideen für dich denselben erotischen Reiz haben. Oder wenn dir ein Arm einschläft oder so. Ich dachte, wir machen es so, du benutzt dann ein Safeword und wir hören sofort auf.«

Seine Miene entspannte sich ein bisschen. »Okay, einverstanden. Das klingt vernünftig. Und welches Safeword nehmen wir? Schach?«

Anstelle einer Antwort schlang sie die Arme um ihn und küsste ihn leidenschaftlich. Seine Hände strichen zärtlich über ihren Rücken und er erwiderte ihren Kuss nicht weniger intensiv. Sein Mund schmeckte noch nach dem Aroma des Weines. Ein wenig nach wilden Beeren, nach Sonne und nach Erde. Obwohl sie selbst davon getrunken hatte, fiel ihr dies jetzt auf. Es war nicht unangenehm und so dauerte es eine Weile, ehe sich ihre Lippen von seinen lösten. Sie schnappte einige Male zärtlich nach seinem Mund, dann erhob sie sich.

»Einverstanden, unser Safeword heißt Schach. Und jetzt will ich, dass du in Position gehst.«

»Okay.«

»Und noch etwas. Es heißt: Ja, Herrin. Und ich möchte, dass du jeden Befehl ohne Widerspruch und ohne Zögern ausführst.«

»Ja, Herrin«, erwiderte er grinsend.

Ein elektrisierendes Kribbeln erfasste Maureen. Sie sah ihm zu, wie er sich entkleidete, sie noch einmal zögernd anschaute, fast ein wenig verlegen, und sich dann vor dem Schemel niederkniete. Er legte sich mit dem Brustkorb darauf, fingerte nach dem Gestell, legte die Hände dann jedoch seitlich ans Leder.

Maureen griff hinter eines der Sofakissen, hinter dem sie ein paar Utensilien deponiert hatte, darunter eine Fliegenklatsche. Sie trat seitlich neben Linus.

»Also, ich werde dir jetzt ein paar Fragen stellen und ich erwarte ehrliche Antworten.«

Linus nickte, aber das genügte nicht. Maureen holte aus und verpasste seinem Hintern einen Schlag mit der Fliegenklatsche.

»Wie heißt es?«

»Ja, Herrin.«

Schon besser.

»Dir gefällt es also, mir zu Willen zu sein?«

»Ja, Herrin.«

»Auch die Schmerzen, die ich dir zufüge?«

»Ja, Herrin.«

»An was denkst du gerade?«

Diesmal zögerte er mit der Antwort. Maureen wartete einen Augenblick, dann schlug sie auf dieselbe Stelle wie zuvor. »Es gibt keine Strafe für Antworten. Nur für Nicht-Antworten. Also nochmal, an was denkst du gerade?«

»Ob ich dich heute anfassen und bumsen darf.«

Maureen lachte leise. »Findest du mich attraktiv?«

Ruckartig richtete er sich auf und schaute sie an. »Was ist das denn für eine Frage? Du bist der Hammer!«

Eine heiße Woge durchflutete ihren Körper. Sie sah das Begehren in seinen Augen und das fühlte sich großartig an. »Du willst mich also nur deswegen? Und was ist in zwanzig Jahren, wenn ich Falten habe und die Schwerkraft zuschlägt?«

Er umarmte sie so plötzlich, dass sie erschrak.

»Für mich wirst du immer schön sein! Ich liebe dich, und daran wird sich nichts ändern, nur weil wir älter werden.«

»Sag es noch mal«, verlangte sie rau.

»Ich liebe dich«, hauchte er und sie konnte an seinen Augen ablesen, es war ehrlich gemeint.

Konnte sie ihm dasselbe sagen? War sie schon soweit? Seine Hände auf ihrem Po fühlten sich köstlich an und am liebsten hätte sie sich ausgezogen und sich von ihm hier auf dem Wohnzimmerboden vögeln lassen. Sofort und ohne viel Tamtam. Aber dann würden ihre Fragen unbeantwortet bleiben.

»Nimm wieder deine Position ein«, befahl sie mit einem Räuspern, um den Frosch in ihrem Hals zu vertreiben.

»Ja, Herrin«, erwiderte er leise und strich mit seinen Händen ihre Beine entlang, ehe er gehorchte.

Verdammt, diese Berührung war teuflisch gut. In ihrem Schoß pulsierte es jetzt wie verrückt und sie hatte gerade noch einen Blick auf seine beginnende Erektion erhascht, ehe er sich wieder von ihr abwandte.

»Wir müssen ein wenig über dein Profil sprechen, Linus. Warum hast du mich belogen?« Sie erteilte ihm in schneller Folge drei Hiebe auf dieselbe Stelle und er zuckte zusammen, gab aber keinen Laut von sich. »Also?«

»Ich habe dich nicht belogen.«

Wieder drei Hiebe. Die Stelle begann sich zu röten. Sie sah, wie seine Hände das Polster fester umfassten.

»Oh doch, hast du. Wir haben uns nicht ein einziges Mal über gute Literatur unterhalten. Jedes Mal bist du mir ausgewichen. Also, was für Bücher liest du in Wirklichkeit?«

Schweigen. Drei weitere Hiebe entlockten ihm endlich ein Stöhnen.

»Ich wiederhole mich ungern.«

»Science Fiction und Krimis«, stieß er hervor.

Ihr Herz raste. Sie hatte die Behauptung ins Blinde ausgesprochen und einen Treffer gelandet. Wie aufregend.

»Aha, also hast du mich doch belogen. Im Profil hast du etwas ganz anderes eingetragen.«

Die Fliegenklatsche widmete sich nun seiner anderen Pohälfte und Maureen fühlte mit Genugtuung, wie erotisierend diese Situation auf sie wirkte. In ihrem Slip wurde es feucht und warm, ihre Perle pochte wie verrückt und selbst ihre Brüste spannten mit einem Mal. Nach dem letzten Hieb zeichnete sich das gitterartige Muster der Fliegenklatsche auf seiner Haut ab. Der Anblick gefiel ihr.

»Nicht ich«, keuchte er. »Das war nicht ich.«

Beim nächsten Hieb warf er mit einem kaum unterdrückten Stöhnen den Kopf in den Nacken und sie griff schnell zu, krallte ihre Hände in seine kurzen Haare, so gut es ging, und hielt ihn in dieser Position fest. Leichter Schweiß stand auf seiner Stirn und sie sahen sich beide in die Augen.

»Was soll das, Linus?«

Er schluckte schwer. »Ich habe dich belogen und ich akzeptiere jegliche Bestrafung dafür. Aber ich schwöre, das Profil habe nicht ich angelegt.«

Ihre Hand legte sich auf seine Brust, fand die kleine Brustwarze und ihre Finger kniffen hinein.

»Mmmmh«, wimmerte er und presste die Lippen zusammen, versuchte jedoch nicht sich ihr zu entwinden.

Es gefiel ihr, dass er tapfer war und den Schmerz ertrug. Aber was zum Teufel verheimlichte er denn nun tatsächlich Wichtiges vor ihr? Was er las, war doch nur eine banale Lüge.

»Ich denke, es ist an der Zeit, dass du mir das genauer erklärst.« Sie ließ ihn los und deutete auf den Boden vor ihren Füßen. »Hier, ich will dich hier vor mir sehen, in Demutshaltung, das heißt aufrecht kniend, Kopf gesenkt und Hände auf den Rücken.«

Ohne zu widersprechen führte er ihre Anweisung aus.

»Hast du nicht etwas vergessen, wenn ich dir einen Befehl erteile?«, fragte sie streng und hieb ihm auf den Oberarm.

»Ja, Herrin. Ich soll mit ›Ja Herrin‹ antworten.«

»Hm. Schon besser. Also, beichte. Welche Lügen gibt es noch?«

Zuerst sagte er nichts und sie war versucht, ihm den nächsten Hieb zu erteilen, schaffte es aber, sich zurückzuhalten. Vielleicht brauchte er einfach ein bisschen Zeit, um nach den passenden Worten zu suchen.

»Das Profil hat Linus angelegt. Ich bin aber nicht Linus. Ich heiße Maik, und Linus ist mein bester Freund. Ich bin auch nicht Straßenretter bei den Orangen Engeln. Ich bin Mediengestalter und programmiere Webseiten«, sprudelte es plötzlich aus ihm heraus. »Ich wollte es dir schon am ersten Abend sagen, so war das auch abgemacht, aber …«

Das war nicht das, was sie erwartet hatte, auch wenn sie nicht wusste, was sie überhaupt erwartet hatte. Auf jeden Fall nicht das. Gedanken und Bilder der vergangenen Tage rasten vor ihrem inneren Auge und um ihren Kopf legte sich eine Spannung, als könnte sie jedes einzelne ihrer Haare fühlen. Wenn sie ihren Freundinnen schon von ihm erzählt hätte, puh, wie gut, dass sie dies verschoben hatte, auch wenn sie in dieser Hinsicht inzwischen ein schlechtes Gewissen plagte.

Plötzlich schienen einige seiner Verhaltensweisen einen Sinn zu ergeben. Einige. Nur eine Sache ergab gar keinen Sinn.

»Langsam, noch einmal: Du bist nicht *Linus*?«

»Korrekt. Mein Name ist Maik.«

»Was soll das heißen? Du bist doch aber der Mann auf dem Foto bei *MyHeart*. Ich glaube, du bist mir eine Erklärung schuldig.«

Maik gab einen langen Seufzer von sich und sein Kopf sank ein Stück tiefer. »Ich weiß. Das war so eine Schnapsidee von Linus. Er war dort auf Partnersuche und hat einfach mein Foto reingestellt.«

Sie wollte im Augenblick gar nicht wissen, was der echte Linus sich dabei gedacht hatte. Nur eines war für sie wichtig. »Wieso bist du dann an seiner Stelle gekommen?«

»Er war auf der Rückfahrt von seinem letzten Einsatz. Die Autobahn war wegen eines schweren Unfalls gesperrt. Er wusste, dass er es nicht rechtzeitig schaffen würde und hat mich angerufen. Ich sollte es dir eigentlich auch gleich sagen und lediglich gut Wetter für ihn machen. Er wollte dich nicht versetzen.«

Das zu verstehen und zu verdauen war nicht einfach. Sie hatte also die ganze Zeit über mit einem anderen Mann gechattet, dessen Ansichten und Gewohnheiten für angenehm befunden, nur um sich letztlich mit einem völlig anderen, ihr noch fremderen Mann zu treffen. Das war unglaublich.

Maureen begann zu lachen.

Langsam hob Maik seinen Kopf und schaute sie von unten herauf an. »Lachst du mich jetzt aus?«, fragte er gekränkt.

»Nein, nein gar nicht. Es ist nur alles so …«

»Absurd?«

Sie nickte. »Warum hast du mir nicht einfach gleich die Wahrheit gesagt?«

»Du warst ein bisschen sauer, weil ich zu spät war. Und …«

»Und was?«

»Ich konnte einfach nicht. Weil mich schon in der ersten Sekunde Amors Pfeil getroffen hat. Ich dachte, wenn ich es dir sage, dann … dann werde ich dich niemals wiedersehen.«

Das hörte sich sehr romantisch an und das Pulsieren in ihrem Unterleib verstärkte sich. »Du hast dich gleich in mich verguckt?«

Sein »Ja« war nur gehaucht.

»Und Linus? Was sagt der dazu?«

»Na ja, er war … er ist nicht gerade begeistert. Ich … Bist du jetzt sauer auf mich?«

Sie strubbelte ihm liebevoll durch seine kurzen Haare. »Nein. Du hast längst mein Herz gewonnen«, versicherte sie leise.

Seine Augen schwammen von Tränen, die er nicht weinte. *Du meine Güte, es hat ihn wirklich schwer erwischt.*

»Und jetzt? Wie geht es jetzt weiter?«, fragte er.

»Was schlägst du denn vor?«, erwiderte sie weich.

»Ich könnte dich von meinen Qualitäten überzeugen«, erwiderte er mit unsicherem Grinsen. »Ich würde dich ihm nämlich sehr ungern überlassen.«

»Dann zeig es mir.«

Seine Hände strichen sanft ihre Beine empor, schoben ihren Rock hinauf. Kurz stutzte er und Maureen kicherte. Gewiss hatte er nicht erwartet, dass sie keine Unterwäsche trug. Er setzte kleine Küsse auf ihren Venushügel, den sie stets bis auf einen kleinen Irokesen glatt rasierte. Seine Hände lagen auf der nackten Partie ihrer Oberschenkel, dort wo ihre halterlosen Strümpfe endeten. Sanft drangen seine Finger zwischen ihre Schenkel und sie öffnete sich bereitwillig ein wenig für ihn. Seine Zunge drang zwischen ihre Schamlippen, warm und feucht. Der erste Kontakt mit ihrer Klit war wie ein kleiner Stromstoß und entlockte ihr ein erfreutes Quietschen.

Ermuntert lagen seine Hände plötzlich auf ihrem nackten Po und er schob sie in Richtung eines Sessels. Sie gab nach und lag mehr auf dem Polster als zu sitzen, ihre Schenkel nun weiter gespreizt, so dass er dazwischen Platz hatte. Und im nächsten Augenblick verlor sie ihren Willen und ihre Macht über ihn, als seine Zunge gefühlvoll ihre Spalte ausleckte und auf ihrer Perle trällerte. Ihre Fingernägel krallten sich in die Armlehnen und sie wand sich vor

Lust auf dem Sessel. Viel Freiheit ließ er ihr dazu nicht. Seine Arme lagen schwer auf ihren Schenkeln und er hörte auch nicht auf, zu saugen und zu schlürfen, als sie ekstatisch im Orgasmus erbebte.

Ihr Verlangen war grenzenlos und gleichzeitig war sie hin und her gerissen, ob er weitermachen oder aufhören sollte. Es war geradezu unerträglich schön. Sie stöhnte, sie schrie, sie jauchzte. Es raubte ihr den Atem, jegliche Gedanken, ihre ganze Selbstbeherrschung.

Mal krallten sich ihre Hände fester in die Sessellehnen, mal packte sie seinen Kopf, drückte ihn fester auf ihren Schoß, im nächsten Augenblick versuchte sie ihn wegzuziehen. Aber egal was sie machte, Maik leckte und saugte weiter, und dann drangen seine Finger in ihre Spalte ein.

Wie viele Finger es waren, konnte sie nicht fühlen. Aber es war gut, es war großartig. Sie presste sich ihm entgegen. Seine Finger stießen zu, weiteten sie und füllten sie aus. Sie wand sich, zitterte, umklammerte ihn mit ihren Schenkeln, und als sie noch einmal kam, mit einem befreiten Schrei, wie er ihr noch nie entfahren war, verlor sie ihr Bewusstsein und befand sich in einer anderen Ebene.

Als sie wieder zu sich kam, vielleicht nur Sekunden später, kniete er immer noch zwischen ihren Schenkeln und grinste sie breit an.

Langsam setzte sie sich auf. Sein Penis war voll erigiert und ein kleiner Lusttropfen glänzte auf seiner Eichel.

»Komm«, sagte sie mit vibrierender Stimme. »Komm, lass uns das im Schlafzimmer fortsetzen …«

23

Das kleine Mädchen, das munter an der Hand der Frau hopste, gab keine Rätsel auf, wer sie war. Ein kurzer Augenblick genügte, um Lola anzuschauen, dann hatte ihre Begleitung sein Augenmerk auf sich gezogen. Unübersehbar rote Locken leuchteten bei beiden in der Sonne, und Linus hätte jede Wette abgeschlossen, dass die Kleine auch dieselben grünen Augen zeigte. Langsam sank er so tief wie möglich in den Sitz, wobei er die beiden weiter beobachtete und hoffte, dass sie ihn nicht bemerkten.

Über einem bunten Sommerkleid mit einem Muster aus Blumen und Schmetterlingen trug das Kind eine sonnengelbe Strickjacke. Selbst für einen warmen Frühlingstag war dies eine vergleichsweise leichte Bekleidung, würde nicht am Hals ein unter dem Kleid wärmender Rolli hervorblitzen. Eine weiße Strumpfhose und gelbe Schuhe komplettierten ihr Outfit. Lola schien ein gutes Gefühl für Farbkombinationen zu haben. Alles würde ihrem rothaarigen Töchterchen stehen. Alles, außer dem typischen Mädchen-Rosa oder Pink.

Die beiden passierten Linus' Wagen, zu seiner Erleichterung ohne ihn zu entdecken. Ehe er sich dieser Konfrontation stellte – falls überhaupt – musste er erst nachdenken. Das Kind schien Lolas ganze Aufmerksamkeit zu fordern und hüpfte den Treppenabsatz munter rauf und runter, während Lola die Haustür aufsperrte. Dann verschwanden beide im Inneren des Hauses.

Nun, das hatte sich dann wohl erledigt, bevor es begonnen hatte.

Eine Frau mit Kind konnte zweierlei bedeuten: Es gab schon einen Mann in ihrem Leben oder sie war allein erziehende Mutter. Und entsprechend gestresst.

Eine Frau mit Kind hatte Linus noch nie als mögliche Lebensgefährtin in Betracht gezogen. Er wollte Kinder, irgendwann, aber nicht jetzt, und schon gar nicht von einem anderen. Diese Überraschung musste er erst einmal verdauen, ehe er über einen möglichen nächsten Schritt zu entscheiden sich in der Lage sah.

Dabei war er sich gestern so sicher gewesen, so absolut sicher, endlich verstanden zu haben, was das Schicksal ihm zugedacht hatte. Diese zufällige Begegnung auf der Autobahn sollte etwas zu bedeuten haben. Letzten Endes hatte Maik vielleicht doch recht, es wäre besser, die Sache mit dem Horoskop ad acta legen. Oder, wenn er es genau bedachte, traf das Horoskop vielleicht genau auf diese Begegnung zu? Wer konnte das schon wissen.

Linus richtete sich im Sitz wieder auf und trommelte nervös mit den Fingern auf dem Lenkrad herum. Unschlüssig blickte er auf den Blumenstrauß an seiner Seite, der in Klarsichtfolie eingeschlagen seine ganze Pracht offenbarte. Verflixt noch mal! Er wollte es nicht glauben, nein, es konnte nicht sein, dass Lola ihm einfach nur so an ausgerechnet jenem Tag begegnet war, der sein Schicksalstag sein sollte. Es musste etwas zu bedeuten haben! Und wenn er – Linus atmete tief ein – das Kind nicht als Hinderungsgrund betrachtete?

Verdammt! Wenn er jetzt nicht dort hineingehe, dann würde er nie erfahren, ob diese Frau für ihn bestimmt war. Was konnte schon passieren, außer dass sie ihn als aufdringlich empfand oder ihm aus anderen Gründen einen Korb erteilte oder dass sein Herz in ihrer Gegenwart plötzlich nicht mehr einen Sprint einlegte. Zumindest wüsste er dann, dass er sie sich aus dem Kopf schlagen musste. Ansonsten würde er keine Ruhe finden und sich das ganze Wochenende über fragen, ob er einen Fehler gemacht hatte. Und ehrlich gesagt – er konnte ja jederzeit den Rückzug antreten, wenn sich dieser Versuch in ein paar Tagen oder Wochen als Irrtum herausstellte. Auch wenn dies das erste Mal wäre, denn bei seinen früheren Beziehungen hatten stets die Frauen diese Entscheidung gefällt.

Sei mal spontan, du Idiot! Gib dir einen Ruck! Jetzt bist du schon hier, dann tu es auch und verschenke die Chance nicht von vornherein!

Mit jagendem Puls stieg Linus aus, nahm die Blumen vom Sitz und verschloss den Wagen. Sein Hemd klebte am Rücken und er hoffte inständig, dass sein Deo nicht versagte.

Es dauerte nur Sekunden, bis nach Drücken des Klingelknopfes der automatische Türsummer erklang und die Tür unter dem Druck seiner Hand nach innen aufschwang.

»Hallo!«, piepste eine helle Stimme von oben.

Er schaute zwischen dem Treppengeländer hinauf und sah, wie das Mädchen sich ganz dicht daran quetschte, um einen Blick auf ihn zu erhaschen.

»Auch hallo, bin gleich da.«

Zwei Stufen auf einmal nehmend eilte er in den zweiten Stock hinauf. Die Kleine erwartete ihn und schaute unerschrocken zu ihm auf, ihn mit zusammengekniffenen Augen und etwas schräg gelegtem Kopf einer intensiven Musterung unterziehend. Mit denselben grünen Iriden wie ihre Mutter.

Kleine Hexe.

Einer Intuition folgend ging Linus in die Hocke, um mit ihr annähernd auf gleicher Augenhöhe zu sein. »Guten Tag. Wie heißt du denn?«

»Nina«, kam prompt die selbstbewusste Antwort. »Und du?«

»Ich bin Linus.«

»Linus? Das ist aber ein komischer Name.«

Okay, ein bisschen vorlaut die Göre.

Er streckte ihr seine Rechte entgegen, aber statt sie zu ergreifen, legte sie ihre Hände plötzlich auf den Rücken. Als fiele ihr jetzt ein, dass Mama ihr verboten hatte, Fremden die Tür zu öffnen, lief sie schnell in die Wohnung zurück und schlug ihm die Tür mit einem lauten Rums vor der Nase zu.

Oha. Von welchem Elternteil sie wohl dieses Temperament geerbt hat?

»Wo ist die Post?«, hörte er Lola fragen. Es folgte eine kurze Pause, dann fuhr sie fort. »Nina, war das der Postbote?«

Es war keine Antwort zu hören.

»Nina, wer hat geklingelt?« Nun klang die Stimme schon strenger.

»Ein Mann!«

Linus musste schmunzeln. Wenigstens gab das Kind eine ehrliche Antwort. Sein Puls hatte sich mittlerweile beruhigt und er wartete gespannt, wie es weitergehen würde.

»Also der Postbote?«

»Weiß nicht.«

»Was wollte der Mann?«

»Weiß nicht.«

Leise Schritte waren zu hören und Linus hatte das Gefühl, durch den Türspion überprüft zu werden, der knapp über dem Namensschild angebracht war. Er winkte vorsorglich und lächelte. Dann ging die Tür wieder auf.

»Guten Tag, Herr Gruber. Das ist aber eine Überraschung«, sagte Lola.

Ob sie nur höflich war oder sich freute, ihn zu sehen, ließ sie nicht erkennen. Auf jeden Fall sah sie nicht weniger bezaubernd aus als vor ein paar Tagen, nur war sie angesichts der fast sommerlichen Temperaturen diesmal leichter bekleidet. Eine cremefarbene Bluse, dazu eine ungewöhnliche rote Korallenkette und eine dezent gemusterte, fließend fallende Hose.

Ein wenig schick und doch leger, schoss es Linus durch den Kopf, *und wunderschön.* Pumpte sein Herz gerade Blut oder Hitze durch seine Adern? Lola war dezent geschminkt, die ohnedies ausdrucksvollen grünen Augen nur durch getuschte Wimpern verstärkt. Noch ein Pluspunkt. Er mochte Frauen von natürlicher Schönheit, die sich nicht übertrieben schminkten und auch keine Modepüppchen waren. Ihre roten Locken umringelten ihr Gesicht und allzu gerne hätte er seine Hände darin versenkt und ihre rosigen Lippen gekostet.

Wow! Die Entscheidung, auf sein Herzklopfen zu hören, war absolut richtig gewesen. Von einer Sekunde auf die nächste raste sein Herz wieder wie verrückt und sein Kopf fühlte sich eigentümlich, aber nicht unangenehm leer an. Ihre Lippen waren perfekt, schön geschwungen, nicht zu dünn und nicht zu voll, und in ihren Mundwinkeln bildeten sich zarte Grübchen, als sie ihm schließlich ein Lächeln schenkte.

Sie ist einfach eine Wucht!

»Hier, ich …« Er streckte ihr den Blumenstrauß entgegen. »… ich wollte mich noch einmal persönlich überzeugen, dass es Ihnen gut geht. Und fragen, ob mit Ihrem Auto wieder alles in Ordnung ist.«

Verunsicherung zeigte sich auf ihrem Gesicht, als sie den Strauß aus seinen Händen nahm. Kurz streiften sich ihre Finger und ein Kribbeln breitete sich über seinen gesamten Arm aus. Bestimmt überlegte sie fieberhaft, was sie von seiner Geste halten sollte.

»Ich weiß, ich hätte nicht einfach so vorbei kommen sollen, ohne vorher nochmal anzurufen. Aber …« Es galt alles auf eine Karte zu setzen. *No risk, no fun.* »… ehrlich gesagt, ich musste dich wiedersehen«, ergänzte er leiser und war selbst verwundert, dass die Stimme sein inneres Zittern nicht widerspiegelte.

Ihre Wangen färbten sich. War das ein gutes Zeichen oder war er zu forsch?

Verlegen senkte Lola die Lider.

Wer von ihnen machte nun den nächsten Schritt? Würde sie ihn hereinbitten oder gleich an der Türschwelle abservieren?

»Mama, wer ist der Mann?« Die helle Kinderstimme brach den Bann. Nina erschien neben ihrer Mutter, hielt sich mit einer Hand an deren Hose fest, als suchte sie Sicherheit.

Anstelle einer Erklärung hielt Lola die Blumen ein wenig tiefer. »Schau mal, sind die nicht schön? Komm, wir stellen sie ins Wasser.«

Zu Linus' Erstaunen gab sich die Kleine mit diesem Ablenkungsmanöver zufrieden und folgte ihrer Mutter, als diese sich umdrehte und in die Wohnung zurückging. Ein wenig unschlüssig blieb

Linus im Eingang stehen. War das nun eine unausgesprochene Aufforderung, den beiden zu folgen?

Ehe sie in einem Raum verschwand, wandte Lola ihren Kopf ihm zu und lächelte. »Was ist, willst du dort draußen Wurzeln schlagen? Nun komm schon rein.«

Das versprach kompliziert zu werden. Lola schien eine typische Frau zu sein, aus der Mann nicht schlau werden konnte. Eben hatte sie bei der Übernahme der Blumen eine schüchterne Haltung eingenommen, zart und verletzlich auf ihn gewirkt. Jetzt tat sie so, als wäre er kein Fremder, erwiderte ungezwungen sein Duzen und erwartete scheinbar wie selbstverständlich, dass er ihr Reich betrat.

Linus schloss die Wohnungstür hinter sich und schaute kurz um sich. Der Flur war links und rechts einer einfachen Garderobe mit gerahmten Kinderbildern in verschiedenen Altersstufen dekoriert. Nina als Neugeborenes, Nina auf Dreirad, Nina im Sandkasten, Nina mit Puppe, Nina beim Malen. Dazwischen Nina mit Mama, Nina mit Großeltern (die Oma war unverkennbar an ihren ebenfalls roten Locken zu identifizieren, auch wenn sich bereits helle Strähnen hineingemischt hatten), Nina auf einem, vielleicht ihrem eigenen, Kindergeburtstag.

Ein möglicher Kindsvater oder Lebensgefährte war auf den Fotos nirgends zu sehen. *Damit wäre das schon mal geklärt, sie ist Single.*

Zwei halbhohe Schuhschränke für Frau's liebste Sammelobjekte vervollständigten die Garderobe. Unterhalb der Bilder waren fünf bunte Kleiderhaken in Form eines Hundehinterteils mit gebogenem Schwanz in Kinderhöhe angebracht. An einem davon hing eine Kapuzenjacke.

»Du musst deine Schuhe ausziehen!«, maßregelte ihn Nina, nun wieder ganz selbstbewusst, auf der Türschwelle stehend und zwischen ihm und ihrer Mutter hin- und herschauend, mit kindlich-scharfem Tonfall.

»Natürlich, du hast recht, die sind vielleicht schmutzig«, erwiderte Linus und stellte seine Sneaker zu einem Paar Kinderschuhe und einem Paar Pumps auf die Ablage neben den Schuhschränken.

»Soll ich meine Jacke ausziehen?«

Nina nickte und Linus hängte seine Jacke über einen Garderobenhaken.

Dann betrat er die Küche, wo Lola soeben mit dem Kürzen der Blumenstiele fertig war. Der Raum war klein und bis ins Detail zweckmäßig ausgeschöpft. Vom Boden bis unter die Decke war er mit Küchenschränken in Vanillegelb und offenen Regalen in Rot befüllt. Auf der rot gesprenkelten Arbeitsplatte stand ein Krug voller Kochlöffel und eine Obstschale, auf dem Fensterbrett drei Töpfe mit Kräutern. Für einen Tisch bestand kein Platz.

»Das ist wirklich ein sehr schöner Strauß«, sagte Lola lächelnd und trug die Vase an ihm vorbei ins gegenüberliegende Wohnzimmer. Linus folgte ihr schweigend.

Auch hier dominierte eine moderne und geradlinige Einrichtung, fast zu zweckmäßig, in schlichtem Beige. Nicht ganz das, was er in der Wohnung einer Frau erwartet hätte. Immerhin gab die Deko in Form von Figürchen und Kerzengläsern dem Ganzen eine weibliche Note. Kinderspielzeug lag auf dem Sofa und unter dem Tisch am Boden, dennoch wirkte es nicht übermäßig unordentlich.

Lola stellte die Vase auf dem Couchtisch ab.

»Was möchtest du trinken? Tee, Wasser, Kaffee?«

»Ja.«

Sie lachte leise. »Also Kaffee?«

Linus nickte. Sein Gehirn arbeitete nur in Slowmotion, sobald er sie ansah und wenn das so bliebe, würde er keinen vernünftigen Satz herausbringen.

»Gut. Wie wäre es, wenn du schon mal auf den Balkon rausgehst?«

»Ja, klar.«

Die Tür stand offen und Nina lief voraus. Der Balkon erstreckte sich über die ganze Breite der Wohnung. Leere Kästen an der Brüstung warteten darauf, mit Frühlingsblumen befüllt zu werden. Vier einfache weiße Plastikstühle legten die Vermutung nahe, dass Lola ab und an Besuch hatte, vielleicht von ihren Eltern. Einen davon nahm soeben Nina in Beschlag.

Es dauerte nicht lange und Lola kam mit einem Tablett nach draußen. Während sie Tassen, Teller und Besteck auf dem Tisch verteilte, ihrer Tochter ein Glas Saft hinstellte und Kaffee eingoss, und sich dann ihm gegenüber setzte, sah Linus ihr zu. Ihre Bewegungen waren fließend und ungezwungen und er könnte ihr stundenlang zuschauen.

»Es ist noch Marmorkuchen vom Frühstück übrig geblieben. Magst du ein Stück?«

»Ja gerne«, erwiderte er aus Höflichkeit, obwohl er befürchtete, keinen Bissen herunter zu bringen. »Selbst gebacken?«

»Leider nein«, lachte Lola. »Ich kann zwar backen, aber dafür bleibt kaum Zeit.«

»Ihr beiden lebt alleine?« *Ja, ja, fall nur gleich mit der Tür ins Haus, du unsensibler Holzklotz.*

»Ja«, antwortete sie knapp und betrachtete ihre Tochter mit einem warmen Lächeln. »Magst du auch ein Stück Kuchen, Mäuschen?«

Ein heftiges Kopfschütteln war die einzige Antwort.

»Gut, dann nicht.«

Obwohl das Kind nichts sagte, fühlte Linus sich in seiner Gegenwart ein wenig unwohl. Auch ohne hinzuschauen wusste er, dass er die ganze Zeit über beobachtet wurde und wenn er dieser Musterung nicht standhielt, sanken vermutlich seine Chancen bei Lola.

»Machst du das immer so, dass du Frauen zuhause aufsuchst, denen du bei einer Panne geholfen hast?« Ein Stückchen Kuchen fand den Weg in Lolas Mund.

Ach du Scheiße. Glaubte sie das?

»Nein! Natürlich nicht. Ich hätte dich nicht einmal anrufen dürfen, das ist absolut verboten. Aber ich konnte einfach nicht anders.« Er beugte sich ein wenig vor. »Ich wollte dich wiedersehen. Du hast mein Herz mitgenommen, als du aus meinem Wagen ausgestiegen bist.«

Ist das jetzt zu dick aufgetragen?

Die Zeit blieb stehen. Von Lola kam keine Reaktion, sie schaute ihn einfach nur an. Würde sie ihn auslachen?

Dann seufzte sie tief. »Soll ich es dir wieder zurückgeben?«, flüsterte sie.

»Nein«, antwortete er rau. »Behalte es und schenk mir dein Herz dafür.«

Sie schluckte sichtbar. »Ich weiß nicht, ob ich das kann.«

»Mami, mir ist langweilig«, unterbrach Nina das Gespräch.

Lola schaute kurz auf ihre Armbanduhr. »Wenn du möchtest, darfst du den Fernseher anmachen. Da müsste jetzt eine Zoosendung kommen.«

Zu Linus' Erleichterung stand Nina tatsächlich auf und ging hinein. Offenbar war ihre Neugierde vorerst gestillt. Kurz darauf waren typische Tiergeräusche und die Stimme eines Tierpflegers zu hören.

Linus griff nach Lolas Hand. Sie entzog sie ihm nicht, sondern erwiderte seinen sanften Druck. Ihre Finger fühlten sich gut an, schlank und warm, die Haut zart. Ein modisches Schmuckstück zierte ihren Ringfinger.

Das Faszinierendste aber waren auch jetzt ihre Augen, die noch grüner funkelten als zuvor.

»Ich will dich näher kennenlernen, Lola.«

»Ich weiß nicht, ob das geht.«

»Gibt es jemanden, der dem im Weg steht?«

Sie schüttelte den Kopf. »Nein. Und du bist mir sympathisch«, erwiderte sie leise. »Sehr sogar.«

Vielleicht sollte er sich über den Tisch beugen und sie einfach küssen? Warum gab es keine Anleitung, wie man den perfekten ersten Schritt machte? So unsicher hatte er sich schon lange nicht mehr gefühlt.

»Nur, ich weiß nicht, ob in meinem Leben Platz für einen Mann ist.«

»Wegen Nina?«

»Auch.«

»Ich will dich nicht bedrängen, gib mir – uns – einfach nur eine Chance. Bitte.«

»Ich kann das nicht jetzt entscheiden.«

»Das musst du auch nicht.«

»Weißt du, am Wochenende kreisen alle meine Gedanken nur um Nina. Die Woche über bleibt sie bei meinen Eltern, weil ich sie sonst schon morgens um fünf Uhr wecken und hinbringen müsste. Freitagabend hole ich sie ab und dann will ich die Zeit bis Sonntagabend natürlich intensiv mit meiner Tochter verbringen. Mein Leben ist also schon kompliziert genug.«

»Zu kompliziert, darin einen Mann unterzubringen?« Linus bemühte sich um ein zuversichtliches Lächeln. »Vielleicht hättest du mit einem Mann sogar die Möglichkeit, deine Tochter zu dir zu holen.«

Lola zog eine Augenbraue hoch, fragte aber nicht, wie er sich das vorstellte. Zum Glück, denn was er so dahin gesagt hatte, bedurfte einer genauen Überlegung, wie sich das organisieren ließe. Vor allem müssten sie dazu erst einmal ein Paar werden.

»Sag heute einfach nicht Nein. Gib mir nicht gleich einen Korb. Das würde mir fürs Erste schon genügen. Erlaube mir, dich wieder zu sehen.«

Ein Flackern lag in ihren Augen, das schwierig zu deuten war. Unsicherheit? Angst? Sein Herz schlug bis zum Hals hinauf und ließ ihn kaum noch atmen.

Lola zog ihre Hand unter seiner zurück, senkte die Lider und nippte an ihrer Kaffeetasse.

»Bitte, Lola.«

Ein scheues Lächeln bildete sich auf ihren Lippen und ihre Stimme klang ein wenig kühl, als sie antwortete. »Ich werde drüber nachdenken.«

Sein Kaffee war fast kalt, als er den Rest austrank.

Unvermittelt schaute sie ihn wieder an, mit einem entschlossenen Zug um den Mund. »Hast du Zeit?«

»Du meinst jetzt?«

Lola nickte.

»Ja. Ja, ich habe heute einen freien Tag.«

Bestimmt kam jetzt der Vorschlag zusammen shoppen zu gehen und er hasste Einkaufsbummel. Aber im Augenblick würde er ihr jeden Wunsch erfüllen, nur um in ihrer Nähe zu sein.

»Wir fahren in einer Stunde raus, zu einem Ponyhof. Nina lernt zurzeit reiten. Du könntest mitkommen.«

»Ist sie dafür nicht noch etwas klein?«

Lola zuckte mit den Schultern. »Geht so. Sie möchte es machen und ich sehe keinen Grund, ihr diesen Wunsch nicht zu erfüllen. Sie ist sonst ein sehr genügsames Kind.«

»Gerne, wenn ihr mich mitnehmen wollt, komme ich gerne mit.«

»Dann kannst du ja jetzt in Ruhe deinen Kuchen essen, während wir uns umziehen.«

Linus schluckte. »Wer denkt schon an Kuchen, wenn du vor mir sitzt und selbst zum Anbeißen aussiehst.«

»Du Schelm«, schmunzelte Lola und schenkte ihm Kaffee nach. Dann beugte sie sich vor und hauchte ihm einen zarten Kuss auf die Lippen, ehe sie hineinging.

24

Mit klopfendem Herzen schaute Lola dem Mann hinterher, als er
die Treppe hinunter ging. Am liebsten hätte sie hinterher gerufen:
»Bleib über Nacht.« Der Tag war wunderschön gewesen und sie
war schon lange nicht mehr so gelöst und glücklich gewesen. Aber
Übernachten? Was das betraf, so verstand sie sich gerade selbst
nicht mehr. Dieser Wunsch kam ungewöhnlich früh.

In Linus' Gegenwart fühlte sie sich nicht ängstlich, bedrängt
oder in Gefahr. Versagten plötzlich ihre Instinkte oder könnte es
sein … Sie wagte es nicht, diesen Gedanken zu Ende zu führen.
Die Enttäuschung saß zu tief. Aber zum ersten Mal seit Daniel
verspürte sie dieses unglaublich schöne Kribbeln im Bauch, und
das schon, seit sie Linus dabei zugesehen hatte, wie er sich darum
bemühte, ihren Wagen wieder flott zu bekommen. Die Schmetterlinge waren sofort wieder erwacht, als er ihr mit dem Blumenstrauß
gegenüber gestanden hatte.

Aber es ging ja nicht nur um sie selbst. Ihr wahres Glück vermochte sie nur zu finden, wenn auch Nina sich dabei wohl fühlte.
Anfangs war die Kleine sehr schweigsam gewesen. Doch als Linus
sie fragte, wie das Pony heiße und wie es aussehe, und wie man
dieses ganze Zeugs nenne, was ein Pony zum Reiten anhaben
müsse – da taute ihre Tochter sichtlich auf und plapperte, bis sie
den Ponyhof erreichten.

Während die Kleine voll in ihrer Reitstunde aufging, sahen
Linus und Lola ihr zu. Linus hatte seinen Arm um sie gelegt und

als Nina nicht mehr zu ihnen herübersah, sondern sich nur noch für ihr Reiterlebnis interessierte, nutzte er die Gelegenheit, Lola lange und zärtlich zu küssen.

Nach dem Reiten folgte ein längerer Spaziergang. Nina wollte ›Engelein flieg‹ spielen und ließ sich ein ums andere Mal von den beiden Erwachsenen zwischen ihnen durch die Luft schwenken.

Nina hatte ihren wahren Papa nie kennengelernt und auch nie nach ihm gefragt, obwohl alle ihre Freundinnen in einer kompletten Familie aufwuchsen. Vielleicht war ihr noch nicht bewusst geworden, dass ihr ein Elternteil fehlte. Vielleicht vermisste sie aber auch nichts, weil sie viel Zeit bei ihren Großeltern verbrachte.

Was eine eventuelle neue Beziehung betraf, so wollte Lola nicht nur sich selbst eine weitere Enttäuschung ersparen, sondern auch Nina. Wäre Linus nicht nur ein liebevoller Partner, sondern gleichzeitig auch ein geeigneter Ersatzpapa?

Lola seufzte und schenkte sich ein weiteres Glas Wein ein.

Einen so schönen, abwechslungsreichen und wohltuenden Tag hatte sie schon lange nicht mehr erlebt. Gewiss, ihre Eltern waren liebevolle Menschen, die nicht nur ihr selbst eine behütete und wohlgeordnete Kindheit geschenkt hatten, sondern auch als rüstige Großeltern von knapp sechzig Jahren viel mit ihrem Enkelkind unternahmen. Was immer in ihrer Macht stand, machten sie für Lola und ihr Töchterchen. Durch Betriebsinsolvenz hatte ihr Vater vor zwei Jahren seine Arbeit verloren, ihre Mutter arbeitete halbtags in einem Büro. Da die Miete günstig, die Wohnung jedoch für vier Personen zu klein war, war ein Zusammenziehen nicht in Frage gekommen. Abgesehen davon, dass Lola ihre Unabhängigkeit nicht völlig verlieren wollte.

Nach Ninas Reitunterricht waren sie – auf Wunsch des Kindes – bei dem nahe am Reitstall gelegenen Fastfoodrestaurant einer Burgerkette eingekehrt. Nach Möglichkeit vermied Lola zu häufiges Fastfood-Essen, aber an manchen Tag gab sie nach. Zu ihrer Überraschung lernte Lola eine völlig neue Seite ihrer Tochter kennen. Im Allgemeinen war Nina Fremden gegenüber eher zurückhaltend, was Lola nur recht war. Sie schärfte dem Kind immer wieder ein, mit niemandem mitzugehen und laut um Hilfe zu schreien, wenn sie jemand dazu auffordern sollte. Heute jedoch eroberte Nina in Windeseile Linus' Schoß und Lola beobachtete amüsiert, wie er hilflos versuchte, auf ihre Tochter einzugehen, ihre neugierigen Fragen zu beantworten, und sie auf seinen Schenkeln zu balancieren.

Auch auf dem Heimweg plapperte Nina fröhlich vor sich hin, fragte Linus neugierig weiter Löcher in den Bauch und er beantwortete alles sehr geduldig. Besonders gut gefiel Lola, dass er dabei nicht in eine künstliche Kindersprache verfiel, sondern mit Nina ganz normal redete. Genauso, wie sie und ihre Eltern es auch handhabten. Und ganz nebenbei erfuhr sie mehr über ihn und über seine Arbeit. Alles schien perfekt zusammenzupassen.

Lola gefiel sich in der Beobachterrolle. In ihrem Bauch flatterten Schmetterlinge. Ein tolles, fast vergessenes Gefühl, das von Stunde zu Stunde zunahm.

Später fuhr Linus die beiden nach Hause. Als er sich auf dem Gehweg verabschieden wollte, zog Nina einen Flunsch und wollte ihm nicht die Hand geben.

»Du darfst noch nicht gehen!«

Lola schaute erst Linus an, der hilflos mit den Schultern zuckte, dann ihre Tochter. »Wenn du ihn ganz lieb bittest, kommt er vielleicht noch auf ein Stündchen mit rauf. Bis du ins Bett gehst.«

»Au ja, bitte, bitte Linus. Du musst noch Duo mit mir spielen!« Ihre kleinen Hände krallten sich in sein Hosenbein und ihr Gesicht strahlte, als hätte er schon Ja gesagt.

»Duo?«, fragte er stirnrunzelnd.

»Ich bring dir das bei!«, verkündete sie selbstbewusst.

»Einverstanden«, erwiderte er und hob sie hoch, als wäre sie leicht wie eine Feder.

Lola verkürzte das Kartenspielen auf eine halbe Stunde, dann musste Nina trotz Widerspruch ins Bett.

»Kommst du wieder?«, erkundigte sie sich.

»Ja, nur vielleicht nicht morgen. Aber ich komme wieder, wenn deine Mama es erlaubt.«

»Mama erlaubt es«, behauptete Nina, ehe sie ihre Arme um seinen Hals schlang, um ihm einen Gutenachtkuss auf die Wange zu schmatzen.

»Puh!« Lola reichte Linus eine Flasche Wein und den Korkenzieher, dann plumpste sie ein wenig erschöpft neben ihm auf das Sofa.

Der Wein funkelte Rot im Schein der Teelichter, die Lola auf dem Couchtisch verteilt hatte. Linus reichte ihr ein Glas und sie stießen an.

Und dann lernten Lolas Schmetterlinge fliegen. Wie von selbst fand sie sich plötzlich in seinem Arm wieder, die Lippen sanft auf ihren, schmeckte den Rotwein auf seiner Zunge. Sie seufzte in seinen Mund, ließ sich fallen und fühlte seinen warmen Atem.

»Lola«, flüsterte er zärtlich und drückte sie an sich. »Es war ein wunderschöner Tag, aber ich sollte jetzt gehen, bevor …«

»Wir sollten nichts übereilen.« Sie schaute ihn an, streichelte mit einer Hand zärtlich über seine Wange, seine Lippen, hauchte einen Kuss darauf. »Wann sehen wir uns wieder?«

»Wann immer du willst.«

»Morgen sind Nina und ich schon mit meinen Eltern verabredet. Aber vielleicht können wir uns mal abends treffen?«

Linus nickte. »Wie wäre es mit Mittwoch?«

»Rufst du mich an?«

»Das werde ich«, erwiderte er ernst und küsste sie noch einmal, mit mehr Leidenschaft, bevor er austrank und ging.

Nun stand Lola mit ihrem Glas in der Hand auf dem Balkon und schaute in die Nacht hinaus, die beleuchteten Fenster der anderen Häuser, hinter denen Singles wie sie und Linus wohnen mochten, oder auch glückliche Familien. Eine tiefe Sehnsucht nach Geborgenheit und einem geregelten, sorglosen Leben erfasste Lola. Ein Leben mit einem liebevollen und vertrauenswürdigen Menschen an ihrer Seite, mit dem man alles leichter meistern könnte.

Der nächste Schluck rann herb, fast bitter ihre Kehle hinunter und Lola schüttete den Rest des Glases mit Schwung über die Brüstung ins Leere. Selbst der Wein schmeckte in Gesellschaft besser als alleine. Die Schmetterlinge in ihrem Bauch hatten sich schlafen gelegt und eine ungewohnte Leere erfasste Lola.

Ich hätte nicht zulassen dürfen, dass er geht. Aber – ich will nicht einen Mann für eine Nacht. Wenn ich das Risiko noch einmal eingehe, dann will ich ihn ganz und gar.

Die Frage war, ob Linus anders war als Daniel, oder ob sie, wie ihr Vater sie gewarnt hatte, noch einmal auf denselben Typ Mann reinfallen könnte. Groß, attraktiv, aufmerksam. Zwar war Daniel als gelernter Veranstaltungskaufmann nicht so muskulös wie Linus gewesen, aber auch nicht zu schmächtig. Mit seiner schlanken, sportiven Figur, die er regelmäßigen Radtouren verdankte, konnte er sich sehen lassen. Nicht weniger wichtig war ihm ein gestyltes Äußeres, angefangen bei einem immer perfekten Haarschnitt und penibel gepflegten Fingernägeln bis hin zu teurer Markenkleidung.

Doch diese Äußerlichkeiten täuschten, wie Lola bald erfahren musste. Daniel litt unter grenzenloser Eifersucht, war egoistisch und brutal. Jeder Mann, der sie anschaute oder mit dem sie redete, war ein möglicher Nebenbuhler. Kam sie zu spät nach Hause, hatte sie seiner Meinung nach nicht länger gearbeitet, sondern sich mit ihrem Geliebten getroffen. Er spionierte ihr nach, las ihre Emails und ihre Handynachrichten. Dennoch schaffte sie es nicht, sich von ihm zu trennen, nicht einmal nach der ersten Ohrfeige. Geschickt wickelte er sie mit Entschuldigungen und einem Wellness-Wochenende ein. Bis zum nächsten Ausraster.

Als Lola schwanger wurde, unterstellte Daniel ihr, es wäre das Kind eines anderen. Rasend vor Eifersucht schlug er sie zusammen. Erst jetzt fand sie in ihrer Verzweiflung die Kraft, Hilfe bei ihren Eltern zu suchen und Daniel anzuzeigen.

Der Vaterschaftstest nach Ninas Geburt war eindeutig und Daniel wurde zu Unterhaltszahlungen verpflichtet, denen er jedoch nur unregelmäßig nachkam. Lola jedoch war nur eines wichtig: sie hatte das alleinige Sorgerecht und musste Daniel nie wiedersehen.

Nach dieser üblen Erfahrung hatte sie eine Psychotherapie gemacht und war froh, dass sie Männern im Alltag wieder einigermaßen ungezwungen begegnen konnte. Ohne hinter jedem Blick, jedem Gespräch, jeder persönlichen Frage eine Anmache oder Gefahr für sich zu wittern.

An sich herangelassen hatte sie seither aber keinen mehr, obgleich es Interessenten gegeben hatte. Linus hatte tatsächlich ein Bedürfnis in ihr erweckt, von dem sie geglaubt hatte, es wäre für immer erstickt worden. Das Bedürfnis nach Zärtlichkeit, nach Nähe, vielleicht sogar nach Sex. Wie fühlte sich das an, wenn eine Männerhand über ihre Haut glitt, ihren Busen streichelte, ihre Brustwarzen neckte, ihre Schenkel liebkoste?

Ein Seufzen entrang sich Lolas Kehle und eine Träne löste sich aus ihrem Auge. Es genügte nicht mehr, Mutter zu sein und seine ganze Liebe einem Kind zu schenken. Es gab noch eine andere Liebe, eine Liebe zwischen Erwachsenen, verbunden mit einem starken körperlichen Empfinden, und die wachsende Sehnsucht nach dieser Liebe drohte sie gerade völlig aus der Bahn zu werfen.

Nina. Es war Zeit nachzusehen, ob sie schlief und richtig zugedeckt war. Wenn es dem Kind gut ging, so ging es auch ihr gut. Und vielleicht wachten die Schmetterlinge ja am nächsten Morgen wieder auf und zeigten ihr den richtigen Weg. Einen Weg zum persönlichen Glück.

25

Was für ein Samstag! Fröhlich zu einem Lied aus dem Radio pfeifend lenkte Linus seinen Wagen nach Hause. Ein großartiger Tag ging zu ende. Wenigstens hatte Lola nicht von vornherein Nein gesagt, sodass er sich Hoffnungen machen durfte. Am liebsten wäre er über Nacht geblieben, denn so wie es aussah, quälte sich sein bestes Stück damit ab, die aufgestauten Hormone zu verarbeiten. Aber was Lola dann von ihm gehalten hätte, lag wohl auf der Hand.

Mit jeder Minute hatte er sich mehr in die Rothaarige verguckt, und auch Klein-Nina hatte sein Herz erobert. Und vor allem schien sie ihn zu mögen. Das war schon mal mehr, als er sich erhofft hatte. Und sie hatte ihrerseits auch sein Herz verzaubert.

Den ganzen Tag über war sein Mobiltelefon ausgeschaltet gewesen. Nichts sollte die Zeit mit Lola stören. Zum Glück war er nicht so Handy-verrückt wie das Gros seiner Umwelt, und so war es ihm nicht allzu schwer gefallen. Jetzt aber war er doch neugierig und nutzte die erste rote Ampel, um nachzusehen.

Nachrichten im Chat … ein mulmiges Bauchgefühl stellte sich ein.

Lass uns reden.

Eine kurze und doch aussagekräftige Nachricht von Maik. Der Grund war leicht zu erraten. Die Sache duldete auch aus seiner Sicht keinen längeren Aufschub. Das Thema *Frauen* durfte ihre Freundschaft nicht in Frage stellen.

Dienstagabend, Stammkneipe?, schlug er vor.

Es dauerte nicht lange, und ein Pfeifen verkündete den Eingang der Antwort.

Okay. 19 Uhr.

Ich vermisse dich schon jetzt, schrieb Linus gleich nach dem Aufwachen. Die Nacht war unruhig und voller feuchter Träume gewesen. Er hatte erlebt, wie sie duftete, wenn ihm ihre roten Locken ins Gesicht fielen, während sie sich über ihn beugte und ihn mit ihrem sanften Erdbeermund küsste ... Wie sollte er den Sonntag ohne sie herumbekommen, und dann noch die lange Zeit bis Mittwochabend? Ein gequält klingender Ton entrang sich seiner Brust. Dagegen half nur eines: trainieren und sich verausgaben! Das würde ihm die Möglichkeit nehmen, zu viel nachzudenken. Zumindest was seinen Wachzustand betraf.

Die Ablenkung half Linus tatsächlich über den Tag, doch kaum hatte er geduscht und es sich mit einem Handtuch um die Hüften in seinem Sessel gemütlich gemacht, kreisten seine Gedanken nur um Lola, Maureen und Maik. Sätze formulierten sich in seinem Kopf, wie er Maik Vorwürfe machte und versuchte, Maureen die Verwechslung zu erklären. Andererseits, warum sollte er sich darüber noch ereifern, inzwischen war die Lage doch eine vollkommen andere. Sein Herz für Lola gewann die Oberhand. Oder waren es eher seine Hormone? Egal, im Traum war dies nicht klar voneinander zu trennen ...

Als Linus Montag früh von seinem Wecker aus dem Bett gescheucht wurde, fühlte er sich ausgelaugt. Und das lag am allerwenigsten am Joggen und am Krafttraining, soviel war klar.

Am liebsten wäre er abends einfach bei Lola vorbeigefahren. Wie ein Tiger im Käfig wanderte er in der Wohnung auf und ab. Vor neunzehn Uhr solle er nicht anrufen, hatte sie ihm gesagt. Sie bräuchte ein wenig Zeit zum Einkaufen, Kochen, Essen ... Sein eigener Appetit stockte gerade. Während er sich sonst mit schnellen, aber immerhin selbst gekochten Speisen ernährte, genügte ihm jetzt eine Scheibe Brot. Diesen alltäglichen Part gemeinsam verleben wäre eine verlockende Option. Schließlich geht Liebe bekanntermaßen auch durch den Magen.

Je näher das Treffen mit Maik rückte, desto ruhiger fühlte sich Linus von Stunde zu Stunde. Endlich würden sie ihre Unstimmigkeit bereinigen. Hoffentlich.

Als Linus das kleine Lokal betrat, war Maik bereits da. Anstelle einer eher für Südländer typischen Umarmung, mit der sie sich sonst begrüßten, reichte es heute nur für einen Händedruck. Es fühlte sich an, als stünde doch eine ziemlich hohe Mauer zwischen ihnen.

»Signore Linus, buona sera!«, begrüßte ihn Estella, die Wirtin. »Weißbier oder Montepulciano? Heute haben wir Pizza Speziale mit Frutti di Mare, Scaloppine, vorzügliche Tagliatelle, frisch gemacht. Sie könne wählen zwischen tre formaggi und …«

»Hm, okay, nehme ich. Ich meine diese Käse-Tagliatelle«, brach Linus kurzentschlossen die Aufzählung der Tagesgerichte ab. »Und ein Weißbier.«

Ob Wein oder Bier richtete sich bei Linus nach Stimmung und Durst, und im Augenblick hatte er das Gefühl, dass sein Mund wüstentrocken war.

»Va bene, hab ich mir gedacht«, erwiderte Estella mit zufriedenem Grinsen.

Nachdem sie sich entfernt hatte, mit ihrem durch ein Hüftleiden bedingten humpelnden Gang, herrschte für Sekunden eisiges Schweigen. Die beiden Männer hatten ihre Augen fest auf einen imaginären Punkt der Tischdecke gerichtet.

»Lass mich raten: du hast exakt dasselbe bestellt«, meinte Linus.

»Jipp.«

Ein Nein wäre erschreckend gewesen. Scheinbar hatten sie doch noch viel gemeinsam.

Leider war dies schon alles, was Maik sagte, und wieder stand das Schweigen zwischen ihnen. Nur das Geplaudere der Gäste an zwei anderen Tischen war zu hören.

»Hör zu, ich wusste mir in dem Moment keinen anderen Rat, als dich anzurufen und um Hilfe zu bitten«, stieß Linus schließlich hervor.

»Wäre einfacher gewesen, wenn du mir schon vorher davon erzählt hättest«, knurrte Maik.

Könnte er nicht einfach damit aufhören, diese Nummer des Beleidigten abzuziehen? Wie hielt er das über mehrere Tage hinweg aus?

Estella brachte das gut gekühlte Bier und stellte die Gläser vor den beiden ab. »Es dauert noch ein bisschen, bis die Essen komme.«

Beide nickten synchron.

»Warum hast du Maureen nicht einfach die Wahrheit gesagt? Du solltest mich doch nur entschuldigen, damit sie nicht dachte, ich würde sie versetzen.«

»Wollte ich ja …«, murmelte Maik kaum hörbar. »Aber ich konnte nicht. Sie ist so …« Er holte tief Luft, und presste dann hervor: »… bestimmend. Sie war schon sauer, weil ich zu spät war. Und da hab' ich's einfach nicht über die Lippen gebracht.«

»Hm, sie hat dir also den Schneid abgekauft?«

»Jipp.«

Puh, das war … neu. Normalerweise schaffte es niemand, Maik zu beeindrucken und mundtot zu machen. Dies war ein Geständnis, das in die Annalen ihrer Freundschaft eingehen würde.

»Und warum hast du meinen Chat gehackt?«

Maiks Finger umklammerten den Stiel des Weißbierglases so fest, dass Linus jede Sekunde damit rechnete, von einer Bierfontäne geduscht zu werden.

»Hey, Alter, diese Frau ist der Hammer. Du und Bücher? Ich hab gedacht, ich hör' nicht richtig.«

Linus sah seinen Freund an. »Dir ist schon klar, dass du dabei bist, mir meine Fast-Freundin auszuspannen?«

Maik schluckte. »Na ja, ich wollte das nicht. Ehrlich.« Endlich hob er seine Augen und ihre Blicke trafen sich.

Linus verstand. Maik war gar nicht mehr beleidigt, das hatte er fehlinterpretiert. Sein Freund hatte ein schlechtes Gewissen und die aktuelle Situation war eine ganz andere.

»Aber …«, fuhr Maik flüsternd fort. »Ich habe so etwas noch nie erlebt. Die hat mich hypnotisiert.«

Erst glucksend, dann prustend, entlud sich Linus' Lachen. »Mensch, dich hat's aber erwischt. Prost!« Er hob sein Glas und nach kurzem Zögern nahm Maik das seine und stieß mit ihm an. Seine Mundwinkel zuckten, und auf einmal lachten sie alle beide. Dann tranken sie gierig die Hälfte ihrer Gläser aus.

»Und wie soll's nun weitergehen?«

»Du wirst Maureen die Wahrheit beichten und dann werden wir sehen, ob sie mich noch haben will«, antwortete Linus und bemühte sich noch einmal um eine todernste Miene. Sollte sein Freund ruhig noch ein bisschen leiden.

»Das kann ich nicht. Das musst du selbst machen. Überhaupt, du hast uns beide ja erst in diese verzwickte Lage gebracht!«

Oha, die Situation schien sich wieder umzukehren. Das durfte er nicht zulassen.

»Na ja, aber doch nur wegen dem blöden Stau.«

»Womit wir wieder fast am Anfang wären«, schmollte Maik.

Das Essen wurde aufgetischt, aber keiner von beiden nahm das Besteck zur Hand.

»Willst du Maureen wiedersehen?«, versuchte Linus den Freund aus der Reserve zu locken.

Maik wackelte mit dem Kopf hin und her.

»Ah, blöde Frage. Du hast sie schon wieder getroffen?«

Sein Freund nickte. »Und ich hab ihr inzwischen alles erzählt.«

»Also du bist doch ein …« Linus hielt inne. Das also war Maiks kleine Rache, auch gut, dann wäre dieses Thema bereinigt. »Ihr habt doch nicht etwa schon miteinander …«

Maik starrte auf seinen Teller, dann grinste er breit. »Doch.

Und glaub mir, es war der Hammer.« Ein eigentümlicher Glanz lag in seinen Augen.

Für einen kurzen Moment fühlte Linus Wut in sich aufsteigen, doch diese legte sich ebenso schnell wieder.

»Prima. Dann ist ja alles klar.«

Verwirrt starrte Maik ihn an.

Linus nahm die Gabel und begann, Tagliatelle aufzuwickeln. Heiß dampfte die Käsesauce empor. »Sie gehört dir.«

»Wie jetzt?«

»Ist doch ganz einfach ... hm, ist das gut. Iss!«

»Jetzt hör' doch mit dem Blödsinn auf und red' Klartext!«

»Maureen gehört dir!«

Maik schaute ihn ungläubig an, schüttelte den Kopf und tippte sich dann an die Schläfe. »Jetzt spinnst du total. Erst jammerst du von wegen Horoskop und sie ist die Frau deines Lebens – und jetzt willst du sie nicht mehr?«

»Richtig. So ist es.«

»Hä? Du machst den ganzen Zirkus mit dieser Partnervermittlung – und dann – Eins, Zwei, Drei und Puff, vorbei?«

»Hm, hm. – Iss! Die Tagliatelle sind köstlich!«

Maiks Miene drückte Unverständnis aus. »Ich will jetzt sofort wissen, was passiert ist!«

»Ich erzähl's dir nach dem Essen«, nuschelte Linus und ließ sich nicht aus der Ruhe bringen. »Versprochen.«

»Du hast dich anderweitig verliebt«, mutmaßte Maik misstrauisch und Linus konnte nicht anders, als mit vollem Mund zu grinsen, was sicherlich recht dämlich aussah.

26

Endlich Mittwoch. Wie sehr sie diesem Tag entgegen gefiebert hatte! Lola kam sich gerade vor wie ein pubertierender Teenager. Unzählige Male hatte sie eine Nachricht an Linus vorbereitet, nur um sie letztendlich doch nicht abzuschicken. Ob er wohl genauso oft an sie dachte, wie sie an ihn? Ach nein, sie wollte es ihm nicht zu leicht machen und ihm nicht das Gefühl geben, sie würde auf ihn warten. Diesen Fehler hatte sie einmal begangen! Und obwohl es ihr unendlich schwer fiel, die Situation und ihre Gefühle zu analysieren und nüchtern zu betrachten, zwang sie sich bei jedem Gedanken, bei jedem Schritt, den sie in Bezug auf ihn machen wollte, darüber nachzudenken, wie es damals verlaufen war, mit Daniel. Und so schickte sie nicht eine einzige SMS ab, sondern wartete sehnsüchtig ab, welche Schritte Linus unternahm, um sie für sich zu gewinnen.

Bisher hatte er sie zweimal angerufen. Montag- und Dienstagabend. Beide Male hatten sie ein wenig am Telefon herumgealbert, über Belangloses geredet, wie der Tag verlaufen war, was sie gerade machten – abgesehen vom Telefonieren. Eigentlich gar nicht so, als wären sie ineinander verliebt.

Lola fühlte sich ein wenig gehemmt, und vielleicht ging es Linus genauso. Dennoch war sie froh, seine Stimme zu hören.

Dabei fürchtete sie im Augenblick nichts mehr, als sich im Strudel der Hormone in denselben Typ Mann zu vergucken wie beim ersten Mal. Aus genau diesem Grund würde sie Linus baldmöglichst ihren Eltern vorstellen und diese um Rat zu fragen – falls ihr Herz weiterhin der Meinung war, seinetwegen neuerdings schneller und unregelmäßiger zu schlagen. Ihr Vater war ein Meister kühler Analyse und würde Linus objektiv auf den Zahn fühlen.

Sicherlich war dies eine ungewöhnliche Vorgehensweise für eine erwachsene Frau wie sie. Aber ihre Eltern hatten ihr aus dem emotionalen Loch geholfen, in das sie gefallen war, und unterstützten sie immer noch, indem sie Nina betreuten. Und bestimmt wünschten sie ihrer Tochter nichts mehr, als dass diese eines Tages doch noch ihr Glück finden würde. Aber war das nicht ein wenig vorschnell in die Zukunft gedacht? Was war schon passiert, außer dass sie sich geküsst hatten?

Lola fuhr sich mit beiden Händen über ihre Brüste. Ihre Brustwarzen fühlten sich hart und sensibel an. Wie es wohl wäre, wenn diese wieder von einem Mann gestreichelt würden? *Genug der Träumerei!*, schalt sie sich und sah auf die Uhr. Wenn sie noch länger trödelte, riskierte sie in den morgendlichen Stau auf der Autobahn zu geraten. Jede Minute zählte. Heute Abend würde sie Linus wiedersehen, sie waren zum Essen verabredet und der Rest würde sich finden!

Gerade als Lola die Wohnungstür öffnen wollte, zuckte sie unter dem lauten Klingeln ihres Handys zusammen. *Nina, hoffentlich ist nichts mit Nina ...* Anrufe um diese frühe Uhrzeit bedeuteten in der Regel nichts Gutes. *Eine schmerzhafte Ohrentzündung, die sich über Nacht eingestellt hatte. Unerklärliches Fieber.* Es hatte schon einige Situationen gegeben, in denen Nina, trotzdem sie sich bei ihren Großeltern wohl fühlte, weinend nach ihrer Mama verlangt hatte.

Hektisch öffnete Lola ihre Handtasche und hätte das Mobile Phone beinahe fallen lassen.

»Hallo?«

»Guten Morgen, Lola. Ich wollte nur deine Stimme hören und dich fragen, ob du gut geschlafen hast?«

Ihr Herz machte einen Satz und es überkam sie augenblicklich

Erleichterung, als sie Linus' Stimme vernahm. *Ruhig durchatmen, es ist nichts passiert!*

»Danke, ja. Und du? Hast du auch gut geschlafen?«

»Jein …«

»Was meinst du?«

Stirnrunzelnd sah Lola auf die Uhr. Die Zeit lief gegen sie.

»Ich muss ständig an dich denken. Es ist noch so schrecklich lang bis heute Abend«, sprach er leise ins Telefon.

Eine Hitzewelle erfasste Lola und ihre Zunge schien am Gaumen festzukleben. Sie brachte kein einziges Wort als Antwort heraus. *Es geht ihm wie mir!*, schoss es ihr durch den Kopf. *Er ist auch ganz durcheinander.*

»Ich kann es kaum erwarten, dich in ein paar Stunden wiederzusehen.«

»Mir geht es genauso«, presste Lola hervor. »Und ich würde gerne noch eine Weile mit dir reden. Aber … jetzt muss ich los.«

»Ja, ja natürlich. Fahr vorsichtig.« Es hörte sich an, als hauchte er einen Kuss ins Telefon, dann hatte er aufgelegt.

Wie befürchtet herrschte bereits das allmorgendliche Chaos auf der Autobahn und schließlich kam es wegen einer Wanderbaustelle zu einem nervenaufreibenden Stop-and-Go, bei dem Lolas Gedanken unweigerlich wieder zu dem zurückkehrten, was Linus gesagt hatte. *Ich muss ständig an dich denken.* War das nur eine Masche, mit der er sich ihr gegenüber als verliebter Romantiker ausgab, oder entsprach dieses Geständnis der Wahrheit – was in der Tat sehr romantisch wäre. *Wenn es nur schon Abend wäre …*

Die Türglocke schellte fast pünktlich zur vereinbarten Zeit. Endlich! Lola waren die letzten Minuten wie eine halbe Ewigkeit erschienen. Nervös war sie auf und ab gegangen, hatte sich immer wieder im Spiegel betrachtet, und sich gefragt, ob das weich fließende leichte Neckholderkleid, unter dem sie nur einen trägerlosen BH und einen kleinen Slip trug, nicht zu einladend wirkte. Andererseits – das Kleid stand ihr gut, auch wenn sie für draußen

einen Mantel brauchte, weil es eigentlich für die Frühlingstempe‹
raturen völlig überzogen gewählt war.

Nun war es sowieso zu spät, um es sich anders zu überlegen.
Kaum hatte sie den Türsummer betätigt, hörte sie schon ein Klopfen an ihrer Wohnungstür.

»Wow, du bist aber schnell!«

»Es kam gerade jemand aus dem Haus«, grinste Linus und
hauchte ihr einen Kuss auf die Lippen, ehe sie zurückweichen
konnte. »Gehen wir?«

Die Zeit verging wie im Flug. Mit seiner ungezwungenen Art hatte
Linus ihr schnell ihre Anspannung genommen. In einer kleinen
familiär wirkenden Pizzeria erzählten sie sich bei Rotwein und
leckerem Essen mehr über ihr Leben, ihren Beruf, ihre Wünsche
und Ziele. Nur die Episode mit Daniel vereinfachte Lola darauf,
dass der Vater ihrer Tochter leider der größte Irrtum in ihrem
Leben gewesen war. Zu ihrer Erleichterung wollte Linus nicht
mehr zu diesem Thema wissen. Dafür hielt er ihre Hand, machte
Scherze und lachte mit ihr. Selten hatte sie sich so wohl gefühlt.
Und als er sie endlich heiß küsste, hievte er sie für einen kurzen
Augenblick aus dem Alltag heraus und bis in den siebten Himmel.

Es war schon nach zehn, als er sie nach Hause brachte. Linus stieg
aus, und sie wartete, ob er ihr die Autotür öffnen würde. Ein Tipp
ihres Vaters, den sie bislang als ziemlich albern und altmodisch
betrachtet hatte. Und tatsächlich, Linus zeigte sich als vollendeter
Kavalier, reichte ihr sogar die Hand zum Aussteigen, als wäre dies
selbstverständlich, und begleitete sie bis zur Tür.

»Es war ein wunderschöner Abend, Lola. Wann sehen wir uns
wieder?«

Verdammt, warum küsste er sie jetzt nicht? Sie konnte davon
nicht genug bekommen, oder erwartete er, dass sie auch einmal
die Initiative ergriff?

»Samstag«, hauchte sie angespannt und fand sich plötzlich in seinem Arm wieder.

»Wirklich erst Samstag?«, flüsterte sein Mund an ihren Lippen.

Wenn er eine Antwort wollte, dann sollte er sie bekommen. Sanft presste sie ihre Lippen auf seine, und als hätte er nur auf ein kleines Signal von ihr gewartet, öffnete sich sein Mund nun zu einem leidenschaftlichen Kuss. Seine Arme zogen sie näher an seinen Körper. Seine Zunge spielte sanft mit ihrer. Seine linke Hand lag auf einmal auf ihrem Po und knetete ihn zärtlich. Ihr Körper vibrierte von oben bis unten, als wäre sie ein Musikinstrument, und er zupfte gefühlvoll die Saiten.

Kurz darauf waren sie beide außer Atem und standen Stirn an Stirn gelehnt da.

»Willst du noch mit reinkommen?«, murmelte Lola. Ihre Lippen brannten heiß von seinem Kuss. *Du meine Güte*, hatte sie ihn wirklich aufgefordert?

War er überrascht? Sie sah, wie er schluckte und dass sie beide an dasselbe dachten. Würde er mit hinaufkommen, dann sicherlich nicht, um eine Tasse Kaffee zu trinken. Ihr Herz flatterte so sehr, dass sie befürchtete, jede Sekunde ohnmächtig zu werden.

»Möchtest du das wirklich?«, fragte er leise, als könne er es nicht glauben.

Lola nickte. Ein drängendes Bedürfnis bemächtigte sich ihrer und sie war bereit, jetzt, in diesem Moment, jedes Risiko einzugehen. Als würde sie körperlich verhungern und müsste diesem Drang nachgeben, um nicht zu sterben. So etwas hatte sie noch nie erlebt, aber es fühlte sich richtig an.

Mit zitternder Hand drehte sie den Schlüssel um und zog Linus an der Hand hinter sich her, die Treppe hinauf. Von einer impulsiven Ungeduld erfasst.

Kaum waren sie in ihrer Wohnung angekommen, ließ sie ihre Handtasche einfach fallen, zerrte sich die Sandaletten von den Füßen und legte ihre Hände um seinen Nacken, auf Zehenspitzen sich ihm entgegen reckend. Die unerklärlich intensive Begierde duldete keinen Aufschub. Sie musste ihn schmecken, jetzt, mit ganzer Hingabe. Sein Mund schmeckte köstlich und ihre körperliche Sehnsucht wurde noch intensiver.

Seine warmen Hände umfingen sie, zogen sie näher an sich heran, streichelten ihr über die Arme, über den Rücken, über den Po. Es war ein wenig besitzergreifend und sie wusste nicht, ob sie das ertragen konnte. Andererseits war sein Druck auch sehr sanft und zärtlich, und sie war lange nicht so berührt worden, dass sie das Gefühl empfunden hatte, begehrt zu werden. Schließlich legten sich seine Hände fester auf ihre Pobacken, und als hätten sie beide das schon hunderte Male gemacht, spreizte sie wie von selbst ihre Beine und legte ihre Schenkel um ihn, während er sie ins Wohnzimmer trug.

Vorsichtig setzte Linus sich mit ihr auf die Couch und öffnete dann die Schleife des Kleides in ihrem Nacken. Das Oberteil rutschte über ihre Brüste hinab und sie sahen sich beide an. Doch nicht die Nacktheit ihres Oberkörpers, kaum verhüllt von dem halbtransparenten trägerlosen Büstenhalter, ließ sie sich für einen Augenblick verspannen, sondern die Tatsache, dass sie mit gespreizten Schenkeln geöffnet über ihm saß. Ihr eigener Mut raubte ihr für einen Moment den Atem. Ob er es bemerkt hatte?

»Bist du sicher, dass du das schon willst?«, fragte er rau. »Ich will dich nicht drängen. Du sollst nicht glauben, dass es mir nur um Sex geht.«

Lola schaute ihm stumm in die Augen. Warum sprach er nicht aus, was sie hören wollte und was sie ein wenig beruhigen würde?

Seine Lippen schnappten und saugten sanft an ihren, neckten ihren Mund, sich ihm zu öffnen. Sie sollte weniger nachdenken und sich mehr von ihrer Intuition leiten lassen. Liebe, Beziehung … das konnte man nicht ohne Risiko beginnen. Seine Küsse, seine Nähe, seine zärtlichen Hände raubten ihr den Verstand und auch einen Teil ihrer Zweifel. Obwohl sie gerne wüsste, was er wirklich für sie empfand. Doch selbst wenn er ihr sagen würde, dass er sie liebte – hatte Daniel das nicht auch getan und sie letztlich nur als seinen Besitz betrachtet? Was waren schon Worte?

Im Übrigen hatte sie ihre Entscheidung, sich Linus noch in dieser Nacht hinzugeben, längst getroffen. Trotz ihrer Unsicherheit. Sie musste wohl ein wenig verrückt sein. Oder sie war von einem Anfall der Risikobereitschaft befallen, der für sie gar nicht typisch war.

»Ich will dich«, erwiderte sie entschlossen und zog ihm sein milchkaffeebraunes Poloshirt aus dem Bund. Linus hob seine Arme, ohne den Blick auch nur eine Sekunde von ihrem Gesicht abzuwenden, und sie zog ihm das Shirt über den Kopf. Sein Gesichtsausdruck war ungewöhnlich ernst, als versuchte er zu ergründen, was in ihr vorging.

Sie rückte ein wenig nach hinten, fuhr mit beiden Händen über seine Schultern, die Oberarme, die Brust und fühlte überall seine kräftige Muskulatur. Er war kein Adonis, kein Mann von ausgesprochener Schönheit. Kein Modell aus einem Männermagazin. Aber einer mit einem durchtrainierten, wohlproportionierten Körper ohne Speckröllchen.

Warum denke ich darüber nach? Sollte mir nicht sein Charakter wichtiger sein als Äußerlichkeiten?

Das kam nur daher, weil auch Daniel seinen Körper mit regelmäßigem Training gestählt hatte, dabei jedoch dünner und im Ausdruck unnahbarer und härter gewirkt hatte. Was sich letztlich auch in seinem Verhalten widerspiegelte. Hart, bestimmend, unnachgiebig. Wenn Daniel etwas verlangt hatte, wurde es gemacht.

Dieser Körper hingegen hatte ausgewogene Dimensionen, eine in sich stimmige männliche Ausstrahlung, und das gefiel ihr sehr. Abgesehen davon, wenn sie Linus anschaute, fand sie Emotionen in seinem Blick und seiner Mimik, die den ihren ähnelten, und aus denen er zur ihrer Freude keinen Hehl machte. Eigentlich brauchte er ihr keine Liebesschwüre zu bekunden.

Lola beugte sich vor, um über seine kleinen dunklen Nippel zu lecken. Dabei versuchte sie nicht auf die Erektion zu starren, die sich in seiner Hose andeutete. Es war normal und es war wünschenswert, dass ihn ihre Nähe erregte. Wäre da nur nicht diese unterschwellige Angst. Würde er sie sich im entscheidenden

Moment einfach nehmen, seinen männlichen Trieb rücksichtslos befriedigen, oder einfühlsam sein?

Seine Haut fühlte sich weich und samtig unter ihren Fingern an. Verblüfft stellte sie fest, dass ihr sein Geruch gefiel, als sie kleine Küsse auf seiner Haut verteilte und seinen Duft einatmete. Ein wenig Sandelholz, herb und kräftig im Bereich von Hals, Schultern und Achseln, den Bauch hinab in einem weicheren Duft eines Duschgels oder einer Bodylotion übergehend. Mit einem herben Unterton seines Eigengeruchs. Alles in allem eine ganz eigene Note, die ihrer Nase sehr angenehm war und beruhigend auf ihre Nervosität wirkte.

Mit einem wohligen Seufzen genoss er ihre Berührungen.

Ihre Hände legten sich auf seine Schultern und sie beugte sich seinem Gesicht entgegen, küsste seine Stirn, seine Schläfen, seine Wangen und seinen Mund. Mit geschlossenen Augen legte er den Kopf in den Nacken und gab sich genießerisch ihrer Zärtlichkeit hin. Sie fühlte den Geschmack seiner Haut auf ihrer Zunge und fand, er schmeckte köstlich.

Als er die Augen wieder aufschlug, lächelten sie sich an. Langsam schob Linus den BH über ihre rechte Brust herab, streichelte mit seinem Daumen über das bereits verhärtete Knöpfchen und Lola stöhnte auf. Seine Berührung war elektrisierend. Fast meinte sie zu fühlen, wie sich ihre Brustwarzen reckten und ihre Brüste schwollen. Er senkte seinen Kopf herab, um ihren Nippel zu saugen, und sie richtete sich auf, um ihm entgegen zu kommen. Sie schloss die Augen und fühlte, wie er den BH nun vollends herabschob, einen Nippel mit seiner Zunge umkreiste, den anderen sanft mit seinen Fingern zwirbelte.

Ah! Lola erinnerte sich nicht, es jemals als so schön empfunden zu haben. Sex mit Daniel war stets mit Angst verbunden gewesen, aber bei Linus fühlte sie keine Angst. Binnen Sekunden entfachte sein Tun ein Inferno in ihrem Unterleib, ihre Schamlippen wurden heiß und feucht, und sie wünschte sich nichts sehnlicher, als bald von ihm ausgefüllt zu werden. Als wollte er sich davon überzeugen, welche Wirkung seine Zungen- und Fingerfertigkeit bei ihr hatte, schob er nun eine Hand unter ihren Rock, fühlte und hielt kurz inne, mit einem Laut, der Überraschung ausdrückte.

Lola kicherte. Bestimmt hatte er *das* nicht erwartet. Seine Finger erkundeten behutsam ihren intimsten Körperbereich, der sich ihm bereits völlig nackt unter dem Kleid offenbarte.

Er sah sie an und verzog den Mund zu einem Grinsen. »Wann hast du …?«

Lola lächelte spitzbübisch. »Auf der Toilette, im Restaurant.« Es war eine spontane Entscheidung gewesen, etwas, was sie noch nie gemacht hatte und sie hatte sich dabei ein klein wenig verrucht gefühlt. Seine Gegenwart führte zu außergewöhnlichen Ideen und sie war froh, es einfach getan zu haben.

»Du kleine Verführerin«, gab er zurück und wandte sich wieder ihrem Nippel zu. Seine Hand teilte ihre Schamlippen, fand ihre empfindsame Perle und streichelte sie. Als Lola zurückzuckte, fragte er, ohne ihren Nippel aus seinen Lippen zu entlassen: »Sanfter?«

»Ja bitte«, flüsterte Lola. »Oh ja, ja, so ist es schön.«

Ihr Stöhnen wurde lauter und sie konzentrierte sich völlig darauf, sich dem Vibrieren hinzugeben, das sie von oben bis unten erfasste. Die Lust schien in ihren Adern zu kochen, denn ihr wurde immer heißer und ihr Schoß wurde immer nasser. Irgendetwas raste durch ihren Körper, verlieh ihr ein ungewohntes neues Erlebnis, ein nie kennengelerntes Glücksgefühl, das sie berauschte.

Es war an der Zeit, ihrerseits seinen Körper zu erkunden und zu verwöhnen. Als sie sich auf seinen Schoß sinken ließ, spürte sie seinen harten Schwanz durch die helle Leinenhose. Noch fühlte sie seinen Finger, den er nicht zurückgezogen hatte, und rieb sich mit ihrer Knospe daran. Vielleicht würde seine Hose von ihrer Feuchte Flecken davontragen? Bestimmt. Fast hätte sie darüber gelacht, wie egal ihr das war.

»Komm«, bat Linus mit einem dunklen Vibrieren in der Stimme. »Lass uns in dein Schlafzimmer wechseln.«

Als sie nickte, zog er sie näher an sich, umfasste ihre Pobacken und im zweiten Versuch gelang es ihm tatsächlich, mit ihr aufzustehen und sie hinüber zu tragen. Wie stark er war!

Sanft setzte er sie auf dem Bett ab und half ihr aus dem Kleid. Lola sank auf die Bettdecke zurück und räkelte sich, ein Bein leicht angezogen. Gefiel ihm, was er sah?

Nun fielen auch seine Kleidungsstücke und diesmal konnte sie nicht anders, als seine Erektion anzustarren. Kräftig, von deutlichen Adern überzogen, die Eichel samtig glänzend, reckte sich sein Schwanz ihr entgegen.

Linus kniete sich neben sie auf das Bett, um sich über sie zu beugen. Wie wunderbar es war, wenn er über ihre Brüste streichelte, ihren flachen Bauch küsste, sein Mund und seine Hände scheinbar überall waren! Nur als er ihr Nestchen aus rotblonden gestutzten Haaren weiter erkunden wollte, hob er kurz den Kopf und fragte: »Darf ich?«

Lola zögerte. Noch vor wenigen Tagen, *ach selbst vor ein paar Stunden*, wäre sie über so viel Intimität entsetzt gewesen. Aber das lustvolle Vibrieren, das ihren Körper durchflutete, war drängender als die Angst, die sie seit damals, seit jener Zeit mit Daniel, beherrschte. Er hätte sich nun auf sie gelegt und sie einfach genommen, gleichgültig ob sie schon bereit wäre oder nicht. Aber irgendetwas hatte Linus an sich, dass sie ihm vertraute, und sich ihm ganz und gar hingeben wollte. Am liebsten wollte sie dabei weinen. Das Glück schien so nah.

Langsam spreizte sie ihre Beine und sah ihm zu, wie er zwischen ihre Schenkel glitt, die Innenseiten streichelte und küsste. Mit einem kleinen Aufschrei zuckte sie unter der elektrisierenden Berührung zusammen.

»Nicht gut? Bin ich zu grob?« Sein Gesicht tauchte über ihrem Schoß auf.

»Nein, Nein, mach weiter. Das ist ... überwältigend!«

Eigentlich war sie noch nicht soweit, dort unten intim verwöhnt zu werden. Andererseits – es war fantastisch. Ihr Unterleib badete in Lust, wie sie es noch nie erlebt hatte, und das innerhalb von Sekunden. Sein warmer Atem streifte ihren Bauch, als er dort Küsse verteilte. Dann zog er ihre Labien auseinander und drängte mit sanfter Bestimmtheit ihre Schenkel weiter auseinander, um durch ihre feuchte Mitte zu lecken.

Mit angehaltenem Atem genoss sie das Prickeln, das sein sanfter Zungenschlag auf ihrer Perle auslöste. Sie konnte nicht anders, sie musste stöhnen und ihre Finger in das Laken krallen und sich unter ihm winden. Soviel Lust hatte sie lange nicht mehr erlebt – oder überhaupt jemals? Kurz drängte sich ihr wieder die Erinnerung an Daniels Verhalten auf und sie fühlte die Angst in sich empor steigen, die ihr Innerstes beherrschte. Konnte sie sich irren und Linus wäre vielleicht doch genauso brutal wie er? Auch Daniel hatte sein wahres Gesicht nicht von Anfang an offengelegt.

»Lass dich verwöhnen«, murmelte Linus und schob mit sanftem Drängen ihre Schenkel noch ein wenig weiter auseinander. Ging denn noch mehr? Verdammt, sie lag offen vor ihm, gespreizt, geöffnet, verwundbar. Ihr Herz klopfte bis zum Anschlag.

Als Linus' Zähne vorsichtig an ihren Labien zupften, hielt Lola die Luft an. Dann fühlte sie entzückt, wie seine Zunge zärtlich über ihre Perle leckte. *Du meine Güte!* Daniel hatte sich nie die Mühe gemacht, sie mit einem intensiven Vorspiel zu erregen, schon gar nicht ihre Klitoris. Für ihn stand nur sein eigener Orgasmus im Vordergrund. *Vergiss endlich Daniel!*

Stöhnend bäumte sie sich auf und krallte ihre Finger ins Laken. So schnell war sie noch nie in Fahrt gekommen! Glühende Lust raste durch ihren Unterleib und vertrieb ihre letzten Bedenken.

»Du riechst gut«, raunte Linus. Schön, wenn er das so empfand. Sie selbst hatte ihrem eigenen Geruch nie etwas abgewinnen können. Aber vielleicht wirkte dieser auf einen Mann eben völlig anders, wie ein natürliches Aphrodisiakum.

Seinen Namen murmelnd reckte sie sich ihm entgegen und schloss die Augen. Es war köstlich! Fast zu aufregend, um es ertragen zu können. Ihre Haut war mittlerweile von einem feinen Schweißfilm überzogen.

Ein leises *Ratsch!* und Bewegungen veranlassten Lola, die Augen zu öffnen. Linus hatte sich hingekniet und riss gerade so leise wie möglich ein Kondompäckchen auf. Wo hatte er das denn her? Aus seiner Hosentasche? Sie sah ihm dabei zu, wie er den Pariser geschickt überstreifte.

Im selben Augenblick, da er sich langsam über sie schob, ihre Brüste sanft knetete und an ihren Nippeln saugte, wusste sie, dass es nicht bei diesem einen Mal bleiben durfte. Es war einfach zu schön. Als er in sie eindrang und sie langsam dehnte, entfuhr Lola ein kurzer Lustschrei, so überwältigt war sie von dem, was in ihrem Unterleib stattfand. Ihre Vaginalmuskeln zogen sich um seinen Schwanz zusammen. Pochend, verlangend.

Es fühlte sich so verdammt gut an, und es wurde noch besser, als er sich nun in ihr bewegte, sich aus ihr herauszog, nur um sich sogleich wieder tief hinein zu stoßen. Dazwischen schnappte er nach ihren Lippen, eroberte ihren Mund mit einem heißen Kuss, stieß wieder zu und raubte ihr den Atem. Schneller als erwartet schlugen die Wellen des Orgasmus über ihr zusammen und entführten sie in eine andere Sphäre, weit weg aus der Wirklichkeit. Erst sein animalisches lautes Stöhnen holte sie zurück, als er sich zuckend in ihrem Schoß ergoss.

Sie waren nun beide *ein* Körper, *ein* Gefühl, *eine* Lust. Es gab nur noch diesen Mann, der ihr hemmungslose Ekstase verschaffte und das zurückgab, was sie sich nicht mehr erhofft hatte: die Aussicht auf Erfüllung und Glück. Und vielleicht sogar auf ewige Liebe.

»Geht's dir gut?«, fragte Linus leise, seitlich aufgestützt über sie gebeugt, und schob eine verschwitzte Strähne aus ihrem Gesicht.

»Großartig!«, erwiderte sie mit strahlendem Lächeln und küsste ihn.

Linus drehte sich auf den Rücken und gab einen langen zufriedenen Seufzer von sich. »So gut habe ich mich schon lange nicht mehr gefühlt. Dank dir!«

Das klang verflixt gut! Lola kroch über ihn und legte sich auf ihn drauf, um ihm in die Augen sehen zu können. Mit einem leisen

Grunzen ließ er es geschehen, stopfte sich ein Kissen hinter den Kopf und lächelte sie an.

»Liebst du mich?«, fragte sie.

»Wie kannst du eine so schwierige Frage stellen?«, erwiderte er in gespielter Entrüstung.

Sie knuffte ihn in die Seite. »Das ist eine ganz einfache Frage.«

Er nahm ihr Gesicht sanft in beide Hände. »Ja, Lola. Ja, ich liebe dich. Vom ersten Moment an.«

»Und es stört dich nicht, dass ich schon ein Kind habe?«

»Nein.« Sein Lächeln war überzeugend. »Ich finde deine Tochter ganz entzückend. Und sie scheint mich zu mögen, nicht wahr?«

»Sie spricht andauernd von dir.«

Linus gab ein leises, fröhliches Lachen von sich. Mit einem Seufzer der Erleichterung sank Lolas Kopf auf seine Brust. Sie wollte diesen Augenblick genießen, mit jeder Faser ihrer Körpers. Unter dem allmählich ruhiger werdenden Pochen seines Herzschlages schlief sie ein.

27

Es war der Hammer! Maiks Leben war mit einem Male so was von auf den Kopf gestellt! Es hatte eine Weile gedauert, bis er begriffen hatte, dass Linus nicht scherzte. Sein bester Freund hatte sich doch tatsächlich Hals über Kopf in diese Autobahnbekanntschaft verguckt. Wahnsinn! Und am Ende des Abends hatten sie sich als Höhepunkt ihrer Versöhnung auch noch betrunken.

Das Leben war verrückt! Noch verrückter aber war, dass er selbst plötzlich keinen eigenen Willen mehr besaß. Vor einer Viertelstunde hatte Maureen angerufen und ihm eine Reihe von Befehlen erteilt: Er sollte seinen Hausschlüssel unter den Fußabtreter legen und nackt, mit verbundenen Augen sich an das Andreaskreuz stellen und dort auf sie warten.

Dass er darauf nicht sofort unterwürfig bejahte, würde ihm eine Bestrafung einbringen, hatte sie ihm sogleich erklärt. Die korrekte Antwort wäre ein »Ja, Herrin« gewesen.

Nachdem sie aufgelegt hatte, regte sich Widerstand in ihm. Die war ja wohl nicht ganz bei Trost, solche Sachen von ihm zu verlangen! Das Dumme daran war nur – sein Schwanz dachte darüber anders. Allein Maureens Stimme hatte ihm schon einen Vorgeschmack der Lust gesandt, vielmehr aber noch ihre Androhung einer Strafe. Seine Knie fühlten sich mit einem Male sehr weich an und in seinem Kopf nahm ein Bild Gestalt an, wie er unterwürfig vor ihr kniete und zu ihr aufsah …

Verdammt!

Ohne weiter darüber nachzudenken holte er seinen Hausschlüssel aus der Jackentasche und legte ihn unter die Fußmatte. *Scheiß auf Bedenken, Scheiß auf Normalität!* In Windeseile zog er sich aus und sprang unter die Dusche. Ein wenig herb-masculines Deo und Eau de Toilette, ein ängstlicher Blick auf die Uhr – jeden Moment konnte sich die Tür öffnen.

Zögernd starrte Maik in den kleinen Raum hinter dem Spiegel. Noch immer war es ihm ein Rätsel, warum er diesen nicht selbst entdeckt hatte. Es war ein Wahnsinn, was Maureen von ihm verlangte. Er lieferte sich ihr aus, einer genaugenommen ihm Fremden. Sie könnte ihn verletzen, foltern, umbringen … Maik sog tief die Luft ein. *Du siehst zu viele Krimis, Alter!*

Dies war der Teil der Geschichte, den er Linus nicht erzählt hatte. Natürlich nicht. Ihre Freundschaft ging nicht soweit, dass sie sich Details ihrer sexuellen Vorlieben verrieten. *Ob Linus schockiert wäre, wenn er wüsste …? Hätte Linus sich an seiner Stelle auf Maureens Wünsche eingelassen?*

Wobei es interessant wäre zu erfahren, ob sie diese Neigung schon vorher ausgelebt hatte oder ob sie erst durch seinen geheimen Raum auf den Geschmack gekommen war. Eines Tages würde er sie das fragen.

Im Augenblick war das egal. Er würde Maureen beweisen, dass er bereit war für ihr aufregendes Spiel. In den Schubladen fand er eine Augenmaske, zog sie griffbereit über die Stirn und stellte sich an das Andreaskreuz. Er sollte sich selbst anbinden, hatte sie noch in einer Nachricht ergänzt. Es fiel ihm schwer, sich zu bücken und das Gleichgewicht zu halten, um die Manschette um den linken Fuß zu legen. Den rechten schaffte er nicht. Mit gespreizten Beinen und in gebückter Haltung – nein, das war nicht möglich. Er war doch kein Akrobat! Zumindest seinen linken Arm konnte er ebenfalls selbst festschnallen. So betrachtet schon ein wenig hilflos und ausgeliefert spürte er, wie das Blut in seinen Schwanz schoss und die Vorhaut zurückwich. Es würde nicht lange dauern, und seine Erektion stand wie eine Eins. *Okay, nun noch ihren letzten*

Befehl erfüllen und die Maske über die Augen herabziehen. Und dann wartete er ...

Die Zeit schien nicht zu vergehen. Maik hörte auf jedes Geräusch. Erst jetzt fiel ihm auf, dass seine Umgebung nicht lautlos war. Durch das offene Küchenfenster hörte er, wie eine Autotür zugeschlagen wurde. War das Maureen? Durch die Wand zum Nebenhaus drang das Plärren eines Fernsehers. Und irgendwo summte eine Fliege. Ob die Nachbarn ihn wohl hörten, wenn er schrie? Ein kalter Schauer rann seinen Rücken hinab. Er sollte die Wand gegen Schall isolieren, falls sie ihre Spiele fortsetzten. Andererseits war dies nicht seine Wohnung, nicht mehr lange.

Endlich hörte er, wie die Wohnungstür auf- und wieder zugeschlossen wurde. Rascheln, etwas klapperte, das Ziehen eines Reißverschlusses. Dann roch er ihr Parfüm.

Sein Herz schlug fühlbar härter und – verflixt – sein Schwanz reagierte zuckend in Vorfreude.

»Hallo mein Süßer. Wie ich sehe, bist du gehorsam.« Maureens Stimme war sanft. »Aber der hier ...« Ihre Finger tippten gegen seine Erektion. »Der ist ganz schön vorwitzig. Warum bist du schon so erregt? Hast du an dir herumgefummelt?«

»Nein! Habe ich nicht!«

Er fühlte ihre Finger an seinem Handgelenk und ließ es geschehen, dass sie seinen Arm anhob, um ihn am Kreuz festzuschnallen. Ein Beben lief über seinen Körper und es war offensichtlich, dass es ihn über alle Maßen erregte, ihr nun ausgeliefert zu sein.

Ein unkontrollierter Schrei entfuhr seinem Mund, als er ihre Zunge auf seiner Eichel spürte. Ihre warmen Hände umfingen seine festen Hoden und seinen Schaft, und sie leckte hingebungsvoll.

Leider dauerte dieses köstliche Erlebnis nur einen kurzen Augenblick, dann packten ihre Hände seinen rechten Fuß, drängten ihn nach außen, und die Manschette schloss sich um seinen Unterschenkel.

Stöhnend gestand Maik sich ein, dass er nun nichts mehr, rein gar nichts mehr selbst zu entscheiden hatte. Gespreizt, geöffnet, geblendet.

»Du bist viel zu geil, Sklave!«, tadelte Maureen.

»Das … das ist doch nur … weil … du so aufregend bist.« Der erste Schweiß brach ihm aus den Poren. Es war die Wahrheit, aber würde sie diese Antwort akzeptieren?

Sie lachte. »Du hast mich doch noch gar nicht gesehen.«

»Aber gehört – und gerochen. Und außerdem habe ich die ganze Zeit über an nichts anderes gedacht, als an …«

Etwas wurde gegen seine Lippen gepresst und instinktiv öffnete er den Mund in Erwartung eines Kusses. Ehe er seinen Irrtum bemerkte, war es schon zu spät.

Nein!

Hmmm! Ein Knebel steckte zwischen seinen Zähnen und unterband jedes weitere Wort. Diesmal war es jedoch kein Ballknebel, wie er ihn schon kennengelernt hatte. Sein Mund war nicht so weit aufgespreizt und gefüllt. Es war eher so, als ob seine Zähne in eine Gummistange hinein beißen würden.

Schubladen wurden aufgezogen, irgendetwas klapperte, ein Klatschen war zu hören, als probierte sie irgendetwas aus. Dann traf ihn unvorbereitet der erste Schlag auf den Po. Noch einer. Und ein weiterer.

Es schmerzte nicht übermäßig, eigentlich spürte er nur ein leichtes Brennen. Dem Geräusch und dem Empfinden nach musste es etwas Ledernes sein, vielleicht eine kleine Peitsche aus mehreren breiten Wildlederriemen.

Maureen umkreiste ihn. Schlug mal auf seine Oberschenkel, näherte sich seinem Geschlecht, klatschte ihm dann auf die Innenseite seiner Unterarme, in die Achselhöhle, zur Abwechslung wieder auf die Beine. Obwohl die Hiebe als solches nicht intensiv waren, wurde seine Haut mit jedem neuen Mal sensibler. Schließlich konnte er nicht anders, als in den Knebel zu stöhnen.

Gerade dieses Nicht-Wissen, wo sie ihn das nächste Mal treffen würde, insbesondere aber die Nähe einiger Hiebe zu seinem Unterleib, erregten ihn nur noch mehr. Er ertappte sich dabei, dass er nach jedem neuen Hieb kurz an den Fesseln zerrte. Das war natürlich sinnlos. Er würde hier fixiert bleiben, solange sie das für gut hielt.

Und dann kam es schlimmer.

Der nächste Treffer streifte sein Geschlecht.

Erschrocken hielt Maik kurz den Atem an. Dass dies kein Zufall gewesen war, bewies der nächste, der hauchzart auf seine Eichel klatschte.

Oh nein!

Schweiß brach aus seinen Poren. Die Peitsche streifte seine Haut, über die Brust, den Bauch, seine Lenden entlang, über die Hoden, die Innenseite seiner Schenkel. Es war kaum auszuhalten, obwohl es wie ein Streicheln war. Aber das Wissen um den Schmerz, der an denselben Stellen einsetzen könnte, jeden Moment, wenn sie es so wollte, machte ihn fast verrückt. Hilflos zerrte er an den Fesseln, grunzte in den Knebel und schüttelte den Kopf.

Da hielt sie ihn fest, indem sie eine Hand in seinen Nacken legte.

»Gefällt es dir etwa nicht?« Ihr Finger strich über seine Kuppe und verteilte die Feuchtigkeit. »Du kannst dich nicht verstellen!« Sie lachte. »Wehe du kommst!«

Als ob das in seiner Entscheidungsgewalt läge! Sie war doch diejenige, die seine Lust provozierte!

»Willst du, dass ich weiter mache?« Ihre Hand gab seinen Kopf frei, fuhr ihm zärtlich über die Wange.

Trotz seiner inneren Zweifel nickte er. Es galt seine Ängste zu besiegen und ihr zu vertrauen, wenn er erfahren wollte, was sie noch geplant hatte. Und das wollte er. Seine Neugierde und seine Erregung waren mächtigere Empfindungen als das furchtsame Klopfen seines Herzens.

»Du musst keine Angst haben«, beteuerte sie, als könnte sie in seinen Gedanken lesen.

Für einen Moment geschah nichts, dann fühlte er die köstliche feuchte Wärme ihres Mundes, in die sein Schwanz eintauchte. Seine Erektion explodierte fast unter ihrer sinnlichen Stimulation.

Ich komme, gleich, jetzt …

Maik schrie in den Knebel, warf den Kopf nach hinten. *Jetzt!*
Aber Maureen hatte alles unter Kontrolle. Es hätte nur noch
einer kleinen Berührung, eines weiteren Zungenschlages bedurft,
um seinen Orgasmus auszulösen. Im entscheidenden Moment
jedoch hörte sie auf, fing an fröhlich vor sich hin zu summen
und entfernte sich.

Nein!

Verzweifelt zerrte er an den Fesseln. Nichts wünschte sich Maik
mehr herbei, als den erlösenden Höhepunkt. Aber so sehr er sich
auch auf seine Erektion konzentrierte – er blieb ihm verwehrt.
Verdammt, sein Schwanz gehorchte der Herrin, da konnte er
selbst sich Gedanken hin und her machen, beeinflussen konnte
er gar nichts.

Schritte durchquerten den Raum, etwas wurde herumgerückt,
ein stetiges Hin und Her. Langsam, ganz langsam ließ seine Erregung ein wenig nach. In seinen Adern jedoch kochte weiter die
Lust und die Neugierde hielt seine Ohren wach.

Was hatte Maureen vor?

Es dauerte eine geraume Zeit, ehe sie wieder zu ihm kam. Ihre
Fingernägel kratzten über seine Nippel, umrundeten sie, zwickten
hinein. Maik stöhnte verhalten. *Du meine Güte, ist dies ein Teil
ihres persönlichen Sadismus?* Ihn mit Lust zu quälen und im entscheidenden Moment aufzuhören? Und dies wieder und wieder,
unterbrochen von dem sinnlichen Necken ihrer Zungenspitze?

»Ich werde dich jetzt losmachen und führen. Und du wirst einfach nur gehorchen.«

Maik nickte. Die Spannung stieg. Gleich würde er wissen, was
sie die ganze Zeit über vorbereitet hatte.

Seine Fesseln wurden gelöst, dann packte sie ihn von hinten an
den Armen, schob ihn vorwärts, drehte ihn, bis er mit den Ober-
schenkeln irgendwo dagegen stieß.

»Hinsetzen und hinlegen.«

Auch jetzt leitete sie ihn, bis er ausgestreckt da lag, wohl auf
dem Strafbock, der zum Inventar des Spielzimmers gehörte und

höhenverstellbar war. Da der Bock allerdings zu kurz war, um sich der Länge nach darauf zu legen, hatte sie diesen scheinbar durch einen kleinen Umbau irgendwie verlängert. Vielleicht mit einem Brett, denn er ertastete einen harten Untergrund, über den eine Decke ausgebreitet war. Kam lag er, fixierte sie seine Hände über Kopf, dann seine Füße, leicht gespreizt, mit freiem Zugriff auf seine Hoden. Maik kam sich vor wie auf einer Streckbank. Zuletzt nahm sie ihm die Augenmaske ab.

Ein paar Mal Blinzeln genügte, um wieder scharf zu sehen. Dabei stellte er fest, dass Maureen zwei große Poster an die Wand gehängt hatte. Auf beiden war ein nackter Mann zu sehen, der einer Domina zu Diensten war. Auf dem einen Bild hatte diese ein Bein auf einem Stuhl aufgestellt, so dass er ihr – die Hände mit schweren Ketten auf den Rücken gefesselt – ihre rasierte Muschi lecken konnte. Es war deutlich zu erkennen, dass er seine Zungenspitze zwischen ihre Schamlippen geschoben hatte. Sein Geschlecht wurde von einem Drahtgeflecht kontrolliert. Bei alledem sah sie ihm, selbst nur ein Mieder tragend, mit verklärtem Blick zu. Die Darstellung war atemberaubend und stimulierend. Maik konnte kaum seine Augen davon abwenden.

Auf dem anderen Bild kniete ein etwas pummliger Mann aufgezäumt wie ein Pony vor der Domina, trug ein Zaumzeug mit Scheuklappen und Federbusch, an Händen und Füßen übergestülpte Hufe. Zwischen seinen Pobacken quoll ein langer Pferdeschweif hervor, über dessen Befestigung Maik lieber nicht nachdenken wollte. Den Rücken zierte ein kleiner Sattel, auf dem ein Dildo thronte. Diesmal waren Penis und Hoden keiner Zurückhaltung unterworfen. Im Gegenteil, die Erektion des Liebesponys hob sich deutlich vor dem schwarzen Hintergrund ab. Seine Herrin hingegen war kaum zu erkennen. Nur ihre Hand, die seinen Kopf mittels der Zügel streng nach hinten zog, und die Reitgerte, die sie in der anderen trug, ragten in den Lichtkegel, der das Pony in den Fokus des Fotos rückte.

Fast fühlte Maik so etwas wie Neid. Es musste ein tolles Gefühl sein, mit so viel Aufwand auf ein erotisches Spiel vorbereitet zu werden. Wollte Maureen ihn auf etwas Ähnliches einstimmen oder erwartete sie von ihm irgendeine Reaktion auf diese Fotos?

Maik musterte sie, während sie noch irgendwelche Vorkehrungen traf und etwas aus dem Schrank mit den Utensilien holte. Wie aufregend sie anzuschauen war! Ihr Rücken schön geschwungen, der wohlgerundete Po, nackt und fest, durch ein paar hellbraune Fransenchaps aus weichem Leder betont. Wo sie diese wohl her hatte? Er kannte nur schwarze Chaps, wie sie Harleyfahrer manchmal trugen, und eigentlich waren sie ein wenig aus der Mode gekommen. Ihr Outfit komplettierte ein ladyliker Cowboyhut über ihren geflochtenen Zöpfen.

Ihre Brüste waren voll und schwer, als sie sich wieder ihm zuwandte, die Nippel dunkel und steil. Kein Wunder, dass das Adrenalin von Neuem durch seine Adern peitschte.

Verführung pur.

Ihr Lächeln war diabolisch, als sie mit der Spitze einer Reitgerte über seine Fußsohlen strich, was höllisch kitzelte. Maik wand sich in den Fesseln, kreischte gegen den Knebel an, der ihn am Luftschnappen hinderte. Tränen liefen ihm aus den Augen und vernebelten seine Sicht. Endlich ließ sie davon ab, tippte mit der Gerte an der Innenseite seiner Schenkel aufwärts, seinem Geschlecht entgegen. Ihr Plan war absehbar. Sie würde doch nicht? Maik hielt in entsetzter Spannung den Atem an und riss die Augen weiter auf, streckte seinen Kopf empor, soweit ihm dies möglich war. Ihre Hand fuhr zwischen seine Beine, puhlte seine Hoden mehr hervor und strich sanft darüber. Verflixt, ihre zarte Berührung prickelte köstlich auf der sensiblen Haut. Wäre er nicht fixiert, würde er sie jetzt packen und ficken.

Ruhig durchatmen! Du bist ihr ausgeliefert. Sie allein entscheidet über Himmel und Hölle. Und zum Teufel – ich habe nie etwas Aufregenderes erlebt!

Mit einem Finger schnippte sie hart gegen seinen Schwanz, als wollte sie sich von dessen Standfestigkeit überzeugen.

»Ich erinnere mich nicht, dir erlaubt zu haben, so geil zu sein!«

Sein Herz machte einen Hopser, als sie mit der Reitgerte an seinem Schaft auf und ab fuhr. Keuchend versuchte er den Knebel aus dem Mund zu pressen, was natürlich sinnlos war. Sein ängstlicher Protest blieb ungehört. Der darauf folgende kleine Hieb gegen sein bestes Stück brachte ihn fast um den Verstand. Wusste sie genau, was sie da machte? Es war nicht Schmerz, der ihm den Schweiß aus den Poren trieb, nur die Angst vor der Ungewissheit.

Erleichtert sah er, wie sie die Gerte auf einem Bord beiseite legte und etwas in die Hand nahm. Ein kleines Tütchen, silbrig glänzend und schnell aufgerissen. Mit geschickten Fingern zog Maureen ein Kondom über seinen Schwanz.

»Besonders dick, damit du mir nicht zu früh abspritzt«, erklärte sie augenzwinkernd.

Dann zeigte sie ihm, dass rechts und links seiner Hüften Steigbügel vom Bock herabhingen, indem sie diese kurz anhob. Jetzt fehlte nur noch, dass sie ihn sattelte!

Etwas in der Art hatte sie offensichtlich vor, als sie nun eine kleine Decke auseinander faltete und vor seinen Augen hin und her schwenkte. Ehe Maik seinen Gedankenblitz zu Ende führen konnte, legte sie ihm den bunten Fetzen über und stülpte das Loch in der Mitte über seinen Schwanz.

Für einen Moment betrachtete sie zufrieden ihr Werk und schenkte ihm ein freches Grinsen. Die Gerte in der Hand schwang sie sich über ihn, als würde sie auf einem Indianerpony aufsitzen. Ihre feuchten Schamlippen stupsten gegen seine Eichel, und Maik versuchte seine Hüften zu heben und ihr entgegen zu kommen. Doch umsonst. Maureen stand in den Steigbügeln und ihr allein oblag es, ihn zu ficken oder nicht.

Du Luder! Sie genoss es sichtlich, ihn zum Narren zu halten.

Die Reitgerte seitlich hinter sich geschwungen, züchtigte sie seine Oberschenkel und seine Hüften, als wollte sie ihn zum Galopp antreiben. In der anderen Hand hielt sie die Zügel, die beidseits des Knebels eingeklippt waren, wie er jetzt bemerkte.

Hoppe, hoppe Reiter …

Dann endlich – senkte sie sich auf ihn herab und nahm seinen Schwanz tief in sich auf.

Es verschlug ihm schier den Atem. Eine moderne erotische Amazone lebte ihre Macht über ihn aus. Es fehlte nur noch ein Speer oder eine andere adäquate Waffe in ihrer Hand.

In wildem Ritt hüpfte Maureen auf ihm auf und ab, zog sich fast völlig von ihm runter, nur um sich sein Glied wieder tief in ihre Vagina zu stoßen, und jauchzte dabei voller Lust.

Verlockend wippten ihre Brüste vor seinem Gesicht auf und ab. Würde ihn nicht der Knebel daran hindern, so würde er versuchen, nach einem ihrer Nippel zu schnappen. In ihren Augen lag ein wollüstiger Glanz, als sie sich erneut auf ihn senkte, diesmal ganz langsam, und dann nur noch vor und zurück rutschte. Wollüstiges Stöhnen begleitete ihre Bewegungen.

Obwohl sein Schwanz infolge des Kondoms ein wenig an Sensibilität verloren hatte, spürte er dennoch ihre Wärme, ihren Rhythmus, und eigentlich war er schon aufgrund der von ihr geschaffenen Szenerie so erregt, dass er kurz davor stand abzuspritzen.

Noch einen Hieb gab sie hinter sich, als müsste sie einen störrischen Esel antreiben. Das Brennen der Haut ließ Maik in seinen Fesseln und trotz ihres Gewichts auf seinem Unterleib zusammenzucken. Sie selbst spürte scheinbar kaum etwas davon, so sehr war sie mit ihrer eigenen Begierde beschäftigt.

Noch ein Vor und Zurück, dann schrie Maureen laut auf, warf den Kopf in den Nacken und gab sich ganz ihrem Höhepunkt hin. Schweißtropfen auf der Stirn genoss sie jedes einzelne Zucken ihrer Vagina und kostete das Nachbeben mit geschlossenen Augen aus.

Enttäuscht machte auch Maik seine Augen zu. Es war berührend anzusehen, wie lustvoll dieses Spiel für sie gewesen war. Aber was war mit ihm? Sie hatte ihren Spaß gehabt, sein eigener Orgasmus jedoch rückte in unbekannte Ferne. War er der Verlierer in diesem Spiel?

Da nahm Maureen ihren Ritt plötzlich wieder auf. Ihre Finger massierten sanft seine Brustwarzen und Maik riss erstaunt die Augen auf und starrte sie verklärt an. Zwei, drei Bewegungen von ihr, dann explodierte der Vulkan und sein Körper spannte sich unter dem gewaltigen Höhepunkt in die Fesseln. Der Knebel dämpfte kaum seinen kräftigen befreienden Schrei.

Mit einem glucksenden Lachen befreite Maureen ihn davon und erstickte sein letztes glückliches Stöhnen mit einem leidenschaftlichen Kuss, bei dem ihr warmer Busen sich gegen seine Brust presste.

Was für ein Erlebnis! Maureen war sehr erleichtert über Maiks Reaktion. Sie hatte sich zwar einen Plan B zurecht gelegt, falls ihn ihr Vorhaben abgetörnt hätte und er nicht bereit gewesen wäre, Knebel und Fesseln zu akzeptieren. Das war schließlich keine alltägliche Sache. Aber es war viel besser gelaufen, als sie sich ausgemalt hatte.

Noch befanden sie sich in einem Versuchsstadium, tasteten sich von Mal zu Mal mehr heran, was Spaß machte. Es gab so viele Ideen, die erheblichen Aufwand in der Vorbereitung erforderten und gut durchdacht sein sollten. Die Cowgirl-Indianer-Nummer war nur ein kleiner Vorgeschmack gewesen.

Nachdem sie Maik von den Fesseln befreit hatte, hatten sie sich bei einer gemeinsamen Dusche entspannt, nahmen sich immer wieder in den Arm und küssten sich. Maik hatte von der Aufregung einen Bärenhunger und -durst entwickelt und ihr vorgeschlagen, sie in ein Steakhaus einzuladen. Selbst auch hungrig hatte sie gerne zugestimmt. Zwar hatte sie sich vorgenommen, ihn sanft an gesünderes und vor allem maßvolleres Essen heranzuführen, aber damit musste sie ja nicht ausgerechnet heute beginnen.

Da Maik das Thema gemieden hatte, auf sie aber einen überaus entspannten, fast ein wenig euphorisierten Eindruck machte, hatte sie ihn schließlich gefragt, was er von dieser Art Erotik halte. Sein Gesicht hatte eine rosige Farbe angenommen und es fiel ihm offensichtlich nicht leicht, seine Gefühle in Worte zu fassen. Dennoch war das Fazit zu Maureens Erleichterung eindeutig: Er fand es sehr aufregend und wollte mehr davon!

28

Das war mehr, als er erhofft hatte! Lola hatte ihn nicht nur mit in ihre Wohnung genommen, ihre Signale waren überzeugend: Sie wollte ihn! Die eigentümliche Zurückhaltung, die in jeder ihrer Gesten mitschwang, auch wenn sie sich eloquent und locker gab, war fast verflogen und ermutigte ihn. Aber dass sie sich ihm mit so viel Lust hingeben würde, das war letztlich doch eine Überraschung.

Nach dem Akt hatten sie zusammen gebadet, sich gegenseitig abgeseift und abgetrocknet, unterbrochen von heißen Küssen, und waren dann nackt unter ihre Bettdecke geschlüpft. Eine Weile lagen sie einfach nur da, er auf dem Rücken, sie seitlich an ihn gekuschelt, sein Arm um ihre Schulter gelegt, ihr Kopf auf seiner Brust, ihre Rechte auf seinem Bauch. Er spürte ihren Atem und sie hörte bestimmt seinen Herzschlag.

»Danke«, gab sie schließlich mit einem tiefen, wohligen Seufzer von sich.

»Wofür?«

»Für dieses wundervolle Erlebnis.«

Dann sagten sie beide wieder nichts. Ihre Hand streichelte über seinen Bauch, kreiste in seinem Schamhaar, kitzelte seinen Bauchnabel. Es musste ihr ein außerordentliches Bedürfnis gewesen sein, sich zu bedanken.

»Möchtest du darüber reden?«

»Hm, ich weiß nicht.«

»Du musst nicht. Aber wenn du mir vertraust, würde ich sehr gerne deine Gedanken und Sorgen mit dir teilen.«

»Hm, ich will nicht, dass es unsere Beziehung belastet.« Sie hob den Kopf und sah ihn an. »Es ist dir doch ernst, oder? Ich will kein Abenteuer!«

Linus lachte leise und zog sie fester an sich. »Du bist viel zu schade für ein Abenteuer! Du bist mir genau an dem Tag begegnet, an dem mein Horoskop mir die große Liebe versprochen hat. Ich hätte nur nicht erwartet, dass mir das ausgerechnet auf der Straße passiert.« Ein wenig ernster fügte er hinzu: »Du kannst mit mir über alles reden, wenn du möchtest.«

Lola seufzte leise, dann sank ihr Kopf wieder auf seine Brust. »Sagen wir mal so – Ninas Vater war …« Es schien ihr nur schwer über die Lippen zu kommen.

»Gewalttätig?«, mutmaßte Linus.

Stille. Dann ein kleines Seufzen. »Ja.«

Er drückte sie noch fester an sich. »Du musst keine Angst haben. Ich liebe dich. Und ich hasse Gewalt.«

Offenbar glaubte sie ihm, denn sie sagte nichts, streckte sich neben ihm aus, ihr Kopf an seiner Brust, berührte sein Bein mit ihren Zehen und legte es zuletzt über seine Schenkel. So schlief sie ein.

Diese Position war auf Dauer alles andere als bequem, aber Linus war von so tiefem Glück erfüllt, dass er diesen Frieden auf keinen Fall stören wollte. Träumte er oder war es Wirklichkeit? Es hatte den Anschein, dass er ab heute nicht mehr alleine durchs Leben gehen würde, sondern mit einer schönen und liebevollen Frau an seiner Seite, und einer kleinen Stieftochter.

Unter diesen Überlegungen schlief er ein, obwohl Lolas Kopf immer schwerer wurde und er sich gerne auf die Seite in seine gewohnte Lieblingsstellung gedreht hätte.

»Hallo, Schlafmütze! Wir müssen aufstehen!«

»Hm, was?«

Desorientiert schlug Linus die Augen auf. Dieses Zimmer war definitiv nicht sein eigenes Schlafzimmer und er hatte auch nicht von Lolas freundlicher Stimme geträumt – abrupt setzte er sich auf. Seine Schulter fühlte sich ein wenig steif an, als hätte er die ganze Nacht in einer ungünstigen Position gelegen, und er rieb mit der anderen Hand über die Gelenkkugel.

Grinsend hockte Lola auf der Bettkante, beugte sich zu ihm und hauchte ihm einen Kuss auf die Lippen. »Guten Morgen.«

»Guten Morgen, meine Süße.«

Linus fuhr sich über seine Haare. Du meine Güte, er hatte doch tatsächlich bei Lola übernachtet!

»Wie spät ist es?«

»Halb sechs. Wann musst du anfangen?«

Er atmete einmal tief durch und fuhr sich über die Bartstoppeln. »Ähm, um sieben. Ich muss vorher noch nach Hause, mich umziehen. Du weißt schon, Arbeitsklamotten.«

»Zeit für eine Tasse Kaffee?«

Linus nickte. Ihr Lächeln war zauberhaft. Ihre ganze Gestalt, ihre unverkrampfte Art, wie sie nur mit einem dünnen Sommernachthemd bekleidet vor ihm saß – er wünschte, sie hätten beide keine Verpflichtungen, sondern könnten den ganzen Tag einander widmen und sich besser kennenlernen.

Wie schön es wäre, jeden Morgen miteinander zu frühstücken. Selbst wenn nur Zeit für einen Espresso und eine Kleinigkeit wäre, besser als alleine aufzustehen. Natürlich wäre es vorschnell, solche Gedanken auszusprechen. Er durfte sie nicht mit seinen Ideen überfahren, nur weil er sich sicher war, absolut sicher, dass sie die Traumfrau war, die ihm sein Horoskop versprochen hatte.

Bevor er sie nach dem gemeinsamen Kaffee verließ, nahm er sie fest in seine Arme und atmete tief den Duft ihrer Haare ein.

»Ich bin so glücklich«, flüsterte er in ihr Ohr. »Ich ruf dich später an und du sagst mir, wann ich dich wiedersehen darf.«

»Heute Abend.«

Hatte er sich das nur ausgedacht? Er sah sie an.

»Komm heute Abend.«

Sein Herz fing an zu galoppieren. Er musste träumen. Es war einfach zu schön, um wahr zu sein.

»Hallo? Lola an Linus – ja oder nein?« Mit gehobenen Augenbrauen musterte sie ihn skeptisch.

»Entschuldige, ich … natürlich JA!«, erwiderte er lachend, hob sie hoch, drückte sie an sich und flüsterte ihr überglücklich ins Ohr: »Ja und nochmals Ja.«

29

Etwas Ungewöhnliches lag in der Luft. Das war für Maik eindeutig. Natürlich hatte es keinen Sinn, Maureen zu löchern. Ein außerordentlich strenger Blick wäre die ganze Antwort. Aber irgendetwas hatte sie vor, und Maik hätte zu gerne gewusst, was das sein würde. Denn nicht umsonst hatte Maureen ihm diesen luxuriösen »Käfig« um Schwanz und Hoden gelegt, womit sie ihn eindeutig zu ihrem Liebessklaven machte. Die *Keuschheitsschelle* bestand aus fünf *Penisringen*, die untereinander mit Kunstlederbändern verbunden waren und sich eng um seinen Schwanz schmiegten. Zwei zusätzliche Kunstlederbänder dienten als *Cockring*, um das Blut anzustauen und für eine dauerhafte Erektion zu sorgen. Außerdem bestand die Möglichkeit, am vorderen Bereich der *Keuschheitsschelle* Gewichte anzuhängen.

Mit einer Mischung aus ängstlichem Prickeln und heißem Verlangen hatte er Maureen dabei zugesehen, wie sie ihm den Peniskäfig angepasst und gegen unerwünschtes Abnehmen mit zwei winzigen Schlössern gesichert hatte.

Zu alledem sah sie selbst auch an diesem Abend wieder atemberaubend aus. Über einer schwarzen hautengen Lederkorsage, die einen verlockenden Ausblick auf die Rundungen ihrer Brüste gewährte, trug sie eine locker sitzende Bluse aus halbtransparentem schwarzem Stoff, der von silbernen feinen Lurexfäden durchzogen glitzerte. Ein Ledermini, schwarze Netzstrümpfe und hochhackige Stiefel, die bis zu den Knien reichten, komplettierten ihr Outfit. Ihre langen Haare hatte sie streng zurück gekämmt und am Oberkopf mit einer röhrenartigen silbernen Spange zu einem Pferdeschwanz hochgesteckt. Eine kleine Ledertasche, die seitlich an ihrem Gürtel befestigt war, war wohl ihr Ersatz für eine Handtasche und konnte nur für das Notwendigste wie Hausschlüssel und Lippenstift dienlich sein. Die Rolle in ihrer Beziehung unterstrich eine Reitgerte, die sie auf der anderen Seite des breiten Gürtels eingehängt hatte.

Wow! Heute Abend gab sie ganz und gar die Domina, von der er sich gerne unterwerfen ließ. Nicht ein einziges Mal in seinem »Leben vor Maureen« war Maik auf die Idee gekommen, dass ihm solche Sachen Spaß machen könnten. Nein, allein der Gedanke, einer Frau die sexuelle Führung zu überlassen, Züchtigung und Demütigung als erotisches Highlight zu empfinden, wäre ihm gar zu absonderlich, um nicht zu sagen: *pervers!* erschienen. Jetzt empfand er die Auslegung dieses Begriffes als dehnbar, denn natürlich war das, was Maureen und er praktizierten nicht pervers. Sie wollten es beide. Es war erregend. Es war euphorisierend.

Darüber hinaus einfach nur anders. Einfach nur aufregender. Einfach nur befriedigender.

Unter der Woche kamen sie meist beide zu spät nach Hause, um noch Lust auf ein ausgiebiges Spiel zu haben. Die Apotheke schloss erst um zwanzig Uhr, da sie in einem Einkaufszentrum lag, und bis Maureen noch die Kassenabrechnung oder anderen Papierkram erledigt hatte, verging meistens eine weitere Stunde. Bei Maik sah es ähnlich aus. Wenn er voll konzentriert an einem Auftrag arbeitete, schaute er nicht auf die Uhr und dachte nicht ans Nachhause gehen. Programmieren war mehr als nur ein Job. Es war für ihn gleichzeitig Hobby und Lebenselixier. Allerdings – in letzter Zeit ertappte er sich öfter dabei, zwischendurch an seine attraktive Geliebte zu denken und was sie wohl als nächstes vorhaben könnte.

Wer von ihnen beiden zuerst zuhause war, begann mit der Vorbereitung des Abendessens, wobei Maureen Wert auf gesunde Ernährung legte. Burger, Pizza, Leberkäs oder üppige Nudelgerichte waren passé. Nur wenn Maik sich wie gewohnt einmal die Woche mit Linus zu ihrem Männerabend traf, hatte er die Freiheit zu essen, was ihn anmachte. Wobei er sich nicht generell beklagen wollte. Maureen verstand sich aufs Kochen und Salate anrichten, und zauberte aus allen Zutaten ein leckeres Gericht. Es wäre ihm allerdings lieber, wenn sie nicht erwarten würde, dass er sich am Putzen und Schneiden beteiligte, und ein Wurstbrot oder Fertiggericht wäre viel schneller zubereitet. Aber darüber zu diskutieren lohnte sich nicht. In diesen Momenten spielte Maureen ihre dominante Art aus, und ihm gingen die Argumente aus, ihr zu widersprechen.

Unter diesen Umständen fand Sex fast nur am Wochenende statt. Und wenn sie unter der Woche miteinander schliefen, dann ging es über ein kleines Spiel mit Handfesseln nicht hinaus. Aber Maik war glücklich. Viel zu lange hatte er weder eine Freundin noch echten Sex gehabt, und das was Maureen an den Wochenenden daraus machte, übertraf alles.

Vermutlich liebten sie sich sogar. Die Gefühle, die er für Maureen hegte, waren so sehr von dieser neuen Begierde nach Unterwerfung und Lustschmerz geprägt, dass er sich nicht mehr sicher war, ob er es Liebe nennen sollte. Ausgesprochen hatte sie es bislang genauso wenig wie er.

Nach zwei Monaten war er bei Maureen eingezogen. In einem der kleineren Zimmer hatte sie ein Spielzimmer eingerichtet und die Tür zum Flur mit einem schwenkbaren Bücherregal getarnt. Ungebetenen Gästen blieb der unerwünschte Blick in ihr Allerheiligstes auf diese Weise sicher verwehrt.

Nach anfänglichen Startschwierigkeiten erledigten sie nun gemeinsam Einkäufe und Haushalt, wobei Maureen auch hier die treibende Kraft war. Inzwischen hatte Maik sich daran gewöhnt. Anfangs war es ein Schock gewesen, dass Maureen sein gesamtes Lotterleben umkrempelte. Auf Ordnung und Sauberkeit hatte Maik nie Wert gelegt. Alle vier Wochen erinnerte er sich mal daran, einen Staubsauger zu besitzen. Seine T-Shirts zog er ungebügelt an, so wie sie aus dem Wäschetrockner kamen, und beim Friseur war er schon seit Jahren nicht gewesen. Ein elektrischer Kurzhaarschneider für zuhause erledigte die Arbeit. Aber es waren nur die Äußerlichkeiten, die sie an ihm »zivilisierte«. Ansonsten war er immer noch er selbst. Dennoch, manchmal fragte er sich, was sie veranlasst haben mochte, ihn interessant zu finden.

Inzwischen fühlte er sich durchaus wohl dabei, dass Maureen alles im Griff hatte und dafür sorgte, dass er ordentlich gekleidet das Haus verließ und nicht wie ein typischer Nerd aussah. Und es war ihm durchaus bewusst, dass er fast alles in Kauf nehmen würde, für die wundervollen Stunden, wenn sie beide die Zeit hatten, ausgiebig miteinander zu spielen. Dies hatte im Laufe der vergangenen Monate nichts an Reiz verloren. Ganz im Gegenteil.

Wer hätte vermutet, dass die schöne Apothekerin so sadistische Züge ausleben würde, indem sie sich bei ihm Befriedigung holte. Einmal, zweimal … ihn jedoch in seiner Erregung warten und leiden ließ. Zu Anfang hatte Maik sich ernsthafte Sorgen um seine Männlichkeit gemacht, dass sein Schwanz die gelegentliche Erektionsunterdrückung und Orgasmuskontrolle mittels eines sogenannten Peniskäfigs, der ihn nach unten zwang, bald mit frustriertem Dauerhängen ahnden würde. Doch das Gegenteil war der Fall. Die Stimme seiner Herrin am Telefon genügte, seinen Schwanz zu elektrisieren. Wie lange würde es noch dauern, bis sein Arbeitskollege etwas davon mitbekam?

Zurzeit lautete Maureens Forderung, dass Maik zuhause mit nichts mehr als nur einer Latzschürze bekleidet sein sollte. Sie hatte ihm extra eine aus Latex gekauft, die für den männlichen Hauskoch angeboten wurde, ganz in Schwarz. Der Latz reichte gerade bis knapp unterhalb seiner Brustwarzen. Das eigentlich Besondere aber war der in goldener Schreibschrift aufgedruckte Schriftzug: *Sklave Maik*. Ganz nebenbei hatte Maureen erwähnt, dass ihr ein Brustwarzenpiercing gut gefallen würde, dann könnte der Latz zusätzlich daran befestigt werden.

Nein, ein Piercing? Maik starb fast vor Angst bei dem Gedanken daran. Hatte er noch ein Mitspracherecht? Wenn es nach Maureen und seinem Schwanz ging vermutlich nicht. Er konnte noch so viele Bedenken im Kopf hin und her wälzen und sich vornehmen, dass er ein freier Mensch mit einem freien Willen und dem Recht auf ein Veto war – die Idee, es um ihretwillen durchzuziehen, erregte ihn trotzdem.

Entsprechend seiner Blöße beim Tragen der Schürze hatte Maureen es vor allem auf seinen Hintern abgesehen, der ihr bevorzugtes Ziel für zärtliche Klapse, aber auch für intensive Züchtigungen mit Paddel oder Kochlöffel oder der Fliegenklatsche war. Und gelegentlich zeichneten sich ein paar bunte Striemen auf diesen Rundungen ab, die Maik nach dem ersten Mal sorgenvoll im Spiegel betrachtete. Inzwischen empfand er eine gewisse Lust dabei, Maureen solange zu provozieren, dass sie zum Rohrstock griff und ihn striemte. Wenn er am nächsten Tag auf seinem eigentlich bequemen Bürostuhl saß, durchzuckte ihn bei jeder Bewegung ein leichter Schmerz und hielt ihn in einem Rauschzustand, der einerseits anstrengend war, ihn andererseits zu Höchstleistungen beflügelte.

Über das alles nachzudenken verbot er sich. Was Spaß machte und eine innere Zufriedenheit hinterließ, musste doch einfach okay sein. Oder?

Und nun stand offensichtlich wieder etwas Neues, etwas Ungewöhnliches an. Nur mit diesem neuen Peniskäfig dekoriert stand er vor seiner Herrin und wartete, was sie als nächstes von ihm verlangte. In seinem Schwanz pochte das Blut und eine Mischung aus Endorphinen und Adrenalin jagte durch seine Adern. Dennoch ließ er widerspruchs- und regungslos geschehen, dass sie ihm ein breites, mit Nieten besetztes Halsband umlegte. Dann nickte sie zufrieden.

»Okay, das war's. Jetzt zieh dich an. Wir gehen aus.«

Was? Ausgehen? Kein erotisches Spiel? Eventuelle Fragen oder Einwände erstarben angesichts ihrer gehobenen Augenbraue, bevor er sie ausgesprochen hatte.

»Du darfst dir einen Schal umlegen, bis wir dort sind.«

Na wie nett, das Halsband durfte er also verstecken und der Rest war kein Scherz? Sie verlangte von ihm, mit dieser Deko unter der Kleidung das Haus zu verlassen? Maik fuhr sich hektisch durch die Haare. Bislang hatte ihr Spiel ausschließlich daheim stattgefunden und er hatte auch noch nie einen Peniskäfig außerhalb der eigenen Wände getragen. Unter welcher Hose sollte er sein derartig verstärktes Geschlecht verstecken? Seine Wangen und Ohren glühten. Bestimmt sah man ihm an, wie verlegen ihn das machte.

Was um Himmels Willen hatte sie vor? Wollte sie einfach nur Essen gehen oder ins Kino, und ihn auf die Probe stellen? In seinem Kopfkino krallte er seine Finger verzweifelt in die Armlehnen des Kinosessels, weil Maureen über seinen Schoß und seine Schenkel streichelte, und sein Schwanz derart stimuliert gegen den Käfig ankämpfte …

Schalt einfach deinen Kopf aus und tu, was sie verlangt! Das war doch bislang nie verkehrt!

30

Es war alles ein wenig zu schnell vonstatten gegangen, und doch war es der richtige Zeitpunkt. Als hätten sie sich bereits in einem früheren Leben gekannt – falls man die Möglichkeit in Betracht ziehen wollte, dass es so etwas wie Reinkarnation gab. Linus erschien ihr mit jeder Stunde und jedem Tag vertrauter und vor allem vertrauenswürdiger.

Es gab Tage, an denen Lola diesem persönlichen Frieden und diesem außergewöhnlichen Glück jedoch nicht trauen wollte. Drei Wochen, nachdem sie Linus kennengelernt hatte, hatte sie ihn ihren Eltern vorgestellt, auf deren Urteil sie viel Wert legte. Und Linus hatte den Test bestanden. Fast war sie darüber ein bisschen überrascht und hatte auf Pappas Einwände gewartet. Bestimmt waren ihre Eltern voreingenommen gewesen, denn Nina hatte von Mamas neuem Freund geschwärmt, wie nett der sei. Vielleicht sah man Lola das Glück aber auch wirklich an, wie ihr Pappa lächelnd behauptete.

Glück. Ein kostbares Gut, das gepflegt werden wollte.

Würde Linus sich auch in Zukunft als liebevoller, aufmerksamer und verständnisvoller Partner und Ersatzpappa erweisen? Oder würde sie beide bald der Alltag einholen?

Lola hoffte so sehr, dass sie es gemeinsam schafften.

Heute war der Tag, an dem sie zwei Häuserblocks entfernt eine Wohnungsbesichtigung machen würden. Vier Zimmer, Küche, Bad, Toilette separat, Balkon, Abstellkammer. Tiefgaragenplatz. Eine absolute Traumwohnung, wenn es klappte.

Perplex hatte sie auf den Plan geschaut, den Linus ihr ein paar Abende zuvor auf den Tisch gelegt hatte. Darauf waren ihre regelmäßigen Arbeitszeiten und seine variierenden, aber dennoch zeitlich schon Wochen im Voraus geplanten Arbeitseinsätze eingetragen. Darüber hinaus die Zeit, die Nina im Kindergarten verbrachte sowie Uhrzeiten, die sie auch künftig bei den Großeltern verbringen würde.

Es war möglich und ihr Herz machte einen freudigen Hüpfer. Wenn sie zusammenzögen, könnte sie ihre Tochter zu sich nehmen und jeden Tag sehen. Linus würde sich mit ihren Eltern abwechseln, um Nina vom Kindergarten und in einigen Monaten von der Schule abzuholen. Das einzige, was sie dazu noch bräuchten, wäre etwas mehr Platz. Eine größere Wohnung, in der sie ihre Haushalte zusammenlegen könnten, und das Schicksal meinte es gut mit ihnen. Es gab so eine Wohnung, gerade leer geworden, nicht weit weg von ihrer. Eine Wohnung für ihr künftiges Leben und Glück zu dritt, eines Tages vielleicht zu viert. Linus hatte sich um alles gekümmert, alles durchdacht, und sogar alles mit ihren Eltern besprochen, ohne ihr Wissen.

Glück. Das Glück, von dem sie schon als Teenager geträumt hatte, strömte durch ihre Adern, füllte sie von Kopf bis Fuß aus und gab ihr eine innere Ruhe und Sicherheit, die sie nicht mehr erlebt hatte, seit sie von zuhause ausgezogen war.

Aber Glück war noch mehr. Glück war auch die Sehnsucht nach dem Partner, wenn er gerade nicht zugegen war. Die Sehnsucht nach seiner Berührung, seiner Umarmung, seiner Stimme, seinem Geruch. Würde diese verzehrende und zugleich wundervolle Sehnsucht ein ganzes Leben lang anhalten können?

Lola hatte ein wenig Angst vor diesem Traum. Aber wer nicht wagt, der nicht gewinnt.

Oh wow, sie hielt sich beide Hände auf den Mund. Tränen schossen ihr in die Augen und die Uhr verschwamm vor ihren Augen. Sie blinzelte. Noch fünf Minuten, dann würde Linus sie zur Wohnungsbesichtigung abholen. Schnell tupfte sie sich die

Augenwinkel aus und sah prüfend in den Spiegel. Er sollte nichts von ihrer Unsicherheit merken. Das hatte nichts mit Unehrlichkeit ihm gegenüber zu tun. Sie fand es toll, wie sehr er sich für sie einsetzte, für Nina, für die gemeinsame Zukunft. Er sollte nicht glauben, dass sie das nicht wollte.

Denn sie wollte es so sehr, dieses gemeinsame Leben, und vor allem wollte sie ihn. In seiner Nähe fühlte sie Wärme und Liebe, und mit der Zeit würde sie ihm noch mehr vertrauen, sich wirklich geborgen fühlen, daran wollte sie einfach glauben.

Ein letzter Blick in den Spiegel, die Türklingel schellte. Alles in Ordnung.

Sie eilte zur Wohnungstür und riss sie in freudiger Erwartung auf.

»Ich bin so …«, das Wort *glücklich* blieb ihr im Hals stecken. Erschrocken wich sie zurück, schüttelte ungläubig und abwehrend den Kopf, wehrlos dem Mann gegenüber, der sofort seinen Fuß über die Türschwelle gestellt hatte, ehe sie die Tür hätte zuwerfen können.

»Hallo Lola, ich wollte mal sehen, wie es dir so geht«, sagte Daniel. Sein Lächeln war künstlich, genau so wie sie es kannte. »Du bist noch hübscher geworden.«

»Was willst du?«, brachte sie mühsam über die Lippen, gelähmt von der Angst, ganz so wie früher. Seine bloße Anwesenheit genügte. Was hatte er vor?

Mit ausgestreckter Hand schob er sie rückwärts ins Wohnzimmer. »Du hast mir ganz schön viel Ärger eingebrockt, Lola. Weißt du das? Aber ich werde dir vergeben, wenn du artig bist.«

Der Atem in ihrer Brust schmerzte. Ihr Körper war verkrampft von oben bis unten.

»Was willst du?«

Daniel lachte. »Dich. Und unser Kind. Und Geld.« Er packte sie, schlang seinen Arm um sie und zog sie grob an sich, griff in ihren Ausschnitt und riss ihr Kleid mit einem Ruck entzwei.

Lolas Widerstand erwachte. Er würde ihr neues Leben zerstören, alles kaputt machen, was gerade erst begonnen hatte. »Nein, hör auf, nein, ich will das nicht!« Sie stemmte sich mit geballten Fäusten gegen seine Brust und schrie um Hilfe, so laut sie konnte. Wie sie es in den psychotherapeutischen Sitzungen gelernt hatte. Schreien, egal ob jemand in der Nähe ist oder nicht.

Aber Daniel war zu kräftig. Er warf sie auf das Sofa, drückte sie mit einer Hand nach unten und öffnete mit der anderen seine Hose. Lola kreischte und versuchte ihn verzweifelt zu treten.

Da sackte er plötzlich von einer Faust an der Schläfe getroffen stöhnend vor dem Sofa auf die Knie, nur um sogleich von einer starken Hand am Genick gepackt und wieder auf die Füße gezogen zu werden. »Wenn du dich ihr nochmal näherst, bringe ich dich um!«

Nach einem Schlag ins Gesicht strömte jetzt Blut aus Daniels Nase und er begann zu wanken, ungläubige Verwunderung ausstrahlend.

Ihren Ex vor sich her schiebend, einen Arm auf den Rücken gedreht, verließ Linus mit ihm die Wohnung. Es kam Lola wie eine Ewigkeit vor, bis er zurückkam. Ihr zerfetztes Kleid hatte sie inzwischen ausgezogen, mit zittrigen Fingern war es ihr gelungen, etwas anderes anzuziehen.

»Geht es dir gut?«

Lola nickte. »Du kamst im rechten Moment. Aber woher wusstest du …?«

»Dein Vater hat mir vor kurzem ein wenig von Daniel erzählt, er wollte das, glaube ich gar nicht, es überkam ihn einfach, aber ich bin jetzt froh darüber.«

»Ich auch«, erwiderte sie und ein erleichtertes Lächeln eroberte ihr Gesicht, zuerst schüchtern, mit einem unsicheren Zucken um die Mundwinkel, dann immer breiter, gelöst und dann lachte sie ein befreiend klingendes Lachen. Einem Kind gleichend, das ohne arg, ohne Hintergedanken, ganz einfach anfängt zu lachen, und Linus fiel in ihr Lachen mit ein, ehe er sie inbrünstig küsste.

31

Die Gegend war Maik völlig unbekannt. Über eine Stunde waren sie schon unterwegs, von der Lindauer Autobahn Richtung Ammersee abgebogen und auf kleinen Straßen über die Dörfer gefahren, als Maureen die Geschwindigkeit drosselte, auf eine kleine, zwischen Bäumen gelegene Nebenstraße abbog und an deren Ende auf eine Art Gutshof zuhielt. Die Abendsonne tauchte die Ziegeldächer der in U-Form angeordneten Gebäude in glühendes Rot. Rundum gab es Nichts als Obstbäume, Büsche und eingezäunte Wiesen, auf der wohlgenährte zufriedene Kühe grasten.

Mehrere Autos parkten entlang des Zauns und Maureen setzte diese Reihe mit ihrem Wagen fort.

Erwartungsvoll gestimmt stieg Maik aus. Das Trommeln seines Herzens drohte den Brustkorb zu sprengen.

In das Gewummere der Musik, die durch die gekippten Fenster nach draußen drang, mischten sich Stimmen und Gelächter. Schätzungsweise zehn bis zwanzig Menschen mochten anwesend sein. Maureen wollte also wirklich unter Leute, auf eine Party oder so? Nur sie beide wussten, was sich unter seiner Kleidung verbarg. Allein dieser Gedanke genügte, einen prickelnden Schauer über seine Haut zu schicken.

Auf Maureens Zeichen öffnete Maik gehorsam den Kofferraum. Doch darin befand sich nichts außer ein paar Einkaufsbeuteln, einem Aluminium beschichteten Beutel zum Transport von Gefrorenem und einem kleinen Handbesen. Was davon wollte sie mitnehmen?

»Zieh dich aus und leg deine Sachen hinein«, forderte sie ihn auf.

Ohne sich zu regen ließ Maik ihre Worte auf sich einwirken. Er sollte was?

»Was ist? Hast du mich nicht verstanden?«

»Ähm, du meinst, ich soll …«, mit einer hilflosen Geste bekundete Maik seine Verwirrung.

»Auf geht's. Ich will dich nackt sehen!«

»Aber Maureen …« Maik blickte hinüber zum Haus, ihrem offensichtlichen Ziel. »Ich meine … muss das sein?«

Sie verschränkte die Arme vor der Brust, ein ungünstiges Zeichen. »Ich warte nicht allzu lange.«

Was dann? Würde sie ihn in den Kofferraum sperren? Das konnte sie vergessen! Freiwillig würde er da nicht hineinsteigen und zum Glück war er kräftiger als sie.

»Maik, wer bin ich?«

Oh je, wenn sie diesen strengen Unterton in der Stimme hatte, war es angeraten, wohlüberlegt zu antworten. Ihre Haltung und ihr Blick strahlten so viel Dominanz aus, dass er befürchtete, seine Beine könnten zittern. Er schluckte zweimal, ehe er antwortete.

»Du bist meine … Herrin?«

Maureen nickte. »Und als deine Herrin befehle ich dir, dich auszuziehen. Wir gehen jetzt da rein und du wirst nackt sein. Und für jede Minute, die du vertrödelst, gibt's einen Striemen.«

»Aber … da sind … Leute! Es ist mir peinlich so …« Seine Stimme zitterte und erstarb.

»Glaubst du etwa, du bist der einzige Liebessklave?«

Sollte das heißen, dort drinnen fand eine SM-Party statt? Maureen hatte mal beiläufig erwähnt, dass sie gerne auf eine solche mit ihm gehen würde. Aber das lag Wochen zurück und er hatte den Gedanken daran verdrängt. Abgesehen davon, dass er sich davor fürchtete, zum Gespött einiger Fremder zu werden, hatte sie ihn nun fast ein wenig neugierig gemacht, andere SM-Sklaven kennenzulernen. Trotzdem …

»Maureen, also – ich weiß nicht. Ich meine die werden mich auslachen!«

Er sah an sich herab und sie lachte aufgrund seiner verzweifelten Miene.

»Warum, mein großer Bär? Weil dein Schwanz in einem Käfig steckt? Glaube mir, es gibt Schlimmeres.«

Maik seufzte.

»Oder weil du ein Pummelchen bist?«

Maureen streckte eine Hand aus und fuhr ihm liebevoll über die Wange und den Hals hinab. »Lieber etwas zum Knuddeln als eine Hungerharke. Komm schon, du schaffst das!« Ihre Hand fuhr über seine Brust und streifte seine Nippel.

Verdammt, sie strömte eine unbezwingbare Macht aus. Stöhnend fragte er sich, wie er das überstehen sollte. Was sie von ihm verlangte, war ganz und gar unmöglich auszuführen.

Auf den geöffneten Kofferraum deutend trat Maureen zurück.

Okay, er wollte ihr ja gehorchen. Aber er brauchte einen Schubs, eine kleine Demütigung, um sich ihrer Forderung unterwerfen zu können. Er brauchte das Gefühl, sich gar nicht dagegen entscheiden zu können! Das Gefühl, ihr ganz und gar unterlegen zu sein.

»Züchtige mich«, bat er rau.

Für einen Moment schaute sie ihn merkwürdig an, dann öffnete sie die hintere Tür und holte einen Rohrstock heraus. Seine Herrin war offenbar auf jeden erdenklichen Fall vorbereitet.

»Hände auf die Kante!«

Maik beugte sich herab und stützte sich auf dem Rand des Kofferraums ab, den Po nach hinten gestreckt. Es war das erste Mal, dass er selbst um Schmerz bat und die Angst vor der eigenen Courage rauschte in seinen Ohren.

Seitlich von ihm stehend, schwang Maureen den Rohrstock zweimal durch die Luft und nahm Maß. Dann traf ihn der erste Streich. Sauber durchgezogen, treffsicher, direkt auf die Mitte seiner Backen. Obwohl Jeans und T-Shirt die Wucht abmilderten, spürte er einen kurzen Schmerz. Wieder pfiff der Rohrstock durch die Luft, aber der Schmerz war erträglich. Es würde eine Weile dauern, ihm so den gewünschten Gehorsam abzufordern.

»Zieh deine Hose runter!«, befahl sie ihm leise.

Noch zögerte er. Jemand könnte aus dem Haus kommen und ihn so stehen sehen? Was würde sie machen, wenn er sich weiterhin weigerte? Wollte sie ihn wirklich völlig nackt mit zu fremden Menschen nehmen? Und wäre er der einzige Mann, der sich dort als Liebessklave nackt und mit einem eindeutigen SM-Spielzeug präsentierte – er musste an seine eingesperrten Geschlechtsteile denken. Was würden diese anderen darüber denken, dass er sich so demütigen ließ? Der Gedanke war aufregend, aber auch absurd. Dergleichen hätte er vor wenigen Wochen nicht einmal ansatzweise in Erwägung gezogen. Gehörte dies zum Spiel, »seinen« Sklaven vorzuführen?

Es folgten drei intensive Hiebe in Folge und der Schmerz nahm zu. Aber noch war sein innerer Zwiespalt größer als der Wunsch, ihr einfach in Gehorsam zu vertrauen.

»Streck die Hände aus, Handflächen nach oben.«

Ein Schauer überflutete ihn und gehorsam richtete er sich auf und drehte sich zu ihr um.

»Ellenbogen durchstrecken!«

Noch nie hatte sie seine Hände gezüchtigt und er war versucht, sie wieder zurückzuziehen. Aber es war, als gehorchte ihm sein Körper nicht mehr, als wären seine Ellenbogen ausgehakt. Mit ausgestreckten Armen und zusammengebissenen Zähnen wartete er auf den Schmerz. Und dieser kam schlimmer als befürchtet. Ein roter Striemen zeichnete sich über seinen Handinnenflächen ab, gefolgt von zwei weiteren. Der Schmerz trieb ihm Tränen in die Augen.

»Zieh die Hose runter, bis zu den Füßen, aber nicht ausziehen. Und dann nimmst du wieder Position ein!«

Keuchend gehorchte er, öffnete Gürtel und Reißverschluss, schob Hose und Slip bis zu den Schuhen herab. Das war fast noch peinlicher als sich völlig auszuziehen.

Oh mein Gott! Wenn ihnen jemand zuschaute, wie sie ihn demütigte. Das Blut schoss ihm ins Gesicht. Als betrachtete er sich selbst aus gewissem Abstand, erschien vor seinem inneren Auge ein Bild seiner Selbst, wie er am Auto stand, mit heruntergelassenen Hosen, die vollen Pobacken ausgestreckt. Daneben diese wunderschöne dominante Frau.

Kaum hatte Maik sich wieder herabgebeugt, sauste auch schon der Rohrstock auf sein nacktes Hinterteil, abgemildert nur noch ein wenig durch das herabhängende T-Shirt.

Ein dumpfes Stöhnen entrang sich seinen zusammengepressten Lippen. Blut schoss in seine Genitalien und presste diese in den umgebenden Käfig. Sein Schwanz versuchte sich aufzurichten. Vergebens.

»T-Shirt ausziehen!«

Diesmal gehorchte er sofort und warf es in den Kofferraum.

Der nächste Hieb entlockte ihm einen kurzen Aufschrei, gefolgt von mühsam unterdrücktem Wimmern. Noch ehe er sich von dem Schmerz erholt hatte, folgte der zweite Hieb auf seinen Po. Brennend biss er sich in seine Haut.

Vergeblich versuchte sein Schwanz sich aufzurichten und seine Hoden verhärteten sich. Eine rauschartige Mischung aus Verzweiflung und Glückshormonen erfasste ihn. Seine Herrin hatte ihn völlig unter Kontrolle. Nur sie alleine konnte den Verschluss öffnen und ihn von dieser Qual befreien. Aber das würde sie so bald nicht tun.

Hinterlistig strich der Rohrstock über seinen Po hin und her. Sensibilisiert von den Hieben fühlte sich seine Haut sogar dort wund und empfindsam an, wo sie gar nicht getroffen worden war. Der nächste Streich traf die Rückseite seiner Oberschenkel.

»Au!«

»Runter mit dem Rest!«, befahl Maureen leise und er gehorchte nun ohne Widerspruch, warf alles ins Auto und nahm dann wieder Position ein.

Es war ein seltsames Gefühl, nackt und gefügig gemacht am

Auto zu stehen, und wahrscheinlich schon mit ein paar gut sichtbaren Striemen.

Nicht nachdenken!

Noch zweimal brannte sich der Rohrstock schmerzhaft in seine Haut, dann legte Maureen diesen in den Kofferraum, klippte eine lange Leine in die Öse des Halsbandes und zog Maik daran zurück, um den Deckel zuzuschlagen.

Dann schaute sie ihm prüfend in die Augen, sagte jedoch nichts, holte ein paar Handfesseln aus schwarzem Leder hervor und ohne dass sie etwas sagen musste, drehte er ihr den Rücken zu, um sich diese anlegen zu lassen. Als sie losging, die Leine in der Hand, blieb ihm nichts anderes übrig, als ihr zu folgen.

Sein Brustkorb bebte unter den harten Schlägen seines Herzens. *Wie im Zirkus. Bär gehorcht Dompteuse und tappst ihr, ein wenig unsicher auf den Beinen, hinterher. Fehlt nur noch ein Knebel, damit der Bär nicht beißen kann. Hoffentlich kennt mich da drinnen niemand!*

Nicht auszudenken, wenn jemand herum erzählen würde, was er mit sich machen ließ. Andererseits – warum bekundete eigentlich niemand öffentlich, dass er aus dieser submissiven Position eine Lust bezog, die ihresgleichen suchte? Schließlich war es inzwischen völlig normal sich als schwul, lesbisch, bi oder transsexuell zu outen.

Es stand außer Zweifel, dass Maureen ihm heute Nacht Befriedigung gönnen würde. Es gab immer einen Zeitpunkt, an dem auch er sein Verlangen befriedigen durfte. Die Frage war nur wann und wie. Aber gerade das machte ja auch wieder einen besonderen Reiz aus. Und dieses ungewöhnliche Erlebnis, bis dahin unter Strom zu stehen, einer besonderen Art von erotischem Strom, war die ganze Sache auf jeden Fall wert.

Ihre Hüften schwangen aufreizend bei jedem Schritt vor ihm hin und her und ihr Pferdeschwanz wippte im selben Takt. Obwohl ihre Stiefel halsbrecherische Absätze hatten, lief sie sicher, ohne zu stolpern. Bei ihm hingegen bohrten sich Steinchen unangenehm pieksend in seine bloßen Fußsohlen, was seinen Gang unsicher machte.

Die Fassade des Hauptgebäudes war in gleichmäßigen Abständen von einer Vielzahl Fenster untergliedert. Von den in Tannengrün gestrichenen Fensterläden waren einige zugeklappt. Aus den übrigen drang Licht zwischen vorgezogenen Vorhängen hindurch.

Vor einem Nebengebäude stand ein alter Heuwagen mit Gerätschaften, die veraltet waren. Insgesamt sah es ziemlich sauber aus, der Hof wie frisch gekehrt. Eine Mischung aus Kopfsteinpflaster, Rasenstücken und einem kleinen Blumengarten vor dem Haus. Allerdings war nicht klar zu erkennen, ob die Kühe auf der Weide zu diesem Hof gehörten und dieser noch bewirtschaftet wurde oder ob er eher Übernachtungen und Freizeitaktivitäten diente.

Die Musik kam jedoch nicht aus dem Hauptgebäude, sondern aus einem vergleichsweise großen Anbau, unten verputzt, oben mit Holz verkleidet.

Die Landhaustür stand offen. Ein zweigeteilter Vorhang verwehrte nach einem kurzen Eingangsbereich den Blick nach innen und diente wohl dem Abhalten von Zugluft und Staub. Resolut schob Maureen den schweren Stoff mit einer Hand beiseite, ging hindurch. Den Vorhang mit der Schulter abfangend folgte Maik ihr. Ein breiter holzvertäfelter Flur wurde sichtbar, von dem mehrere Türen abgingen sowie eine mächtige Holztreppe, die nach oben führte. Kleine Geweihe, einige Trockenkränze und eine hölzerne Truhe verstärkten den Landhauscharakter.

Die Geräuschkulisse kam ganz offensichtlich von oben. Mit jeder Stufe, die sie sich dem Geschehen näherten, wurde es lauter.

Oben angekommen lag ein großer Saal vor ihnen, vielleicht eine umgebaute Tenne, auf der früher Stroh gedroschen wurde. Im Bereich kleiner Lichtinseln waren Menschen zu erkennen, die sich unterhielten und lachten. Andere Bereiche des Raumes lagen im Halbdunkeln, und Maik musste die Augen zusammenkneifen, um dort jemanden zu erkennen. Sofort fiel ihm auf, dass Lack und Leder vorherrschten, blitzende Chromapplikationen – und

viel Haut, vor allem bei den Frauen. Manche trugen ein brust-
freies Bustier und Minirock, andere ein wie eine zweite Haut eng
anliegendes Kleid, viele waren nackt oder durch knappe Acces-
soires wie Knebel, Halsbänder oder anderes deutlich als Sklaven
kenntlich gemacht.

Erleichtert atmete Maik tief durch. Er war nicht der einzige
Sklave, und definitiv auch nicht der einzige, der recht mollig war.
Sein Blick blieb an einer Frau um die Dreißig hängen, die neben
ihrem Dom, einem kräftigen Mann von einsneunzig, besonders
winzig wirkte. Ihr Körper inklusive Arme und Beine war eng in
eine Art Fischnetz gehüllt, was sie zwang, mit trippelnden Schritten zu gehen. Auf dem Kopf trug sie eine Kappe aus türkisgrü-
nen Schuppen. Kleine Muscheln wippten an ihren Nippeln und
ihr Mund war von einem roten Ballknebel verschlossen, den ein
Kinnriemen sicherte.

Ihr Anblick übte auf Maik eine gewisse Faszination aus.

Der Mann kam auf Maureen zu, schüttelte ihr die Hand, nickte
Maik jedoch nur lächelnd zu.

»Servus, ich bin Paddy. Ihr seid das erste Mal hier, nicht wahr?«,
richtete er sich an Maureen und sie bejahte.

Offenbar musste Eintritt bezahlt werden, denn Maureen reichte
ihm zwei Scheine und er gab ihr zwei kleine Karten zurück.

»Komm, ich zeige euch alles.«

Rund um die Tanzfläche in der Mitte reihten sich Sitzgruppen,
zwei Bars mit Getränken, und zum Rand hin diverse Möglichkeiten, mit seinem Sklaven zu spielen. Gerade wurde eine Frau,
die an einem Andreaskreuz stand, von einer anderen genüsslich
ausgepeitscht. Andere knieten neben ihrem Dom und hielten sein
Glas, oder sprachen mit anderen Sklavinnen, während ihre Doms
sich untereinander austauschten. Es wurde getrunken, gelacht,
zum Teil sogar geraucht, ungeniert gefummelt und getätschelt.
Man war eindeutig unter Gleichgesinnten.

Nur – hatte Maureen nicht behauptet, es gäbe noch weitere
Liebessklaven? Das hatte er tatsächlich auf das männliche Ge-

schlecht bezogen und nicht als Oberbegriff verstanden, denn er war definitiv der einzige männliche Sub, alle anderen waren Frauen! Unwohlsein befiel ihn. Er fühlte sich wie ein Exote, etwas ausgegrenzt, als ob seine Situation nicht schon ungewohnt und schwierig genug wäre. Leise seufzte Maik in sich hinein. Auf was hatte er sich da nur eingelassen?

Ihnen gegenüber stand ein Paar um die Dreißig, das seine Aufmerksamkeit fesselte. Die dralle Frau trug ein Mieder, das ihre Taille kaum enger schnürte, wobei ihre vergleichsweise kleinen Brüste nicht bedeckt waren. Ein Paar Netzstrümpfe und mit glitzernden Steinchen verzierte Pumps vervollständigten ihr Outfit. Das Bemerkenswerteste waren die Brustwarzen, welche von einer hauchdünnen metallenen Stange durchbohrt und verbunden waren, die Enden von kleinen roten Kugeln geschlossen.

Ein Schauer erfasste Maik. Ein Piercing durch Augenbraue oder Unterlippe, das war heutzutage fast normal. Selbst über gedehnte Ohrläppchen regte sich niemand mehr auf. Aber sensible Körperteile wie Brustwarzen oder Schamlippen durchstechen oder bei Männern die Vorhaut? Es schüttelte ihn bei dieser Vorstellung. Scheinbar gab es Nichts, was es nicht gab.

Der Dom, der hinter der Sub stand, hatte seine Arme um sie gelegt und zupfte genießerisch mit den Fingern an ihren Nippeln. Ihr kirschroter Mund lächelte verzückt. *Schau her, wie gut es mir geht …*

Trotzdem, auf keinen Fall wollte er mit ihr tauschen. Bestimmt hegte Maureen in dieser Hinsicht keine Ambitionen. Als Apothekerin wusste sie schließlich um die Risiken. Oh ja, ihm ging es richtig gut. Erleichtert atmete er einmal tief ein und aus, und folgte ihr und Paddy weiter auf dem Rundgang.

»Ab und zu gönnen wir uns mal das Vergnügen eines öffentlichen Spankings«, erklärte Paddy mit einem breiten Grinsen Richtung Maik. »Für manche Subs eine erzieherische Notwendigkeit oder ein besonders reizvolles Erlebnis.«

Wohl eher für die Zuschauer, widersprach Maik still. Fühlten sich die frischen Striemen auf seinem Hintern plötzlich wieder heißer an? Gegen erotische Züchtigungen war ja nichts einzuwenden, aber im Beisein anderer? Nein, so exhibitionistisch war er nicht.

Tatsächlich rückte nun ein Strafbock ins Blickfeld, nahe der Tanzfläche aufgestellt. Allerdings nahm kaum jemand von dem, was dort vorging, Notiz. Vielleicht geschah es zu oft, um auf die Anwesenden einen voyeuristischen Reiz auszuüben.

Eine junge Frau in einem körperengen Leopardenoverall war darüber gebeugt, der nackte Po aus dem Stoff knapp ausgespart. Ihr fuchsroter, dicht gelockter Pferdeschwanz wippte, als sie den Kopf aufrichtete und zu ihnen herüber sah. Stark getuschte, von einem schwarzen Kajal umrahmte grüne Augen gaben ihrem Gesicht einen katzenartigen Ausdruck. Interessiert musterte sie die Neulinge.

»Myriam und Ruben gehören noch nicht solange dazu«, wandte Paddy sich an Maureen. »Aber wie du siehst, sie sind mit Herz und Hand dabei.« Er lachte über seinen Wortwitz und machte eine passende Handbewegung.

»Oh ja, hier ist genau das richtige Ambiente, um wilde Katzen zu zähmen«, grinste Ruben und holte erneut mit der mehrschwänzigen Kurzpeitsche aus, um den empor gereckten Hintern zu züchtigen. Unter dem lauten Klatschen zuckte Maik mitfühlend zusammen, die Sub jedoch gab nur ein kratzbürstiges Fauchen von sich, als verlangte sie nach mehr.

221

32

Fasziniert begutachtete Maik das exotisch anmutende Paar, während der nächste Schlag erfolgte. Der Dom war nicht weniger Blickfang als seine hübsche Sub. Tief gebräunte Haut, beneidenswert üppige schwarze Locken und ausdrucksstarke dunkle Augen verrieten seine südländische Abstammung. Der Schnurrbart war zwar sorgfältig auf eine schmale Linie gestutzt und gab ihm das Aussehen eines Toreros. Über die Unterarme erstreckten sich ornamentale Tattoos, zu den Handgelenken und über die Oberarme schwungvoll auslaufend. Obwohl Maik sich selbst nie danach gesehnt hatte, musste er zugeben, dass die Tattoos gut ausschauten und der ganze Kerl die verwegene Ausstrahlung eines Freibeuters vergangener Zeiten hatte. Überdies war Ruben von Kopf bis Fuß in abgetragene Lederklamotten gekleidet, die Hose an den Seiten geschnürt, die Bikerboots ziemlich abgerissen. Sogar das schlicht geschnittene ärmellose Shirt war aus Leder. Der einzige Kontrast zu diesem düsteren Outfit war Silberschmuck mit Türkisen. Eine Kette um den Hals, drei Ringe an den Fingern der linken Hand.

Was für ein Typ er wohl menschlich war? Maik vermochte das nicht einzuschätzen.

»Falls ihr mal Bedarf habt – Ruben ist ein toller Tätowierer. Seine künstlerische Hand ist begehrt und er ist selbstverständlich Monate im voraus ausgebucht.«

Das Fauchen ging nun in ein verlangendes Stöhnen über und plötzlich zog Ruben seine Katze vom Bock herunter und warf sie

sich über die Schulter, als wäre sie federleicht. Ihre langen blut-
roten Fingernägel krallten sich in seinen Hintern. Die Absätze
seiner Boots gaben ein leises Klacken von sich, als er mit langen
Schritten davon ging.

»Ihr könnt euch natürlich auch in einen unserer e-rooms zu-
rückziehen.« Paddy deutete in den hinteren Bereich des Saales, wo
Ruben gerade mit seiner Beute hinter einer der Türen verschwand.

e-rooms? »e« wie e-motional, e-rotisch, e-xplosiv? Oder war
das einfach eine neumodische Anlehnung an Dinge, die mit i-
betitelt wurden?

»Maximal eine Viertelstunde«, fügte Paddy hinzu.

Also etwas für eine schnelle Nummer, gerade richtig, wenn der
Druck bei so viel Haut, Attraktivität und erotischer Unterwerfung
zu groß wurde. Wenn es danach ginge, so hätte Maik gerne, dass
Maureen und er auch einen solchen Raum aufsuchten.

»Manchmal haben wir auch Thementage, musst mal auf unserer Internetseite schauen. Am nächsten Wochenende findet zum
Beispiel unsere alljährliche Sklavenauktion statt.«

Maureen zwinkerte ihm zu. »Vielleicht melde ich Maik ja an,
wenn er nicht artig ist.«

Das meinte sie doch wohl nicht ernst! Zeit länger darüber nachzudenken blieb ihm nicht, denn schon steuerte Paddy auf zwei
weitere Paare zu, um alle einander vorzustellen.

»Wenn ihr Fragen habt, könnt ihr euch auch gerne an Nadine
und Laurin wenden, oder an Sophie und Leo. Beides Paare, die
BDSM schon länger praktizieren.«

Verglichen mit den anderen Anwesenden wirkte Laurin ziemlich
durchschnittlich. Die dunkelblaue Anzughose und das petrolfar-
bene Poloshirt, das der große, dunkelhaarige Mann trug, wollten
nicht so recht zu dem Dienstmädchenkostüm seiner Sub passen.
Ein Jacket wäre angemessen gewesen.

Ein weißes Häubchen zierte Nadines hochgesteckte Haare. Über
ihren nackten Brüsten spannte sich eine weiße halbtransparente
Bluse. Dazu ein schwarzer Minirock mit Schürzchen, schwarzen

Strümpfen und hochhackigen Pumps. Auf einem kleinen Silbertablett balancierte sie vor ihrem Körper zwei Proseccogläser.

Gegen Laurin war Leo durch und durch die Verkörperung eines selbstbewussten Herrn. Eine eng an den muskulösen Beinen anliegende Hose aus feinem Leder verriet mit einer deutlich sichtbaren Wölbung die wohlproportionierte Beschaffenheit seines Geschlechts. Dazu trug er ein modisch geschnittenes Sommerhemd aus dunkler Seide. Seine durchdringenden Augen waren von einem so hellen Blau, dass es fast unerträglich war, seinem Blick standzuhalten. Kleine Lachfältchen umgaben Augen und Mundwinkel und milderten den Ausdruck seines Gesichts, das von energischen Zügen geprägt war.

Zudem schien Leo um einiges älter als seine Sub zu sein, und strahlte mehr Reife und Ausgeglichenheit aus als viele andere Doms. Das unsichtbare Band, das dieses Paar auszeichnete, berührte Maik zutiefst. Sophie kniete so nah neben ihrem Herrn am Boden, dass sie sein Bein leicht berührte. Latex umspannte ihren Körper wie eine zweite Haut und stellte ihre Reize aufregender zur Schau als es völlige Nacktheit vermocht hätte. Eine schwarze Maske verbarg ihr Gesicht. Nur die stark geschminkten Augen und die kirschroten Lippen hoben sich heraus und mit einem kurzen Blick auf Maiks Geschlechtskäfig lächelte sie ihn wissend an.

Wow! Ein gutes Gefühl zu sehen, wie andere ihre devote Veranlagung auslebten.

Als Leo mit der Hand sanft über ihren Kopf strich, wünschte sich Maik fast, neben Maureen niederzugehen und sich ebenso an seine Domina zu schmiegen.

Weitere Herren präsentierten sich stolz mit ihren Subs. Sehen und gesehen werden war neben Gedankenaustausch offensichtlich der Sinn dieser Veranstaltung, zumindest teilweise. Allerdings unterhielten sich nur wenige Subs oder tanzten, die meisten hielten sich artig in der Nähe ihres Herrn, mehr oder weniger freiwillig.

Einer hielt eine zusammengerollte Peitsche in der Hand, mit der man einen Bullen hätte bändigen können. Ein anderer eine

Leine, an deren Ende eine vollschlanke Frau kniete, bekleidet nur mit einem breiten Halsband und einigen mit Nieten bedeckten Lederstreifen, die sich um ihren Körper schlangen, ihren kleinen knackigen Po hervorhoben. Als sie Kopf und Oberkörper ihm zuwandte, stellte Maik erstaunt fest, dass die verstrubbelte Kurzhaarfrisur einem etwa vierzigjährigen Mann gehörte. Feine Gesichtszüge und wassergrüne, von dichten Wimpern betonte Augen wirkten beschützungswürdig. Kleine Glöckchen verzierten die Nippel, die Hände waren auf dem Rücken verschränkt.

Puh! Adrenalin jagte durch Maiks Adern. Das hier war nicht die Anonymität des Internets, in welchem er sich schlau gemacht hatte, um Maureens Ideen aufgeschlossen und weniger überrascht gegenüber zu stehen. Das hier war verdammt live!

»Hallooo, ist der süüüüß«, sprach unerwartet eine tiefe Stimme hinter ihnen.

Erschrocken drehte Maik sich um und sah direkt in ein paar stahlgraue Augen. Der Blickkontakt hielt nur Sekunden, dann wurde die Musterung fortgesetzt und es war, als würde sein Innerstes nach außen gekehrt. So nackt wie jetzt hatte er sich bis dahin nicht gefühlt.

»Kann ich mir diesen Knackarsch mal ausleihen?«

Ein entschiedenes »Nein« hätte ihn beruhigt, doch anstelle einer Antwort setzte Maureen nur eine zuckersüße Miene auf. Gehörte in die Rubrik absoluten Gehorsams auch, dass sie ihn an einen anderen Dom weitergeben durfte? Was sollte er machen, falls sie dies von ihm erwartete? Maik schluckte hart. Nein, das war völlig undenkbar. Sein Herz gehörte Maureen, niemandem sonst. Schon gar nicht einem anderen Mann.

Maureen griff nicht ein, als der Fremde Maik umrundete und jeden Teil seines Körpers durchdringend musterte. Erst als er ihm lüstern in die Pobacken kniff, räusperte sie sich.

»Finger weg! Mein! Nur anschauen, nicht anfassen.«

Der Mann hob entschuldigend beide Hände. »Okay, okay, tut mir leid. Kann ich dir ein Angebot machen?«

»Nein, danke«, erwiderte sie mit fester Stimme. »Kein Interesse.«

Sein Blick sprach Bedauern aus. »Schade, wirklich sehr schade. Falls du es dir anders überlegst ...«

Maureen schüttelte selbstbewusst lächelnd den Kopf. »Das wird nicht vorkommen.«

Plötzlich wurde die Musik leiser und es kam Bewegung in die einzelnen Gruppen. Sie formierten sich locker um die Tanzfläche, als folgten sie einem bekannten Ritual.

Paddy trat in die Mitte und sah in die Runde, bis Ruhe eingekehrt war.

»So, wie einige von euch wissen, sind Tom und Philip überein gekommen, dass der Sub das Zeichen seines Herrn tragen möchte.«

Zustimmendes Gemurmel begleitete die Ankündigung.

»Ich frage dich hier vor Zeugen, Philip, willst du, dass wir das Ritual vollziehen?«

Der Sub erhob sich. Er war fast genauso groß wie sein Herr, jedoch rund zehn Jahre jünger und schmächtiger.

»Ja, ich möchte Toms Zeichen tragen.«

Paddy nickte. »Gut, begeben wir uns also alle nach unten.«

Erneut zustimmendes Gemurmel. Mitleidige, aber auch neiderfüllte Blicke galten dem Sub, als die Zuschauer an den beiden vorbei gingen.

Irgendwie wirkte Tom überhaupt nicht wie ein Dom. Nicht so, wie Maik sich einen dominanten Herrn aufgrund der Beschreibungen und Fotos im Internet vorgestellt hatte. Fiction und Wirklichkeit klafften erheblich auseinander, wie er an diesem Abend feststellte.

Der Dom folgte keiner typischen Kleiderkonvention der Szene. Der feine anthrazitfarbene Stoff seines Anzugs, das weiße Hemd, mit verdeckter Knopfleiste und geschlossenem Stehkragen, wiesen ihn als besser verdienenden Geschäftsmann aus. Einzig die spitzen Stiefeletten, von makelloser Sauberkeit, stachen aus diesem Outfit hervor.

Die von wenigen grauen Fäden durchzogenen dunkelbraunen

Haare waren kurz geschnitten und sorgfältig zurückgekämmt. Als Tom die Treppe hinunter schritt, folgte Philip ihm wie ein treuer Hund.

Am Ende des Hofes war ein Bock aufgebaut, auf welchem der Sub nun festgeschnallt wurde. Ein am Stativ aufgebauter Strahler wurde auf seinen Po gerichtet.

Maureen löste Maiks Handschellen und sie reihten sich in die umstehenden Zuschauer ein.

»Die machen doch nicht Ernst?«, murmelte Maik vor sich hin.

»Er hätte nicht zustimmen müssen«, erwiderte Maureen leise. Ihre Stimme zitterte und verriet Maik, dass sie nicht weniger angespannt war wie er.

Ein Kohlebecken verbreitete glühende Hitze. Ein Eisen lag darüber und räumte letzte Zweifel aus, dass hier vielleicht nur ein Fake geplant war. Die wollten also wirklich ein Branding durchführen?

Der Dom trat an den Bock. Mit einem Spray und einem Tuch desinfizierte er die rechte Pohälfte. Dann nickte er dem kräftigen Mann zu, der am Kohlebecken stand, das Gesicht wie die Henker früherer Zeiten von einer Maske verdeckt. Dieser hob das glühende Eisen und zeigte es kurz in die Runde. Zwischen Schnörkeln eingebettet war ein großes »T« zu erkennen.

Maureen griff nach Maiks Hand und drückte diese ungewöhnlich fest. Er erwiderte ihren Druck, froh über diesen Halt, und wagte kaum zu atmen. Für einen kurzen Moment schauten sie sich in die Augen.

Erwartete Maureen von ihm eine ähnliche Bestätigung ihrer Zusammengehörigkeit? Ein Tattoo, ein Branding?

Als könnte sie seine Gedanken lesen, schüttelte sie den Kopf. »Nein«, flüsterte sie. »Mach dir keine Sorgen. Darauf steh ich nicht.«

Mit einer Kopfbewegung wies sie ihn darauf hin, dass das Branding gleich vollzogen würde. Eben senkte sich das etwa drei Zentimeter große Eisen auf Philips Haut. Ein Beben durchlief Maureens Körper, als der glühende Stahl sich zischend in die Haut brannte.

Der Geruch verbrannten Fleisches wehte für einen kurzen Augenblick zu ihnen herüber. Ein langgezogener Aufschrei erklang und erstarb in einem kindlich klingenden Schluchzen, das im folgenden Beifallklatschen unterging.

Schweiß brach Maik aus den Poren. Gebannt sah er zu, wie die Wunde versorgt und steril abgedeckt wurde. Dann befreite der Dom seinen Sub von den Fesseln und nahm ihn liebevoll in seine Arme, streichelte seinen Rücken und dankte ihm mit einem langen, leidenschaftlichen Kuss.

Fassungslos stellte Maik fest, dass Philips tränennasses Gesicht vor Euphorie strahlte, als er sein Gesicht wieder der Allgemeinheit zuwandte. Hand in Hand gingen die beiden hinüber zum Haus, und es lag nahe, dass sie sich in einem der abgeschiedenen Räume miteinander vergnügen würden. Der Sub hatte sich zweifellos eine Belohnung verdient.

»Steht noch jemandem der Sinn nach einem Branding?«

Verneinendes Gemurmel und leises Lachen.

Das glühende Eisen wurde in einem Kübel Wasser abgekühlt und dann sorgfältig in ein Tuch eingeschlagen. Langsam kehrten alle ins Haus zurück, Doms und Subs einträchtig Arm in Arm.

Alle. Außer Maureen und Maik.

»Komm«, wisperte sie ihm ins Ohr und zog ihn mit sich fort.

Gemeinsam öffneten sie die Schiebetür eines Nebengebäudes. Es dauerte einen Augenblick, ehe ihre Augen im dämmrigen Licht etwas erkannten. Durch ein paar Ritzen schickte die Sonne gerade noch ein paar glutrote Strahlen in den Raum.

Einige Heuballen waren aufgestapelt. Ein altmodischer Traktor mit Anhänger wartete auf eventuelle letzte Einsätze. Ein altes Fahrrad, verbeulte Milchkannen, auf einer Werkbank diverse Zangen und Hämmer. An der Wand Besen, Schaufel, eine Sense.

All das waren wohl Dinge, die niemand mehr brauchte, aber auch keiner endgültig entsorgen wollte. Es war fast ein wenig wie in einem Bauernhofmuseum.

Maureen deutete auf eine Leiter, die nach oben unters Dach führte.

»Du willst da rauf?«

»Ja klar. Hast du schon mal im Heu geschlafen?«

Wie meinte sie das. Schlafen oder »schlafen«?

»Weder noch«, erwiderte er, und sie stutzte.

Daraufhin lachte sie und forderte ihn mit einer Geste auf, hinauf zu steigen. »Komm, dann wird es Zeit, das zu ändern. Findest du nicht, dass es herrlich duftet?«

»Aber, es ist so dunkel …«, wandte Maik ein. Ihm war nicht wohl dabei, die Leiter hinauf zu klettern. Dieselbe im Finsteren wieder hinab zu steigen noch weniger. Vielleicht sollte er eine Heuschnupfenallergie vortäuschen? Aber bestimmt schloss sie aus, dass er auf Heu empfindlich reagierte. Manchmal hatte er das Gefühl, sie wusste bereits alles über ihn, viel mehr als er über sie.

Mit einem Mal tauchte das Licht gelblicher LED-Lichterketten, bestehend aus kleinen Lampions, alles in ein diffuses Licht. Maureen stand neben der Tür, wo sich der Lichtschalter befand. Maik wäre überhaupt in den Sinn gekommen, dass hier Licht installiert sein könnte. Und schon wirkte der hohe Raum auf ihn viel weniger ungastlich.

Ohne zu zögern erklomm Maureen die Sprossen der Leiter. Ihr Rock wippte aufreizend und gewährte ihm kurze Einblicke. Konnte es sein, dass sie Strümpfe und Strapse trug?

Maik wurde heißer und in seinem Geschlechtskäfig wurde es eng. Vielleicht war sie unter ihrem Rock nackt, ohne Unterwäsche? Er unterdrückte einen Fluch, dass er sich dieses Ding hatte umlegen lassen und folgte Maureen nach. Wenigstens war die Leiter auch für ein Schwergewicht wie ihn stabil genug.

Wo Maik ausschließlich hoch aufgeschichtetes Heu oder loses Streu auf dem Holzboden erwartete, empfing ihn zu seiner Freude mittendrin ein großes Lager auf einer knapp hüfthohen Reihe Heuballen. Eine wattierte Decke im rot-weißen Karomuster schützte vor pieksenden Halmen. Mehrere kleine quadratische Kissen aus demselben Stoff waren darauf verteilt. Auf einem niedrigen Tisch lockten diverse Getränke, den Durst zu löschen. Darunter auch eine Flasche Hugo in einem Eiskühler. Künstliche Kerzen sorgten für eine halbwegs romantische Beleuchtung.

Mitten im losen Heu, das zum Rand hin den Boden bedeckte, stand Maureen und drehte einen kleinen Schlüssel zwischen ihren Fingern. Für eine Sekunde sah es so aus, als würde sie diesen fallen lassen.

Seine Gesichtszüge gefroren erschrocken. Da lachte sie und zeigte ihm den Schlüssel erneut.

Verdammt, sie hielt ihn zum Narren.

»Bitte Maureen, nicht …« Sein Mund war staubtrocken.

»Was nicht?« Eine strenge Miene aufsetzend drehte sie den Schüssel aufs Neue provokativ hin und her.

»Bitte nicht fallen lassen«, ächzte er. Statt Stecknadel den Schlüssel im Heu suchen müssen – was für ein schrecklicher Gedanke.

»Sag mir, was du möchtest.«

Wollte sie seine Ergebenheit testen? Seinen Masochismus? »Mach mit mir, was du willst. Züchtige mich, lass mich durchs Heu kriechen, egal. Ich mache alles. Nur bitte …« Seine Stimme hatte einen Aussetzer und er hustete verhalten. »Bitte, bitte nimm mir dieses Ding ab und fick mich. Mein Schwanz platzt sonst noch.«

Stille.

Dann erwiderte sie schmunzelnd: »Nein. Du wirst *mich* ficken! Und ich will, dass du es mir ordentlich besorgst. Dein Part.«

Sein Herz machte einen Hopser. Er durfte frei entscheiden?

Auf einem Bein kniete sie vor ihm nieder, öffnete das Schloss und befreite seinen Penis, der sich sogleich steif aufrichtete. Er sah ihr dabei zu, wie sie ihn sanft umfing, mit der anderen Hand seine festen Kugeln streichelte und dann leckte sie über seine Eichel.

Aah, ein lustvolles Stöhnen kam über seine Lippen und er legte seine Hände auf ihren Kopf, sanft drückend. Maureens Mund öffnete sich langsam, ihre Lippen saugten sich über seine Eichel und ihre Zunge tanzte auf seiner empfindsamen Spitze. Verdammt, sie war eine Künstlerin. Hatte sie nicht etwas davon gesagt, er dürfe entscheiden und – wenn sie das hier machte, schwanden sämtliche

Gedanken, dann fühlte er sich schwach, ausgeliefert und bis unter die Haarspitzen erregt. Er hätte nichts dagegen, in ihrem Mund zu kommen. Andererseits, noch nicht einmal, nicht ein einziges Mal, seit sie zusammen waren, hatte er sie ficken dürfen. Alles geschah immer nach ihrem Willen, in einer Position, in der sie sich ihn nehmen konnte, wie sie wollte.

»Halt«, keuchte er und drückte ihren Kopf sanft zurück, forderte sie durch sanftes Ziehen an ihren Oberarmen zum Aufstehen. »Zieh dich aus.«

Mit geschickten Fingern öffnete sie die Clips, die die Verschnürung des Mieders hielten. Ihre wundervollen Brüste wölbten sich hervor und Maik wartete nicht ab, bis das Mieder fiel. Er umfing ihre Brüste mit beiden Händen und knetete sie.

Ihre Hände suchten seine Brustwarzen und zwickten sie sanft. Diese Teufelin! Vorsichtig schnappte er nach ihren Lippen, die sie leicht geöffnet hatte, die Unterlippe ein wenig vorgeschoben, was ihr einen Gesichtsausdruck verlieh, der ihn an Angelina Jolie erinnerte. Als sie fester zugriff, eroberte er stürmisch ihren Mund, presste seine Lippen fest auf ihre und saugte sich mit einem wilden Zungentanz fest. Dabei glitt er mit seinen Händen ihren Rücken hinab und unter ihren Rock.

Wow, sie war wieder einmal nackt darunter. Sein Schwanz zuckte vor Entzücken. Genau genommen war sie fast nackt, denn er fühlte auch Strapse, wie aufregend. Diese knackigen Pobacken gehörten ihm und es war ihm ein heißes Vergnügen, herzhaft zuzupacken, wobei sie in seinen Mund stöhnte. Ermutigt schob er ein Knie zwischen ihre Schenkel und sie öffnete sich ihm willig, ließ nun von seinen Nippeln ab und legte ihre Hände um seinen Nacken.

Langsam drängte er sie rückwärts, schob ihren Rock über den Po hinauf und legte sie rücklings auf die Decke hinunter. Ihre Schenkel hingen von dem Heuballen herab und er glitt zwischen ihre Schenkel, legte seine Hände auf ihre Innenseiten, um sie weit auseinander zu schieben. Als sie Gegendruck ausübte, wartete er eine Sekunde, dann presste er sie weiter auseinander. Er wollte sie ganz geöffnet gesehen, geöffnet für ihn, unter seiner Kontrolle.

Sein Herz zersprang fast vor Erregung. Wie sexy dieser Anblick war! Der schwarze Strapsgürtel, der nackte Bereich ihrer Schenkel, über denen sich die Strapse ihrer Strümpfe spannten und mittendrin, feucht und nach Erregung duftend, ihr Geschlecht. Maik schnappte nach Luft. Am liebsten hätte er sich sofort über sie gestürzt, aber nein, zuerst wollte er sie kosten, sie ein bisschen foltern, so wie sie es sonst mit ihm machte. Bis zum Äußersten reizen, den Höhepunkt hinauszögern.

Ihren Duft tief einatmend und in seinem Gedächtnis für immer speichernd züngelte er zwischen ihre Schamlippen, leckte ihren warmen Lustsaft auf und trällerte über ihre Perle. Außer sich vor Lust wand sich Maureen hin und her. Sie jauchzte und stöhnte, und je intensiver und länger er sich ihrer geschwollenen Knospe widmete, umso lauter und unruhiger wurde sie, versuchte ihn abzuschütteln und ihre Beine zu schließen. Aber er gab nicht nach, presste ihre Beine unnachgiebig auseinander und saugte sich über ihren Schamlippen fest.

Dann kam sie, mit den Händen auf die Decke schlagend, lachend und schreiend, ihre Schenkel unter seinem Griff zuckend, verfiel in ein Wimmern, als er nach ihrem Höhepunkt nicht aufhörte, sie weiter zu bearbeiten und gab einen kehligen Schrei von sich, als sie ein zweites Mal kam.

Ihre Kraft erlahmte.

»Bitte, bitte nicht mehr«, flehte sie leise.

»Ich kann dich nicht verstehen«, nuschelte er, ohne von ihr abzulassen.

»Bitte, aufhören, ich kann nicht mehr.«

»Oh doch, du kannst noch einmal!«

Seine Zunge fühlte das Pochen ihrer Perle. Sie konnte ein weiteres Mal, ganz bestimmt. Das war ihr Vorteil als Frau, mehrfache Orgasmen zu erleben, und sie würde es noch einmal ertragen, auch wenn sie schon ein wenig erschöpft wirkte. Er fühlte den feinen

Schweiß, der ihre Schenkel überzog und roch den intensiver gewordenen Duft ihres Unterleibs, der ihn zusätzlich erregte. Dies war seine Stunde, auch wenn sein Schwanz bereits vor Lust schmerzte.

Er ließ ihre Schenkel los und streckte seine Arme aus, um ihre Nippel zu zwirbeln. Hart und groß fühlten sie sich zwischen seinen Fingern an. Er zupfte sie in die Länge, drehte sie hin und her und fuhr mit den Daumen fest über die Kuppen. Erneut wand Maureen sich unter ihm und ihre Hände versuchten, ihn abzuschütteln, trommelten auf ihn ein, aber er nutzte den Druck seiner ausgestreckten Arme, sie zu kontrollieren und gab nicht nach.

Ihr wollüstiges Schreien war Musik in seinen Ohren. Noch nie hatte er mit einer Frau Sex erlebt, die so ungehemmt, so lustvoll, so ekstatisch ihren Höhepunkt herausschrie. Es war an der Zeit, ihren Körper völlig zu erobern, bevor sein Schwanz kam, ohne ihre Muschi genommen zu haben.

Maik stand auf und schob sich über sie, genoss die Kontrolle. Seine Eichel stupste an ihre heiße Mitte, verlockend war es, sofort in sie einzudringen. Stöhnend hielt er sich zurück. Zuerst wollte er noch ihren Busen kosten, die Gelegenheit bot sie ihm vielleicht nicht so bald wieder. Heute durfte er nach Herzenslust zupacken, ihre schönen Kugeln kneten und an ihren Nippeln saugen. Wie prall sie waren! Ihre Schenkel versuchten ihn zu umklammern, rutschten wieder ab, bemühten sich erneut, ihn zu umklammern. Umsonst. Heute gehörte sie ihm, ganz und gar. Genussvoll zog er an ihrem Nippel, auf der einen Seite mit den Fingern, auf der anderen mit seinen Lippen. Ein köstliches Spielzeug! Aber das Vergnügen war kurz, er konnte nicht länger warten, seine Begierde war zu übermächtig.

Mühelos fand sein Penis ihre heiße Mitte, glitt auf ihrem Saft hinein und nun gab es für ihn kein Halten mehr, er musste kraftvoll zustoßen, tief, in ihrem Inneren anschlagend, und mit jedem Stoß schneller und härter. Ihre wilden Schreie heizten ihn an, auf diese Weise weiter zu machen. Ihr Körper rutschte unter seinen harten Stößen auf der Decke vor und zurück. Haarsträhnen klebten auf ihrem verschwitzten Gesicht, ihre Arme lagen nach hinten ausgestreckt. Er schloss seine Augen unter ihrem durchbohrenden Blick. Nichts sollte ihn ablenken, er wollte diesen Moment ganz und gar auskosten.

Und dann kam er, mit einem letzten tiefen Stoß, zuckend, stöhnend und mit dem ganzen Gewicht auf ihr. Als müsste er völlig verausgabt zusammenbrechen, konnte er sich kaum noch mit den Armen auf der Decke hochstemmen. Es dauerte Sekunden, ehe er sich vorsichtig von ihr rollte, sie dabei mit einem Arm umfing und mit sich zog, so dass sie anschließend auf ihm lag.

»Du wildes Biest«, knurrte sie. »Ich werde dich züchtigen, dass dir der Arsch glüht!«

»Gerne, Herrin. Alles was du willst«, erwiderte Maik grinsend. »Solange du mir ab und an diese Revanche gönnst, dich nach meiner Kunst fix und fertig zu machen.«

Ihre Antwort war ein leidenschaftlicher Kuss, dem nichts von Erschöpfung oder nachlassendem Verlangen anzumerken war. Das schürte die Hoffnung auf eine lange und leidenschaftliche Nacht.

Lilly Grünberg

Dein

Bedingungslose Unterwerfung: Um dem Dom ihrer Träume nahe zu sein, muss sie alles aufgeben – wirklich alles

208 Seiten · 9,90 €
ISBN: 978-3942602-21-1

Mit ihrer Gier nach absoluter Unterwerfung durch einen dominanten Top setzt sich Sophie Lorato selbst unter Druck. Auf der Suche nach diesem »Super-Dom« gerät sie an Leo und stimmt seinen außergewöhnlich harten Regeln zu, obwohl sie nicht einmal weiß, wie er aussieht. Und es kommt schlimmer, als sie es sich ausgemalt hat, denn er versteht sein Handwerk und lehrt sie mit allen Mitteln, was es heißt, eine SM-Sklavin zu sein.

Über die Autorin:

Unter verschiedenen Namen hat sich die Autorin in die Herzen der Erotik- und SM-Leser aber auch in die der Fantasy-Liebhaber geschrieben.

Unter dem Namen »Lilly Grünberg« erschien bisher der Roman »Verführung der Unschuld« – in Neuauflage bei Elysion-Books – 2014 gefolgt von Teil 2.

www.elysion-books.com

Lilly Grünberg

Verführung der Unschuld

Die Lust an Verführung und Unterwerfung.

ca. 240 Seiten · 9,90 €
978-3-942602-35-8

Giulia tritt unsicher und doch neugierig ihre neue Stellung als Hausmädchen bei den attraktiven Zwillingsbrüdern Lorenzo und Federico Moreno an.

Da die unsichere, junge Frau den beiden gefällt und ihnen auch Giulias wachsendes Interesse an dem erotischen Interieur des Hauses auffällt, beschließen die dominanten Brüder, ihre Angestellte in die Geheimnisse der Lust und der Unterwerfung einzuführen.

Doch dann kommen Gefühle ins Spiel …

www.elysion-books.com

Antje Ippensen

BitterSüß

Die dunkle Seite der Erotik einmal anders

ca. 198 Seiten · 9,90 €
978-3942602297

Diese vielschichtig aufgebaute Erzählung entführt in die Leben verändernden, sinnlichen Abgründe von Lust und Schmerz.

Auf der Suche nach der erotischen Erfüllung, beginnt SIE Tagebuch zu schreiben. Denn wie kann es sein, dass der charmante, bemühte und sexuell attraktive Kerl im Bett nur Spaß macht … aber kein bisschen befriedigt?

Langsam aber sicher taucht die sinnliche Naschkatze auf ihren Streifzügen immer tiefer in die Abgründe ihrer Lust und meistert mit Humor und einer guten Portion Begierde alle Hürden auf der Suche nach ihrem persönlichen Traumsex.

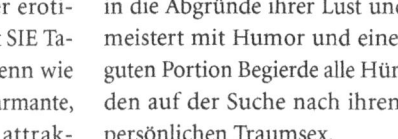

Antje Ippensen

Fesselndes Geheimnis

Auf der Suche nach ihrem verschwundenen Vater gerät die junge Christine in ein Spiel um Dominanz und Vertrauen – und auf die Spur von Geheimnissen, die ebenso fesselnd wie mörderisch sind.

Auf den Spuren ihres verschwundenen Vaters stößt die junge Christine auf den schillernden Club »La Belle Folie«, in dem hemmungslose Lustspiele veranstaltet werden. Fasziniert beschließt sie dem geheimen Doppelleben ihres Vaters auf den Grund zu gehen.

Doch kann sie dem undurchsichtigen Vincent, der ihr Aufnahme in dem Club verschafft, trauen?

Schon bald findet Christine erste Anzeichen für eine Verbindung zwischen ihm und ihrem Vater. Und es stellt sich heraus, dass Vincents Hilfe nicht von ungefähr kommt.

Um die Wahrheit zu erfahren, muss sich Christine auf ein sinnliches Spiel von Dominanz und Unterwerfung einlassen, das sie immer tiefer an den fesselnden Sog der Lust fesselt …

Ein romantischer BDSM Thriller.

Antje Ippensen
Fesselndes Geheimnis

erotischer BDSM Roman
ELYSION

*Taschenbuch,
ca. 204 Seiten · ISBN:
978-9-942602-03-7*

192 Seiten · 9,90 Euro
978-3942602280

Die dunkle Seite der Erotik einmal anders – diese vielschichtig aufgebaute Erzählung entführt in die Leben verändernden, sinnlichen Abgründe von Lust und Schmerz.

Der Polizist, der an ihrer Tür klingelt, ist ihr Ex.

Als Lea einem privaten Verhör zustimmt, beginnt für sie ein intensiver schmerzerotischer Trip: Armand will ihr Geständnis, aber sie leistet Widerstand, den er nach allen Regeln der SM-Kunst zu brechen sucht ... Während sie sich ihm freiwillig ausgeliefert, spürt sie: er wird sie über ihre persönlichen Grenzen hinaustreiben – und ein Teil von ihr sehnt sich danach.

Doch welchen Plan verfolgt der LKA-Beamte wirklich?

Will er die Wahrheit über den Tod des Nachbarn erfahren oder verfolgt er einen eigenen, sinistren Plan?

www.elysion-books.com

Jennifer Schreiner

Venusblut

In einem Jahrhunderte währenden Kampf um Legenden und Leidenschaften macht er seinen letzten Zug.

218 Seiten · € 12,90

ISBN 978-3-942602-04-4

Nachdem die Unsterblichkeit der Vampire erloschen ist, liegt es an Joel der letzten Intrige des mächtigen Magnus auf die Spur zu kommen. Doch ausgerechnet Judith, die menschliche Tochter dieses unberechenbaren Vampirs erweist sich als ausgesprochen störrisch.

Während der »Herr der Schatten« versucht, Judith das letzte Geheimnis ihres Vaters zu entlocken, kommen die Vampirkönigin und ihr treuster Feind Hasdrubal dem wahren Geheimnis der Unsterblichkeit auf die Spur.

Aber die gefundenen Bruchstücken der Vergangenheit verändern die Geschichte der gesamten Vampirgesellschaft – und der Preis für die neuerliche Unsterblichkeit der Vampire ist unerträglich hoch.

Band 3 der Blut-Reihe

»Jennifer Schreiner entführt uns in die spannend, mysteriöse Welt von Joel und Judith - Achtung Suchtgefahr!«

Fangtas ya-Kurier